월 드 클 래 식 라 이 팅 북

# 필사의 힘

## 헨리 데이비드 소로처럼 【월든 1】 따라 쓰기

20___년 ___월 _____ 필사하다

월 드 클 래 식 　 라 이 팅 북

# 필사의 힘

### 헨리 데이비드 소로처럼 【월든 1】 따라 쓰기

*Henry David Thoreau*

미르북
컴퍼니

"오늘도 일곱 자루의 연필을 해치웠다.
필사하십시다, 지금 당장!"

어니스트 헤밍웨이


필사는 "손가락 끝으로
고추장을 찍어 먹어 보는 맛!"

시인 안도현

# 필사의 힘
## 헨리 데이비드 소로 따라쓰기

"돈도 능력!"이라는 자본주의적 메시지가 강력하게 작동하는 나라, 전 세계를 자본주의로 재편해낸 원동력, 바로 '미국'입니다. 그런데 그 미국에서 자본주의 초창기인 1800년대 중후반에 이미 '자본에 종속되는 인간', '자연을 파괴하는 문명'의 위험성을 꿰뚫는 경고가 있었으니, 헨리 데이비드 소로의 《월든》입니다.

《월든》은 모두가 산업혁명이 보여주는 마법 같은 생산력만 예찬할 때, 이면에서 평생 빚더미에 깔리는 개개인의 삶을 간파하고, 발전이라는 미명 아래 파괴되는 자연의 비명을 직시한, 그야말로 선구적인 책입니다. 거기에 더해, 월든 호숫가의 고요한 정경을 세밀하게 포착한 문장들과 깊은 고독 속에서 건져올린 영롱한 묵상들이 경이로운, 문학적으로도 뛰어난 에세이입니다. 눈으로 읽는 에세이도 좋지만 헨리 소로가 되어 적어 내려가는 에세이도 한 편의 새로운 작품이라고 할 수 있습니다.

그럼 이제 연필이나 펜을 손에 쥐어 봅시다. 헨리 소로가 되어, 헨리 소로처럼 간결한 문체와 가벼운 유머로 예리하게 그려 내는 문장을 한 글자 한 글자 꾹꾹 눌러 써 내려가다 보면 가슴이 먹먹해질 것입니다. 뛰어난 창조력으로 만들어 낸 헨리 소로 특유의 문체를 따라 써가며 인간 정치사회의 권력 현실을 부패시키는 근본적 위험과 모순에 대한 물음에 대해 생각해 봅시다. 그리고 손으로 기억하고 싶은, 마음으로 기억하고 싶은 헨리 소로의《월든》속 명문장으로 당신 안의 빛과 같은 감성과 열정, 긍지와 희망을 일깨우게 되시기 바랍니다.

# 이렇게 따라 써 보세요

눈으로 읽고 손으로 한 글자 한 글자 또박또박 써 내려 갑니다. 문장을 천천히 음미하면서 읽어 보세요. 그리고 자신이 헨리 데이비드 소로가 되었다고 생각하고 천천히 따라 써 보세요. 《월든 1》을 따라쓰며 내 삶의 노예가 아닌, 내 삶의 주인으로 사는 용기를 내 보세요. 필사의 힘을 온몸으로 느낄 수 있습니다. 따라 쓰다가 무척 마음에 드는 문구가 나오면 밑줄을 그어도 좋습니다. 지금 바로 한 페이지를 채워 볼까요?

이 글을 쓴 무렵, 아니 정확히 말해 이 책의 상당 부분을 집필하던 당시, 나는 매사추세츠 주 동코드'의 월든 호숫가 숲속에서 홀로 살았다. 가장 가까운 마을과 무려 1.6킬로미터나 떨어진 곳이었다. 집도 내 손으로 짓고, 생계도 직접 노동해서 얻은 것들로 꾸려 갔다. 나는 그곳에서 2년 2개월을 보냈고, 지금은 다시 문명 세계로 돌아와 잘 사 머물고 있다.

마을 사람들이 내 생활 방식에 관심을 보이며 일부러 물어 오지만 않았다면, 나도 굳이 사사로운 삶을 독자에게 알리려 애쓰지 않았을 터다. 누군가는 사생활을 캐묻는 그들이 무례하다고 말할 수도 있겠지만, 나는 전혀 그렇게 생각하지 않는다. 여러 상황을 고려하면 그런

14

이 곳을 쓴 무렵, 아니 정확히 말해 이 책의 상당 부분을 집필하던 당시, 나는 매사추세츠 주 콩코드의 월든 호숫가 숲속에서 홀로 살았다. 가장 가까운 마을과 무려 1.6킬로미터나 떨어진 곳이었다. 집도 내 손으로 짓고, 생계도 직접 노동해서 얻은 것들로 꾸려 갔다. 나는 그곳에서 2년 2개월을 보냈고, 지금은 다시 문명 세계로 돌아와 잘 머물고 있다.

마을 사람들이 내 생활 방식에 관심을 쏟아며 일부러 물어 오지만 않았다면, 나도 굳이 사사로운 삶을 독자에게 알리려 애쓰지 않았더라. 누군가는 사생활을 캐묻는 그들이 무례하다고 말할 수도 있겠지만, 나는 전혀 그렇게 생각하지 않는다. 여러 상황을 고려하면 그런

인생의 특정한 계절에 이르면, 인간은 어느 장소에 가든 그곳이 집터로 가능할지 생각해 보는 데 익숙해진다. 나 역시도 사는 곳에서 사방 20킬로미터 이내의 모든 장소를 두루 조사하고 다녔다. 그리고 상상 속에서 농장들을 연이어 사들였다. 모두 매물로 나와 있어서 가격도 다 알았다. 농장에 찾아가 각 부지 위를 직접 걸어 보고, 그곳에서 자라는 야생사과도 맛보고, 농장 주인과 농사일에 관해 담소도 나눴다. 얼마가 됐든 일단 농부가 제시하는 가격에 농장을 사들였다가 다시 그에게 저당 잡히는 생각도 했다. 심지어는 부르는 값에 웃돈을 얹어 주기도 했다. 나는 워낙 대화 나누기를 좋아하는 까닭에 구두 계약으로 농장을 인수했고(권리증서는 받지 않았다), 농장을 경작하면 방

244

인생의 특정한 계절에 이르면, 인간은 어느 장소에 가든 그곳이 집터로 가능할지 생각해 보는 데 익숙해진다. 나 역시도 사는 곳에서 사방 20킬로미터 이내의 모든 장소를 두루 조사하고 다녔다. 그리고 상상 속에서 농장들을 연이어 사들였다. 모두 매물로 나와 있어서 가격도 다 알았다. 농장에 찾아가 각 부지 위를 직접 걸어 보고, 그곳에서 자라는 야생사과도 맛보고, 농장주인과 농사일에 관해 담소도 나눴다. 얼마가 됐든 일단 농부가 제시하는 가격에 농장을 사들였다가 다시 그에게 저당 잡히는 생각도 했다. 심지어는 부르는 값에 웃돈을 얹어 주기도 했다. 나는 워낙 대화 나누기를 좋아하는 까닭에 구두 계약으로 농장을 인수했고 (권리증서는 받지 않았다.) 농장을 경작하며 땅

**Q 따라쓰기를 하면 글쓰기 능력이 향상되나요?**

**A** 네. 그렇습니다. 전반적으로 글쓰기 능력이 향상됩니다. 따라쓰기를 미술에 비유하자면 마치 화가 지망생이 명화를 따라 그리는 것과 같다고 생각하시면 됩니다.

뛰어난 문학 작품을 처음부터 끝까지 따라쓰게 되면 글쓴이가 사용한 어휘, 문장 부호, 문체 그리고 이것들이 모여 이루어진 문장을 자연스레 익히게 됩니다. 그러므로 글쓰기에 대한 자신감은 물론이고 전체적인 내용을 구성하는 능력까지 키울 수 있게 됩니다.

**Q 소설 전체를 따라쓰는 것과 일부를 따라쓰는 것 중 어떤 것이 더 효과적인가요?**

**A** 이번에도 미술에 비유해 보겠습니다. 요하네스 베르메르의 〈진주 귀걸이를 한 소녀〉를 좋아하는 화가 지망생이 그림 전체가 아닌 그림 일부분만을 따라 그렸다고 상상해 보십시오. 이 그림이 수백 년 동안 사랑받고 있는 이유는 소녀의 눈망울이 몹시 매혹적이기 때문입니다. 하지만 그림 전체가 아니라 소녀의 눈만 그린다면 눈 아래의 오뚝한 코와 부드럽게 빛나는 붉은 입술은 볼 수 없을 테고 당연히 그림에서 깊은 감흥을 느낄 수 없습니다.

따라쓰기도 마찬가지입니다. 소설 전체를 따라 써야 문장의 장단점을 파악해 장점을 극대화하고 단점을 걸어 낼 수 있습니다. 특정 단락의 문장이 뛰어나다고 해도 그것은 어디까지나 완성된 한 편의 작품 속에서 다른 단락들과 조화를 이루어야 더욱 빛나는 것입니다.

**Q** 어떤 분이 이르기를 따라쓰기는 자신의 색깔을 잃을 수 있으니 지양해야 한다고 하는데 이 부분에 대해서 조언을 듣고 싶습니다.

**A** 뛰어난 문장가들의 문장을 따라쓰다 보면 비슷한 유형의 문장을 자신의 글을 쓸 때에도 쓰게 되는 경우가 생길 수 있습니다. 하지만 그것은 짧은 시기에 불과할 뿐이고 끊임없이 글쓰기 연습과 독서를 병행하면 자신만의 색깔을 찾을 수 있습니다.

**Q** 따라쓰기를 하면 정말 마음이 가라앉고 힐링이 되나요?

**A** 컬러링북에 색깔을 채워 나가다 보면 마음이 고요해지고 그것에 더욱 몰입할 수 있게 됩니다. 따라쓰기도 마찬가지입니다. 다만 한 가지 더 좋은 점이 있다면 글쓰기 능력도 향상된다는 것입니다.

**Q** 작가가 되고 싶은데 어느 정도로 따라쓰기를 해야 할까요? 하루에 얼마나 시간 투자를 하면 되는지 궁금합니다.

**A** 따라쓰기는 순전히 각자의 역량에 맞춰 할 수 있는 작업입니다. 그러니 너무 지치지 않을 정도로 쓰는 게 좋습니다. 다만 하루도 빠짐없이, 5분이라도 시간을 투자해서 매일 쓰는 것이 좋습니다. 이런저런 사정을 핑계로 띄엄띄엄 쓴다면 곧 지루해지고 중간에 포기할 가능성이 높아집니다.

**Q** 한국 작품이 아니라 외국 작품의 번역물을 선택해도 상관없는 건가요?

**A** 우리가 외국 작품을 읽을 때 번역본을 읽는 것처럼, 따라쓰기도 원문을 따라쓰기 어렵다면 번역본을 따라쓰는 것도 훌륭한 방법입니다. 다만 여러 개의 번역본을 비교해 보고, 쉽게 읽히거나 문체가 마음에 드는 번역본을 선택하는 것이 좋습니다.

월든 1

# 생활의 경제학

이 글을 쓰던 무렵, 아니 정확히 말해 이 책의 상당 부분을 집필하던 당시, 나는 매사추세츠 주 콩코드[1]의 월든 호숫가 숲속에서 홀로 살았다. 가장 가까운 마을과 무려 1.6킬로미터나 떨어진 곳이었다. 집도 내 손으로 짓고, 생계도 직접 노동해서 얻은 것들로 꾸려 갔다. 나는 그곳에서 2년 2개월을 보냈고, 지금은 다시 문명 세계로 돌아와 잠시[2] 머물고 있다.

마을 사람들이 내 생활 방식에 관심을 보이며 일부러 물어 오지만 않았다면, 나도 굳이 사사로운 삶을 독자에게 알리려 애쓰지 않았을 터다. 누군가는 사생활을 캐묻는 그들이 무례하다고 말할 수도 있겠지만, 나는 전혀 그렇게 생각하지 않는다. 여러 상황을 고려하면 그런

관심이 오히려 자연스럽고 적절한 듯하다. 어떤 이는 내가 뭘 먹고살았는지 물었다. 외롭지 않았는지, 두렵지는 않았는지 묻는 이도 있다. 또 누군가는 내가 수입의 어느 정도를 어려운 이웃을 돕는 데 사용했는지를 궁금해 했다. 부양가족이 많은 사람은 내가 가난한 아이들을 얼마나 많이 돌봐 주었는지 물었다. 그러니 내가 이 책에서 이러한 질문들에 답하는 것에 대해, 내게 별다른 관심이 없는 독자들에게 미리 심심한 양해를 구한다.

대부분의 책은 일인칭 대명사 '나'를 생략하지만, 이 책에서는 그대로 두겠다. '자기중심적'이라는 점이 바로 여타의 책과 가장 큰 차이점인 것이다. 우리는 화자가 결국은 일인칭임을 자주 잊는다. 내가 나 자신만큼이나 잘 아는 다른 사람이 있다면, 굳이 내 이야기를 하겠는가. 안타깝게도 나는 경험이 얕아서 '나'라는 주제에 얽매일 수밖에 없다. 게다가 나는, 모름지기 작가란 타인의 삶에 관해서만 미주알고주알 적어 내려갈 것이 아니라, 자기의 삶에 관해서도 소박하고 진실한 글을 써야 한다고 믿는다. 먼 타지에서 제 피붙이에게 써 보낼 법한 글 말이다. 열심히 살아온 사람이라야 먼 타향에서 그런 글을 적어 보낼 테니 말이다. 이 책은 특히나 가난한 학생들에게 더 도움이 되리라 본다. 그 외의 독자들은 자신에게 필요한 부분만 취하면 될 터다. 외투가 몸에 맞지 않는다고 솔기를 잡아 늘이면서까지 억지로 입어서

야 쓰겠는가. 옷도 맞는 사람이 입어야 제구실을 하는 법이다.

이제부터 내가 기꺼이 하고자 하는 이야기는 중국인이나 샌드위치 섬[3] 주민이 아니라 지금 이 글을 읽는 당신, 즉 뉴잉글랜드[4] 주민에 관한 것으로, 당신이 처해 있는 상황, 특히 이 세상과 이 마을에서 당신이 놓인 외적인 처지와 상황이 어떠한지, 왜 이렇게까지 나쁜 것인지, 개선될 여지는 없는지 등에 관한 내용이다. 나는 콩코드 지역을 두루 여행했는데 가는 곳마다, 상점이든 사무실이든 들판이든, 주민들이 참으로 다양한 방식으로 고행을 치러 낸다는 인상을 받았다. 브라만[5] 들은 사방에 불을 피워 놓고 그 한가운데 앉아 뜨거운 태양을 올려다보기도 하고, 불길 위에 거꾸로 매달려 있기도 하고, 고개를 뒤로 돌려서 어깨 너머의 하늘을 바라보는 자세를 너무 오랫동안 취하다가 결국 목이 제자리로 돌아오지 않아 유동식 말고는 아무것도 삼킬 수 없는 지경에 이르기도 한다고 들었다. 또는 나무 밑동에 몸을 사슬로 묶고 평생을 살기도 하고, 애벌레처럼 기어 다니며 제 몸으로 광활한 제국의 크기를 재기도 하고,[6] 기둥 위에서 외발로 서 있기도 한다. 하지만 이렇게 의식적으로 행하는 고행도 내가 매일 목격하는 마을 주민들의 힘겨운 삶의 모습에 비하면 그리 놀랍거나 충격적인 건 아니다. 헤라클레스의 12가지 과업[7]조차 내 이웃이 치르는 고생에 비하면 사소하기 이를 데 없다. 헤라클레스야 12가지 고역만 치러 내면 어쨌든

18

끝나지만, 내 이웃은 괴물을 사로잡거나 목을 베어 버릴 수도 없는 노릇이니, 노동을 끝낼 방도가 없기 때문이다. 그들은 뜨겁게 달군 인두로 히드라[8]의 머리를 지져 줄 친구 이올라오스가 없어서, 머리 하나를 잘라 버리는 순간 두 개가 솟아 나온다.

　나는 이웃 젊은이들이 농장, 집, 헛간, 가축, 거기에 농기구까지 물려받은 탓에 불행하게 살아가는 모습을 본다. 얻기는 쉬워도 처치해 버리기는 힘든 유산들이 아닌가. 차라리 너른 초원에서 태어나 늑대의 젖을 먹고 자랐다면[9] 자신이 노동을 통해 일궈 가야 할 대지에 관해 더 명확하게 배울 수 있었을 터다. 누가 그들을 땅의 노예로 만들었는가? 왜 인간은 한 줌 먹을거리만으로도 충분히 살아갈 수 있거늘, 굳이 7만여 평이나 되는 땅을 파는가? 뭐하자고 태어나자마자 무덤을 파기 시작하는가? 그들은 앞에 놓인 이 모든 짐을 한평생 밀고 나가야 할 뿐 아니라, 힘닿는 한 훌륭히 살려고 애쓰기까지 해야 한다. 그 무게에 짓눌려서 숨을 헐떡이며 80여 평짜리 헛간을 채우고, 더러운 아우게이아스 왕의 외양간[10]을 청소하고, 12만 평이 넘는 경작지와 목초지와 삼림까지 건사하며 삶의 여정을 어렵사리 기어가는 가엾은 영혼을 지금껏 나는 얼마나 많이 만났던가. 괜시리 물려받은 짐덩이 때문에 고생할 필요가 없는 무일푼 신세인 이들조차, 자그마한 제육신 하나 다스리고 수양하기만도 버거워 어쩔 줄 모르는 마당에 말

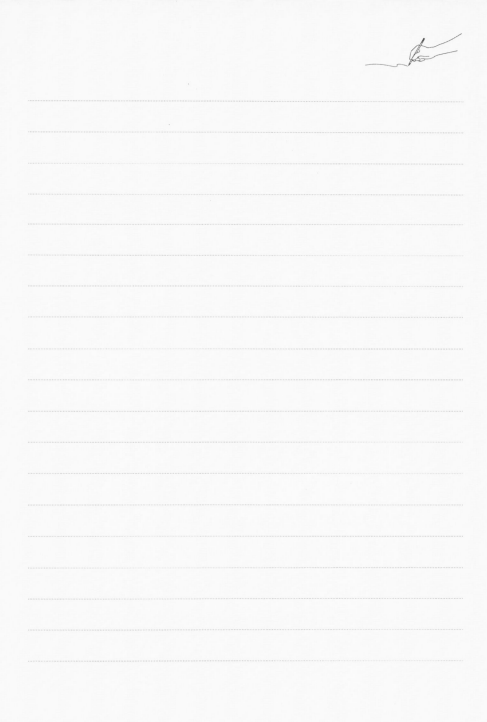

이다.

하지만 인간이 그렇게 고생스럽게 일하는 건 잘못이다. 육신은 때가 되면 땅에 묻혀 퇴비로 변한다. 우리는 흔히 '필연'이라고 불리는 운명(처럼 보이는 것)에 현혹되어, 어느 고서[11]에도 적혀 있듯이 좀먹고 녹슬어 못 쓰게 되고 도둑이 들어 훔쳐 가면 그만인 재물을 모으느라 평생을 허비한다. 그것은 바보의 삶임을, 미리 깨닫지는 못하더라도 죽을 때가 가까워 오면 누구나 자연히 알게 된다. 데우칼리온과 피라는 등 뒤로 돌을 던져 인간을 만들었다고 한다.[12]

"Inde genus durum sumus, experiensque laborum,
Et documenta damus qua simus origine nati."[13]

월터 롤리 경의 격조 높은 번역체로 읽어 보면 다음과 같다.

"그날 이후 인류는 단단한 심장으로 고통과 근심을 견뎌 내니,
인간의 육신이 돌과 그 본성을 같이함을 보여 준다."

머리 뒤로 돌을 던지고 그 돌이 어디 떨어졌는지 돌아보지도 않는, 어설픈 신탁에 맹목적으로 복종하는 짓은 이제 그만두기로 하자.

비교적 자유로운 이 나라에서조차 대부분의 사람이 순전히 무지와 오해 탓에, 부질없는 근심과 쓸데없이 과도한 노동에 시달리며 삶이 주는 달콤한 열매를 맛보지도 못한 채 살아간다. 고된 노동에 투박해진 손가락들은 심하게 떨려서 그런 섬세한 열매를 딸 수가 없는 것이다. 사실 노동에 찌든 사람은 인간의 참다운 고결함을 유지해 나갈 여유가 없다. 남들과 인간다운 관계를 이어 갈 여력도 없다. 시장에서 자신의 노동 가치가 현격히 하락할까 두렵기 때문이다. 그는 그저 일만 하는 기계에 다름 아니다. 사람이 성장하려면 자신이 무지하다는 사실을 기억해야 하는데, 아는 것을 계속 사용해야 하는 처지에 어찌 자신의 무지함을 떠올릴 수 있겠는가? 그러니 우리는 그를 비난하기 전에, 우선 무상으로 먹을 것과 입을 것을 제공하고 강장제로 원기도 북돋아 주어야 한다. 인간 본성의 최고 자질은 과일 껍질에 배어 나온 당분과 같아서 매우 조심스럽게 다루어야만 그대로 보존된다. 그러나 우리는 자신은 고사하고 남을 대할 때도 상냥하게 처신하지 않는다.

모두 알다시피, 어떤 이는 너무 가난해서 생계를 이어가는 것조차 힘에 부쳐 숨을 헐떡인다. 나는 이 책을 읽는 독자 가운데도 실제로 자신이 먹은 저녁값조차 제대로 치를 수 없고, 외투와 구두가 다 닳았거나 이미 해졌지만 새로 장만할 돈이 없으며, 빚쟁이에게 쫓기는 와중에 한두 시간을 쪼개어 이 책을 읽고 있는 사람이 있다고 확신한다.

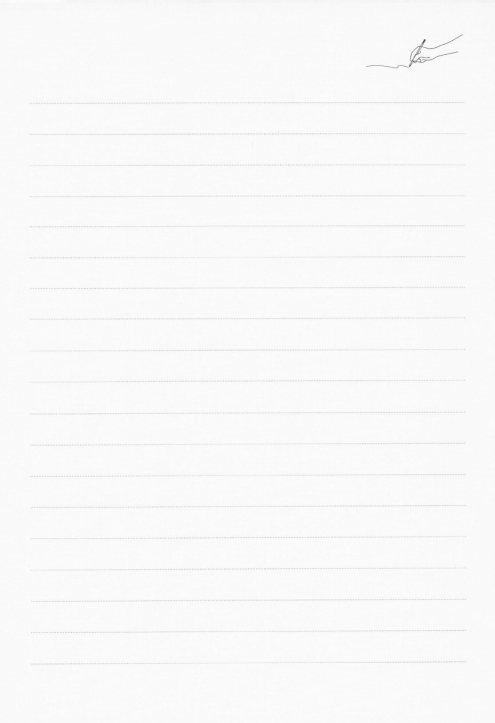

경험으로 명민해진 내 눈에는 그들 중 많은 이가 얼마나 초라하고 비루한 삶을 살아가는지 실로 명백히 보인다. 어떻게든 일자리를 찾아서 빚에서 헤어나려 애쓰고는 있지만 빚은 늘 한계점에 도달해 있다. 고대로부터 빚은 한 번 빠져들면 절대 헤어날 수 없는 늪이었다. 로마인들은 동전을 놋쇠로 만들었기에 빚을 아에스 알리에눔(aes alienum), 즉 '타인의 놋쇠'라 불렀는데, 오늘날에도 여전히 많은 사람이 타인의 놋쇠 더미에 파묻혀 허우적대며 살아간다. 늘 '내일 갚겠다, 내일은 꼭 갚겠다'라고 약속하면서 오늘은 파산한 채로 죽어 간다. 거래를 따내려고 아첨해서 비위를 맞추고, 교도소에 갈 만한 죄만 아니면 무슨 짓이든 서슴지 않고 저지른다. 이웃의 신발, 모자, 외투, 마차 등을 만드는 일감이나 그들의 식자재 공급을 도맡을 요량으로 거짓말하고 아첨하고 투표한다. 자신이 공손함의 표본이라도 되는 양 행세하며, 얄팍하고 덧없는 관대함을 마구 베풀어 댄다. 그러다 보면 병이 들 테니, 몸져누울 때를 대비해 돈을 쌓아 두려 한다. 낡은 궤 속 깊숙한 곳이나 회벽 뒤의 양말 속, 또는 좀 더 안전한 방법으로 벽돌로 지은 든든한 은행에 숨긴다. 돈을 모아 두는 장소나 방법, 액수의 많고 적음은 문제가 되지 않는다.

나는 우리가 대체 어떻게 그토록 경박하게, 거의 역겹다고 말할 수 있을 정도면서 다소 생경한 형태의 인간 예속 제도인 '흑인 노예 제

도'에 몰두할 수 있었는지 때로 놀랍다. 남북 양쪽에서 인간을 노예로 만들려고 눈을 번뜩이며 기회만 노리는 자가 수도 없이 많다. 남부의 노예 감독 밑에서 일하기가 힘들다고도 하고, 북부의 감독이 더 고되다고도 말한다. 하지만 최악은 스스로 자신의 노예 감독관 노릇을 하는 것이다.

인간은 신성하다더니! 밤낮으로 장터를 오가느라 도로를 달리는 짐마차꾼을 보라. 그의 내면에 신성이 조금이라도 꿈틀대고 있겠는가? 그의 지고한 의무란 말에게 건초와 물을 먹이는 것이다! 지불받을 운송료와 비교해서, 운명이란 것이 그에게 무슨 가치가 있겠는가? '평판'이라는 나리를 위해 마차를 몰고 있지 않은가? 그가 어떻게 신을 닮고, 불멸의 존재이겠는가? 비굴하고 천박하게 굽실거리고 온종일 막연한 두려움에 떠는 그를 보라. 불멸의 신성한 존재는커녕 자신에게 스스로 내리는 평가, 자신의 행동에 대한 평판을 살피는 노예이자 포로의 모습이다. 세상의 평은 우리 스스로 내리는 평가에 비하면 가벼운 폭군이다. 자신을 어떻게 생각하는가가 사람의 운명을 결정, 혹은 암시한다. 환상과 상상의 땅인 서인도 제도를 해방시킨 윌버포스[14] 같은 인물이라도, 과연 자아를 해방시켜 줄 수 있을까? 생의 마지막 날까지 화장대용 방석이나 짜며 자신의 운명에 너무 큰 기대를 드러내지 않는 이 땅의 아낙네들을 생각해 보라! 시간은 낭비하지만 영원을

해치는 건 아니라는 듯한 태도다.

참으로 많은 사람이 절망의 인생을 묵묵히 살아간다.[15] 소위 체념은 절망으로 굳어진다. 그들은 절망적인 도시에서 절망적인 시골로 찾아들어가, 밍크와 사향쥐의 용기[16]에서 겨우 위안을 찾는다. 놀이와 오락거리라 부르는 행위 저변에도 우리가 전혀 의식하지 못하는 매우 전형적인 절망이 숨어 있다. 노동 후에나 놀 수 있는데, 전혀 여력이 없지 않은가. 그러나 절망적인 행위를 하지 않는 것이 바로 지혜의 한 특징이다.

인간의 주된 존재 목적은 무엇인지, 삶에 꼭 필요한 물품과 수단은 무엇인지를 교리문답식으로 풀어 보자면, 인간은 오늘날의 통상적인 생활 방식을 의도적으로 택했는데 왜냐하면 그것이 여타의 방식보다 좋았기 때문이다. 그런데도 사람들은 선택의 여지가 전혀 없었다고 믿는다. 하지만 천성이 기민하고 건전한 자들은 매일 아침 태양이 어김없이 떠오른다는 사실을 안다. 아직 늦지 않았으니, 이제라도 편견을 벗어 버리자. 아무리 고대로부터 이어 온 사고 방식, 행동 방식이라도 충분히 입증되지 않은 것을 믿어서는 안 된다. 마찬가지로 오늘 모두가 한목소리로 진실이라고 말하거나 암묵적으로 인정하는 것이라도 내일 거짓으로 드러날 수 있다. 덧없이 사라질 연기를 농토를 비옥하게 적셔 줄 비구름으로 믿었던 것일 수 있다는 말이다. 옛사람들이

불가능하다 말했던 것들도 시도하면 해낼 수 있다. 옛사람이 옛날 방식을 따랐다면, 새 사람에게는 새 방식이 있는 법이다. 한때는 계속 땔감을 넣어야 불길이 유지된다는 사실도 몰랐겠지만, 이제는 가마 밑에 마른 장작을 조금씩 태워서 말 그대로 노인들을 치어 죽일 기세로, 새처럼 빠르게 지구를 돈다.[17]

나이만 많다고 해서 노인이 젊은이보다 더 나은 스승이 되지는 않는다. 아니, 오히려 더 못하다고도 할 수 있는 것이, 나이가 들수록 인간은 얻는 것보다 잃는 것이 더 많다. 혹자는 그래도 현명한 사람이라면 나이를 먹는 과정에서 삶의 절대적 가치라 할 만한 것을 깨닫지 않겠느냐고 생각할지 모르겠다. 하지만 실제로는 노인이 젊은이에게 긴히 전해 줄 조언이란 거의 없다. 그들의 경험도 불완전하기 이를 데 없고, 인생마저도 처참한 실패로 끝났기 때문이다. 그들은 실패가 개인적인 사유 때문이었다고 철썩같이 믿지만, 그것은 명색뿐인 경험에서 남은 신념일 것이다. 그들은 그저 예전보다 젊지 않을 뿐이다. 나는 세상에 태어나 30여 년을 살았는데, 아직까지 노인에게서 가치 있거나 진심에서 우러난 충고 같은 것을 단 한 마디도 들어본 적이 없다. 그들은 내게 아무 말도 해 주지 않았고, 어쩌면 해 주고 싶어도 해 줄 말이 없는지도 모른다. 삶이란, 아직은 내가 거의 시도조차 해 보지 않은 하나의 실험이다. 그렇다고 연장자들이 이미 시도해 봤다는 사실

이 내게 도움이 되지는 않는다. 앞으로 무엇이든 가치 있는 경험을 하게 되더라도, 나는 인생 선배들이 그에 대해서 내게 아무런 도움도 주지 않았음을 떠올릴 것이다.

한 농부는 내게 이렇게 말한다. "채소만으로 삶을 연명해 갈 수는 없소. 뼈를 만들 만한 영양분이 안 들어 있거든." 그래서 그는 뼈를 튼튼하게 할 영양분을 몸에 공급하고자 매일 일정한 시간을 헌신적으로 할애한다. 그런 말을 하는 내내 농부는 소의 뒤를 따라 걸었는데, 소는 온갖 장애를 헤치고 육중한 자신의 몸과 쟁기를 힘차게 끌고 간다. 그런데 소의 뼈야말로 풀만 먹여 만들어 낸 결과물이 아니던가. 남의 도움 없이는 움직일 수도 없는 사람이나 병자에게는 반드시 필요한 생필품이라도, 어떤 사람에게는 사치품에 지나지 않을 수 있고, 아예 그런 물건이 존재하는지도 모른 채 살아가는 사람도 있다.

산꼭대기든 계곡이든 간에 인간 세상의 모든 땅을 이미 선조들이 다 훑고 지났을 뿐 아니라, 그들이 세상사 모두를 두루 섭렵했다고 생각하는 사람도 있을지 모른다. 영국의 저술가 이블린[18]에 따르면 "현명한 솔로몬은 나무를 심는 간격까지도 법령으로 정했고, 로마 집정관들은 남의 땅에 들어가 도토리를 주워도 사유재산 침해 죄로 걸리지 않게 허용되는 횟수를 정하고, 주인의 몫까지 규정했다."라고 한다. 심지어 히포크라테스는 손톱을 자르는 데 적용할 지침까지 남겼

다. 모름지기 손톱이란 손가락 끝에 맞추어 더 길거나 짧지 않게 잘라야 한다는 것이다. 삶의 다양성과 즐거움을 고갈시키는 권태와 따분함은 확실히 아담의 시대만큼이나 오래되었다. 그러나 인간 능력의 한계는 아직 제대로 측정된 바가 없는데, 과거의 전례만으로 판단해서는 안 될 뿐만 아니라 지금껏 거의 시도되지도 않았다. 그러니 과거에 어떠한 실패를 경험했든 간에 "괴로워하지 말거라, 나의 아들아. 네가 해내지 못한 일로 누가 너를 탓하겠느냐?"[19]

인간은 수천 가지 간단한 방식으로 삶을 시험해 볼 수 있다. 예를 들어, 내 밭의 콩을 여물게 하는 태양은 동시에 여러 다른 행성도 비추고 있다. 이 사실만 기억했더라도 나는 몇 가지 실수는 저지르지 않았을 것이다. 햇빛은 이미 내 호미질을 비추던 빛과는 다르다. 별들은 얼마나 근사한 삼각형의 정점을 이루고 있는가! 우주 속의 다양한 저택에서 살아가는, 서로 동떨어진 상이한 존재들이 동시에 같은 것을 바라보고 있다니 이 얼마나 놀라운가! 자연과 인간의 삶은 우리의 기질만큼이나 가지각색이다. 한 삶이 다른 삶에 어떻게 영향을 미칠지 누가 예측할 수 있겠는가. 인간이 서로의 눈을 잠시 들여다보는 것보다 더 큰 기적이 있을까? 인간은 아주 잠시라도 세상 모든 시대를, 아니 모든 시대의 온갖 삶을 살아 봐야 한다. 역사와 시와 신화! 타인의 경험을 이보다 더 놀랍고 유익하게 적은 글이 세상에 또 있겠는가.

내 이웃 대부분이 선이라 부르는 것을, 나는 진심으로 악이라 믿는다. 그래서 살면서 후회되는 일을 꼽는다면, 다름 아닌 내 자신의 선행이다. 도대체 무슨 악마에 사로잡혀서 그토록 선하게 행동했을까? 노인 양반, 당신은 칠십 평생을 살아오며 그럭저럭 명예도 얻었으니 나름대로 가장 현명하다 싶은 말을 하고 있겠지만, 내 귀에는 부디 그 말을 멀리하라는, 거역할 수 없는 마음의 속삭임이 들린다오. 한 세대는 이전 세대가 벌인 일들을 마치 좌초된 선박을 버리고 가듯 포기해야 하는 법 아니겠소.

나는 우리가 지금보다 훨씬 많은 것을 안심하고 믿어도 좋으리라 생각한다. 자신에 대한 근심은 일단 접어 두고 다른 곳으로 그 관심을 돌려 보자. 자연은 인간의 강점뿐 아니라 약점에도 잘 조율돼 있다. 어떤 이들은 끊임없이 걱정하고 불안해 하는데, 불치병과 같다. 우리는 우리가 하는 일의 중요성을 과장하는 경향이 있지만, 사실 우리가 하지 않은 일이 얼마나 많은가! 병이라도 들면 어쩔 텐가? 그런데도 얼마나 경계하며 사는지! 믿음 따위는 버리고 살기로 작정한 듯이 온종일 경계 태세이다가, 밤이 되면 마지못해 기도문을 외우며 불확실성의 한가운데로 몸을 던진다. 그래서 우리는 아주 철저하게 현재의 삶만 숭배하고 변화의 가능성은 철저히 부인하면서 살아간다. "이 길이 유일한 길이야"라고 되뇐다. 하지만 원의 중심에서 반경이 다른 원을

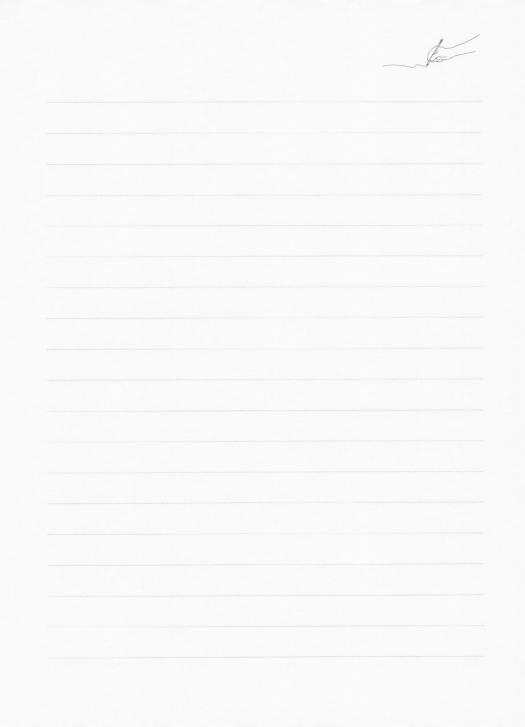

무수히 그릴 수 있듯이 길도 얼마든지 있다.

모든 변화는 의미심장한 기적이다. 그런데 그 기적은 시시각각 일어나고 있다. 공자는 이렇게 말했다. "아는 것을 안다 하고, 모르는 것을 모른다 하는 것이, 곧 참되게 아는 것이다." 한 사람 한 사람이 상상 속의 사실을 자신이 이해하는 사실로 환원해 낼 때, 차츰 모든 인간이 그 토대 위에서 삶을 일구어 나갈 수 있으리라고 나는 믿는다.

앞서 내가 언급했던 여러 불안과 근심에 관해 잠시 생각해 보자. 그런 걱정이 정말 필요한지, 적어도 주의를 기울일 필요는 있는지 말이다. 오늘날 우리는 문명의 한가운데서 살지만, 원시적이고 변방적인 생활 방식을 따라 해 보면 인간의 삶에 꼭 필요한 것이 무엇이고 어떻게 얻을 수 있는지 알게 된다. 혹은 상인들의 거래 장부를 살펴봐도 가게에서 손님이 가장 많이 사서 가게에 가장 많이 들여놓은 상품이 무엇인지, 다시 말해 가장 잘 팔리는 필수품을 알 수 있다. 제아무리 세상이 발전해도 기본적인 인간 생존 법칙은 거의 변하지 않기 때문이다. 우리의 골격이 선조들의 것과 크게 다르지 않듯이 말이다.

내가 말하는 '삶의 필수품'이란, 인간이 자신의 노력으로 얻는 것 중에서 맨 처음부터, 혹은 매우 오랫동안 사용해 와서 삶에서 지극히 중요해진 나머지 야만성, 가난, 철학 등의 이유를 불문하고 어느 누구도 그것 없이 살아갈 엄두조차 내지 않는 것을 의미한다. 그런 측면에

서 많은 생물들에게 삶의 필수품은 딱 하나, 음식이다. 평원의 들소는 입에 맞는 약간의 풀과 마실 물이면 충분하다. 숲이나 산그늘에 들어가 몸을 누일 장소를 찾지 않을 때 말이다. 다시 말해, 동물은 먹이와 잠자리 외에 더는 아무것도 바라지 않는다.

뉴잉글랜드와 같은 기후에서 살아가는 사람에게 꼭 필요한 것은 음식, 집, 옷, 연료 정도로 나누면 비교적 정확하겠다. 이것이 확보된 후에야 우리는 자유와 성공에 대한 기대를 품고 삶의 진정한 문제를 해결해 나갈 준비가 되기 때문이다. 인간은 집뿐만 아니라, 옷과 음식 조리법까지 고안해 냈다. 또한 아마도 우연히 불의 따뜻함을 발견하고 계속 그렇게 사용해서, 처음에는 불을 쬐는 것이 사치였지만 오늘날에는 너무나 당연시된다. 가만 보면 개와 고양이도 이러한 제2의 천성을 습득해 가고 있다. 적절한 주거지와 옷으로 우리는 적절히 체온을 유지한다. 그러나 집이나 옷이나 연료를 지나치게 이용하면, 다시 말해 외부의 열이 체온보다 높아지면, 아예 우리의 몸이 요리되는 사태가 발생하지는 않을까?

찰스 다윈은 티에라델푸에고[20]를 방문했을 때, 그의 일행은 옷을 두툼히 챙겨 입고 불가에 앉아 있어도 별로 따뜻한 줄 몰랐지만, 그곳의 벌거벗은 원주민은 불가에서 멀리 떨어져 있었음에도 '더워서 어쩔 줄 모르며 땀을 비 오듯이 흘리는 모습'을 보고는 놀라움을 금할 수

없었다고 이야기했다. 마찬가지로 호주의 원주민은 벌거벗고도 아무렇지 않은데, 유럽인은 옷을 입고도 추위에 벌벌 떤다고 하지 않는가. 그렇다면 추위에 강한 야만인의 특징과 문명인의 지적 능력을 겸비하는 일은 불가능할까?

독일의 화학자 유스투스 폰 리비히에 따르면, 인간의 몸은 난로이고 음식은 폐 속의 내부 연소를 유지시켜 주는 연료와 같다. 우리는 날씨가 추우면 음식을 더 먹고, 더우면 덜 먹는다. 동물의 열은 체내에서 서서히 연소가 일어나는 결과인데, 연소의 속도가 너무 빠르면 질병이나 죽음을 맞이한다. 연료가 부족하거나 통풍 기능에 결함이 생겨도 불은 꺼지고 만다. 물론 생명을 유지시키는 체온과 불을 같은 것으로 혼동해서는 안 될 테니, 비교는 이쯤 해 두자. '동물의 생명'이라는 표현은 어찌 보면 '동물의 열'이라는 표현과 거의 동의어가 아닌가 싶다. 왜냐하면 음식은 몸의 열기를 꺼뜨리지 않는 연료라 할 수 있는데, 연료는 결국 음식을 익히거나 외부에서 열을 가해 우리 몸을 따뜻하게 데워 주는 역할을 한다. 집과 옷은 그렇게 발생되어 몸에 흡수된 열을 단지 유지시킬 뿐이다.

그러니 몸을 따뜻하게 하여 생사가 달린 체열을 지키는 것이 인간이 반드시 해야만 하는 일이다. 그래서 우리는 온갖 수고를 마다 않고 음식과 옷과 집을 마련한다. 뿐만 아니라, 밤에 입는 잠옷과도 같은 침

대까지 확보하려 애쓴다. 집 안의 또 다른 집인 침대를 만들고자 새의 둥지와 깃털까지 훔친다. 두더지가 굴속 깊은 곳에 풀과 나뭇잎으로 잠자리를 마련하는 것과 조금도 다를 바 없다.

가난한 이들은 늘 세상이 참 냉혹하다고 불평한다. 실제로 인간이 느끼는 고통의 대부분은 사회적 냉대 못지않게 육체적 추위에서 비롯된다. 어떤 기후대에서는 여름이면 거의 낙원과도 같은 삶을 살 수 있다. 음식을 조리할 때 말고는 연료를 사용할 필요도 없다. 태양이 난로이고, 햇살 덕분에 과일도 실하게 익어 간다. 먹거리의 가짓수도 훨씬 많고, 얻기도 쉽다. 옷과 집도 전혀, 또는 거의 필요치 않다.

내가 직접 경험해 보니, 오늘날 이 나라에서 생필품 외에는 칼, 도끼, 삽, 손수레 정도의 도구만 필요하다. 학구적이라면 램프, 문구, 책 몇 권쯤 더 필요한데, 전부 다 소액으로 마련할 수 있다. 그런데도 몇몇 어리석은 이들은 지구 반대편의 야만적이고 비위생적인 지역까지 찾아가 10년이고 20년이고 죽어라 일만 한다. 언젠가는 이곳 뉴잉글랜드에 돌아와 편안하고 따뜻하게 살다가 생을 마치기 위해서라면서 말이다. 돈 많은 부자들은 편안할 정도의 따뜻함이 아니라, 부자연스러울 정도로 뜨거운 환경을 유지하고 살아간다. 말 그대로 푹푹 삶아질 정도로 뜨겁게 산다. 필요해서가 아니라 단지 유행을 좇느라 그리한다.

대부분의 사치품과 소위 삶을 편안하게 해 준다는 편의품들은 우리의 일상에 그다지 필요치도 않을 뿐 아니라, 확실히 인간의 발전에도 방해가 된다. 말이 나왔으니 한마디 하자면, 예로부터 지혜로운 사람은 가난한 사람보다 훨씬 소박하고 빈곤한 삶을 살았다. 고대 중국, 인도, 페르시아, 그리스의 철학자들은 외적으로는 비교할 상대가 없을 정도로 가난했으나 내면은 그 누구보다 풍족했다. 우리는 그들에 대해 거의 아는 바가 없는데, 어쩌면 이만큼이라도 알고 있다는 사실이 놀랍다. 그들보다 좀 더 후대를 살았던 개혁가나 후원자 들에 대해서도 마찬가지다. 인간의 삶을 공정하고 현명한 눈으로 관찰하려면 우리가 소위 '자발적 빈곤'이라 부를 만한, 그런 고지에 올라야만 한다. 농업이든 상업이든, 문학이나 예술 어느 분야든, 사치스러운 삶을 통해 이루어 낸 결실은 사치뿐이다. 오늘날에는 철학 교수는 있는데 철학자가 없다. 물론 삶이란 탄복을 자아내기에, 삶을 가르치는 일도 칭송할 만한 것이다. 단지 심오한 사상을 품고 있다거나 나름의 학파를 세웠다고 철학자가 되지는 않는다. 지혜를 사랑하고 지혜가 이끄는 대로 소박하고 독립적이고 관대하고 진실하게 살아가야 한다. 삶의 문제들을 이론으로도, 실제로도 해결할 수 있어야 한다는 뜻이다. 위대한 학자와 사상가의 성공은, 왕을 보필하는 신하 같은 성공이다. 왕이나 대장부 같은 성공이 아니다. 그들은 최선을 다해서 선조들이 했

던 대로 순응해 살아가려 노력하지, 결코 고귀한 인류의 선구적 존재가 될 수 없다.

그렇다면 인간은 왜 점점 퇴보하는가? 왜 가문은 하루하루 쇠락해 갈까? 국가를 무력화시키고 파괴하는 사치의 본질은 무엇인가? 우리 자신의 삶은 전혀 사치스럽지 않다고 단언할 수 있을까? 철학자는 삶의 외적인 측면에서도 시대를 앞서간다. 그는 동시대 사람들처럼 먹고 자고 입고 몸을 데우지 않는다. 어떻게 하면 우리도 철학자가 되어 남보다 더 나은 방식으로 생명 유지에 필수적인 체온을 지켜 나갈 수 있을까?

내가 앞서 언급한 여러 방법으로 몸을 따뜻하게 유지할 수 있다면, 그다음에 우리는 무엇을 바라게 될까? 같은 정도의 온기를 더 많이 바라지는 않을 터다. 더 풍성하고 값진 음식, 더 크고 화려한 집, 더 고급스럽고 다채로운 옷, 그리고 여기저기서 끊임없이 타오르는 더 뜨거운 불길 등을 바라게 되리라. 삶의 생필품들을 다 마련했다면, 여분의 것을 장만하는 것보다 더 좋은 대안이 있다. 바로 지금. 비천한 노동에서 잠시 멀어져 삶을 탐험하는 모험을 떠나는 것이다. 씨앗이 알맞은 토양을 만나 잔뿌리를 내리면, 곧 그 줄기가 자신 있게 위로 뻗어 올라간다. 마찬가지로 사람도 대지에 단단히 뿌리내리는 것은, 그만큼 하늘로 높이 솟아오르고자 함이 아니겠는가. 귀한 식물은 땅에

서 높이 자라나 대기와 햇살 속에서 맺는 열매 덕분에 시시한 채소와는 달리 소중히 대접받는다. 채소는 이년생 식물이더라도 대부분 뿌리를 완전히 내릴 때까지만 기르고, 먹으려고 윗부분을 다 잘라 버리니까 그 식물의 꽃피는 시기를 잘 모른다.

나는 천성이 강인하고 용감한 사람들에게 어떤 규칙을 늘어놓으려는 게 아니다. 그들은 천국에 있든 지옥에 있든 자기 일은 스스로 알아서 처리하고, 부자보다도 더 웅장한 저택을 짓고 더 호화롭게 살면서도, 결코 궁핍해지지 않으니까. (그들이 어떻게 그리 살아갈 수 있는지는 모르겠다. 실제로 그런 사람이 존재하기는 할지, 꿈에서나 존재하는 사람들인지도 모르겠다.) 또한 정확히 현재 처해 있는 상황에서 격려와 영감을 얻고, 연인들 간에 느낄 법한 애정과 열정으로 현재를 소중히 여기는 사람에게 설교하려 함도 아니다. 사실 내가 어느 정도는 이 부류에 속한다. 마지막으로, 어떤 환경에서든 하는 일에 충실하고 자신이 그 일에 적합한지 아닌지를 잘 아는 이들에게 충고하려 함도 아니다. 내가 말하는 대상은 주로, 현재가 불만스럽고, 적극적으로 상황을 개선하려 노력해야 할 때 운명이나 시대를 탓하며 불평만 궁시렁거리는 사람들이다. 나름의 의무를 다하고 있다고 소리 높여 주장하며 고집스럽게 불만을 터뜨려 대는 이들이다. 또한 겉보기에만 부유할 뿐 실제로는 지독히도 가난한 사람들, 즉 쌓아 놓은 건 잔뜩인데 그것을 어

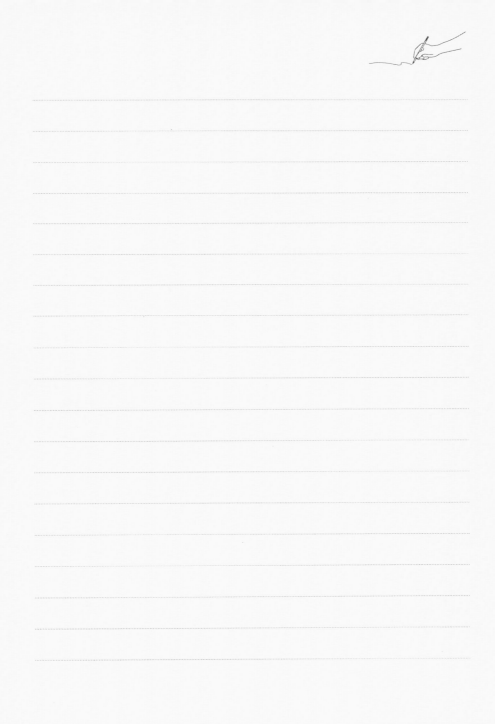

떻게 써야 할지, 또 어떻게 처분해야 할지 몰라 쩔쩔매는 부류들이다. 그들에게 황금과 은은 스스로의 발을 옭아매는 족쇄다.[21]

내가 과거에 어떤 삶을 살아가길 소망했는지 이야기하면, 어느 정도 내 삶의 이력을 알고 있는 독자마저도 의아함을 느낄 테니, 나를 전혀 모르는 독자라면 확실히 깜짝 놀랄 것이다. 그러니 내가 마음에 품었던 계획의 일부만 넌지시 털어놓겠다.

날씨에 상관없이, 밤낮 어느 시간이든 개의치 않고, 나는 주어진 시점을 최대한 살아가려 했고, 그것을 지팡이에도 새겼다.[22] 또한 과거와 미래라는 두 영원이 만나는 지점인 현재에 정확히 발붙이고 서 있으려 애썼다. 내 설명이 다소 애매모호하더라도 양해해 주기를 바란다. 내가 하는 일이라는 게 남들보다 은밀한 구석이 많다. 일부러 감추려는 게 아니라 일의 특성 자체가 그럴 뿐이다. 나는 기꺼이 내가 아는 바를 모두 말하겠다. 절대로 마음의 문 앞에 '입장 불가'라는 팻말을 내걸지 않겠다.

나는 오래전에 사냥개와 밤색 말과 비둘기[23]를 잃어버렸고, 지금도 여전히 그들의 행방을 찾는 중이다. 그동안 나그네를 만날 때마다, 나는 녀석들이 잘 가던 곳과 어떻게 부르면 제 이름을 잘 알아듣는지 설명하며 그들을 잃은 근심을 털어놓곤 했다. 내 사냥개가 짖는 소리를

들었노라, 말발굽 소리를 들었노라, 심지어는 내 비둘기가 조각구름 뒤로 사라지는 모습을 보았노라 말하는 이들도 몇 번 만났다. 그들은 마치 자신들의 동물을 잃어버리기라도 한 듯 그들을 찾고 싶어 조바심까지 냈다.

그저 해돋이나 새벽 여명이 아니라, 자연 그 자체를 기대하며 살아간다면 얼마나 좋겠는가! 그동안 나는 얼마나 많은 여름과 겨울 아침에, 아직 아무도 일어나 일을 시작하지 않은 이른 시간에 잠자리를 털고 일어나 내 일을 시작했던가! 당연히 많은 마을 사람이 이미 일을 마치고 돌아오는 나와 마주치곤 했는데, 어스름한 황혼 녘에 보스턴으로 출발하는 농부나 그제야 일터로 나가는 벌목꾼도 있었다. 솔직히 말해 내가 해 뜨는 것을 도울 수야 없었지만, 해가 뜰 때 그 모습을 지켜봤다는 사실만큼 중요한 것이 있겠는가.

아, 나는 얼마나 많은 가을날과 겨울날을 마을 밖에서 보내며 바람이 실어 오는 소리에 귀 기울이고, 그 소식을 빠르게 전달하려 애썼던가! 거기에 나는 전 재산을 털어 넣었고, 바람을 정면으로 맞느라 숨을 헐떡이며 달렸다. 정치권의 양대 정당에 관련된 내용이었다면, 단언컨대 속보로 신문에 실리고도 남았을 터다. 뭐라도 새로운 것이 보이면 곧바로 전보를 치려고 절벽이나 나무 위 전망대에 올라가 망을 보기도 했고, 저녁 무렵이면 언덕 꼭대기에 올라가 하늘을 올려다보

며 행여 뭔가 뚝 떨어지지는 않을까 기대했다. 하지만 사실 한 번도 떨어지는 뭔가를 잡아 본 적은 없었고, 잡았다 한들 아침이면 만나[24] 처럼 햇살 속에 다시 녹아 버리지 않았을까 싶다.

나는 오랫동안 발행 부수가 그다지 많지 않은 어느 잡지사의 통신원을 지냈다. 하지만 편집장이 내가 쓴 글이 대부분 기사로 내보내기에 적절치 않다고 보아서, 작가들이 흔히 그러듯 나도 고생만 하고 결실은 얻지 못했다. 그러나 내 경우에는 고생 자체가 보상이었다.

여러 해 동안 나는 눈보라와 폭풍우의 조사관을 자임하고 임무를 충실히 수행했다. 또한 측량 기사로서 큰길은 아니더라도 숲속 오솔길과 모든 지름길을 찾아내 늘 통행이 가능하도록 조치했으며, 사람의 발길이 잦아 쓸모가 입증된 골짜기에는 다리를 놓아서 사시사철 통행이 가능하도록 신경 썼다.

걸핏하면 울타리를 뛰어 넘어가 마을의 충직한 목동을 애먹이는 길들지 않은 가축을 보살피면서, 사람의 손길이 제대로 닿지 않는 농장 구석구석을 살피는 일도 내 몫이었다. 비록 요나와 솔로몬[25]이 오늘 밭에 나와 일을 했는지의 여부까지 늘 꼼꼼히 챙길 수야 없었지만, 사실 그것은 내가 상관할 바도 아니었다. 대신 나는 붉은 월귤나무, 벚나무, 팽나무, 적송, 검정물푸레나무, 포도나무, 그리고 노란 제비꽃에 물을 주어 가문 계절에도 시들지 않도록 신경 썼다.

자화자찬하자는 것은 아니지만, 나는 이 일을 참으로 오랫동안 충실히 해 나갔다. 그러나 이웃 사람들이 나를 마을의 관리직에 앉혀 줄 리도 없었고, 내가 하는 일을 적당한 보수가 있는 한직으로 만들어 줄 의향도 전혀 없음이 갈수록 명백해졌다. 내가 충실히 적었다고 맹세라도 할 만큼 열심히 기록했던 장부는 한 번도 감사히 여겨지거나 인정받은 적이 없고, 지불 정산된 일도 없었다. 하지만 나는 그런 일에는 전혀 마음이 상하지 않는다.

얼마 전에 한 원주민 행상이 우리 마을의 유명한 변호사의 집에 바구니를 팔러 간 일이 있었다. 그가 "바구니 좀 팔아 주세요."라고 말하자, 변호사는 "아니요, 우리 집에는 필요 없어요."라고 대답했다. 그러자 원주민은 "내 참! 우릴 굶겨 죽일 참입니까?"라고 소리 지르며 문밖으로 나갔다. 그는 주변의 근면한 백인이 다들 잘사는 것을 보고, 특히 변호사의 경우에는 변론을 엮어 내기만 하면 마법처럼 부와 명성이 따르는 것을 보면서, 속으로 이렇게 생각했던 것이다. '나도 사업을 해야겠어. 바구니를 짜야지. 그게 내가 할 수 있는 일이니까.' 마치 바구니를 만들어 놓기만 하면 백인들이 무조건 사 줄 것처럼 생각했다.

그러나 정작 돈을 내고 살 만한 값어치가 있는 바구니를 만들거나, 적어도 바구니가 가치 있는 물건이라 느끼게끔 하거나, 이도 저도 아니면 살 만한 가치가 있는 다른 물건을 만들 생각은 전혀 하지 못했던

것이다. 나도 결이 섬세한 바구니 종류를 하나 엮어 두기는 했는데, 다른 사람이 살 만한 물건으로 만들지는 못했다. 하지만 내 경우에는 바구니 엮는 일을 보람되게 생각했기에, 남들이 살 가치가 있을 만한 물건으로 만드는 일을 고민하는 대신, 어떻게 하면 바구니 파는 상황을 피할 수 있을지에 대해 연구했다. 세상 사람들이 성공했다고 칭송하는 삶은 오직 한 가지뿐이다. 왜 우리는 다른 여러 모습의 삶을 희생하면서까지 오직 한 가지 삶만을 과대평가할까?

이웃 사람들이 내게 군청의 관리직이나 목사보 자리, 혹은 그 밖에 먹고살 만한 일거리 등을 제공할 가능성이 거의 없다는 사실을 깨닫자, 나는 스스로 살아갈 방도를 마련해야 했으므로 그 어느 때보다 열심히 숲으로 관심을 돌렸다. 숲은 내가 가장 많이 돌아다녀 잘 아는 곳이었다. 평소대로 자본이 모이기를 기다리는 대신, 나는 이미 가지고 있던 얼마 되지 않는 자본만 들고 곧바로 마음먹은 바를 행동에 옮기기로 했다. 내가 월든 호숫가로 간 목적은 돈을 들이지 않고 살려는 것도, 또는 대단한 희생을 치르며 살려는 것도 아니었다. 그저 방해받지 않는 곳에서 개인적인 일[26]을 하자는 생각에서였다. 상식과 사업적 재능이 부족해서 이 일을 하지 않는다면 그건 슬프다기보다는 어리석어 보일 테니 말이다.

나는 늘 엄격한 사업 관행을 익히려 노력해 왔다. 이는 모두에게 필

요한 자질이다. 만약 중국[27]과 거래를 한다면, 세일럼 같은 항구 근처에 작은 회계 사무소 하나만 마련하면 만반의 준비가 끝난 셈이다. 그리고 이 나라에서 구할 수 있는 순수 국산품, 즉 대량의 얼음, 소나무 목재, 약간의 화강암 등을 국적 화물선에 실어 수출하면 된다. 이는 매우 전망 좋은 사업이다. 세부사항을 내가 직접 관리하고, 조타수와 선장뿐 아니라 선주와 보험업자의 역할까지 직접 맡아 하면 된다. 매매는 물론이고 회계까지 관리하고, 송수신되는 모든 편지를 직접 읽고 쓰며, 밤낮으로 수입품의 하역 작업도 손수 해치운다. 가장 값진 화물의 하역은 저지 해안에서 이뤄지는 일이 잦다. 그러므로 해안 이곳저곳을 동에 번쩍 서에 번쩍 움직여 다녀야 한다. 스스로의 전령이 되어 끈기 있게 수평선을 살펴보고 해안으로 들어오는 모든 선박과 통신도 해야 한다. 멀리 떨어진 비싼 시장에도 물품을 공급하기 위해 지속적으로 상품을 발송하기도 한다. 전쟁과 평화의 가능성까지 고려해 세계 여러 지역의 시장 상황을 지속적으로 살피고, 무역과 문명의 경향도 예측할 수 있어야 한다.

모든 탐험대가 보고하는 결과를 이용하고, 새로운 항로와 개선된 항해술도 활용한다. 해도를 연구하고 암초와 새로운 등대, 부표의 위치도 확인한다. 그리고 무엇보다 중요한 것은 늘 부단하게 대수표(對數表)를 점검 수정해야 한다는 점이다. 정든 항구에 도착해야만 할 선

박이 계산원의 실수로 암초에 부딪혀 좌초되는 일이 없도록 해야 하지 않겠는가. 끝내 생사 여부도 알려지지 않은 라페루즈[28]의 운명을 떠올려 보라. 따라서 하노[29]와 페니키아인의 시대부터 오늘날에 이르기까지 모든 위대한 탐험가와 항해사, 뛰어난 모험가와 상인의 삶을 연구하는 동시에 보편과학과도 보조를 맞춰 가야 한다. 때때로 재고 조사를 통해 현황도 파악해야 한다. 또한 손익과 이자를 계산하고, 선적 용기의 중량을 산정[30]하며, 온갖 측량을 하는 문제는 여러 수완과 방대한 지식을 요하는 힘든 노동이다.

나는 월든 호숫가가 사업하기에 좋은 장소라고 생각해 왔다. 단순히 철도가 놓였거나 얼음 교역이 이뤄져서가 아니다. 여러 이점이 있는데, 만천하에 그 이점을 알리는 것은 그다지 현명한 일이 아닐 듯하니 이쯤 해 두자. 어쨌든 월든 호수는 좋은 항구이자 기반 시설이다. 물론 집을 지으려면 어디서나 손수 땅에 말뚝을 박아 넣어야 하는 번거로움은 있어도, 네바 강 늪지처럼 바닥을 메울 필요는 없다. 서풍이 불어 만조가 될 때 네바 강이 얼어붙기까지 하면 상트페테르부르크[31]는 지구상에서 휩쓸려 사라질지도 모른다지 않는가.

나는 변변한 자본 없이 이 일을 시작했다. 그렇다면 운영에 반드시 필요했을 여러 수단들을 어떻게 마련했을지 짐작하기가 쉽지 않을 것

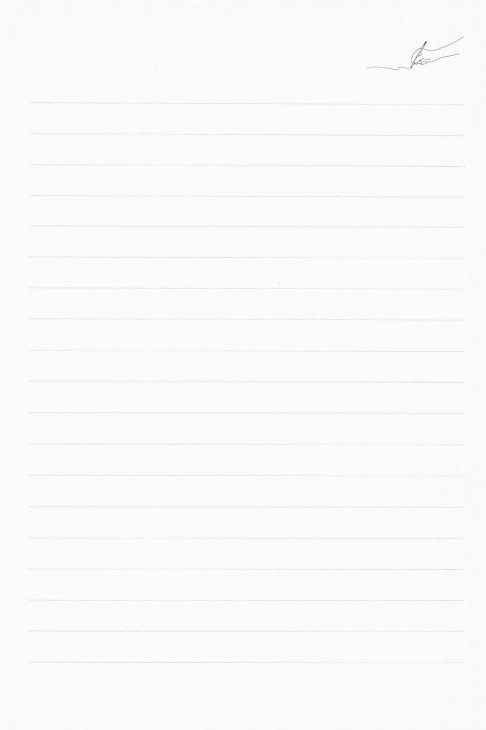

이다. 옷의 경우, 우리는 옷의 실용적 용도보다 새것에 대한 선호도나 남들이 어떻게 생각할까를 더 고려하는 경향이 있다. 하지만 일하는 사람이 옷을 입는 목적을 생각해 보면, 첫째로 체온을 유지하고, 둘째로 사회인으로서 알몸을 가리는 것이다. 새 옷을 구입하지 않고 지금 가진 옷만으로도 얼마든지 필수적이고 중요한 일을 해낼 수 있음을 깨달았을 것이다. 왕과 왕비는 재단사와 양재사의 특별 재단으로 만든 옷인데도 딱 1번씩밖에 입지 않으니, 몸에 잘 맞는 옷을 입는 편안함을 알지 못한다. 깨끗한 옷을 걸어 두는 목마보다 나을 게 없지 않은가. 사실 옷은 입는 사람의 개성이 각인되어 하루하루 우리의 몸과 동화되어 간다. 따라서 인간은 생의 마지막 날 자신의 육신을 떠날 때처럼 마지못한 심정으로, 의학적 치료나 어떤 의식을 치르기 위해 반드시 그래야 할 때라도 옷 벗기를 주저하게 된다.

나는 기운 옷을 입었다고 해서 그를 얕잡아 본 일이 없다. 하지만 사람들이 대개는 건전한 양심을 가지는 일보다도 유행을 앞서 가는 옷, 적어도 깨끗하고 깁지 않은 옷을 입는 일에 더 조바심을 내며 살아간다. 구멍 난 옷을 수선하지 않고 입는다 한들, 드러나는 최악의 부덕이라 해 봐야 부주의함 정도에 불과한데 말이다. 나는 때로 지인들에게 이렇게 물어 본다. "무릎이 해져 천을 덧대거나 해진 곳을 박음질한 옷을 입을 수 있습니까?" 대부분 '그런 옷을 입을 정도가 되

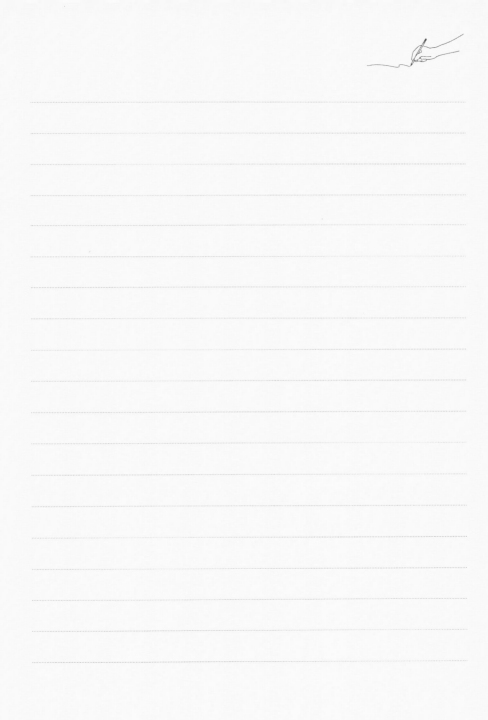

면 내 앞날은 끝장난 것이나 마찬가지'라고 믿는 듯했다. 기운 바지를 입고 다니느니 차라리 부러진 다리로 절뚝거리며 걸어 다니는 게 훨씬 낫다고 여긴다. 사람들은 다리를 다치면 치료를 받아 고치면서, 바지 다리가 찢어지면 그냥 버린다. 진짜 훌륭해지는 것보다, 세상 사람의 눈에 훌륭해 보이는 것에 더 신경 쓰기 때문이다. 그러다 보니 사람보다 외투나 바지에 대해 더 많이 안다. 당신이 직전까지 입고 있던 옷을 벗어서 허수아비에게 입히고 당신은 그 옆에 조용히 서 있어 보라. 누구라도 즉각 허수아비에게 인사할 것이다. 나는 며칠 전 옥수수 밭을 지나쳐 가다가, 모자와 외투를 입혀 놓은 말뚝을 보고 대번에 그 밭의 주인을 알아보았다. 지난번에 보았을 때보다 풍우에 좀 더 시달린 차이밖에 없었다.

일전에 어느 개 이야기를 들었다. 주인의 집 근처에 접근하는 낯선 사람에게는 무조건 짖는데, 어느 날 발가벗고 침입한 도둑에게는 얌전히 굴더라는 것이다. 우리가 입은 옷을 다 벗어던져 버려도, 각자가 상대적인 사회적 계급을 그대로 유지할 수 있을까? 무척 흥미로운 질문이다. 그 경우에도 당신은 누가 가장 존중받는 계급에 속하는 사람인지 확실히 구분해 낼 수 있겠는가? 동서양을 막론하고 전 세계로 모험적인 여행을 다닌 파이퍼 부인[32]은 고향에서 멀지 않은 아시아 쪽 러시아(시베리아)에 가까워지자 "관리들을 만나러 갈 때는 여행복이

아닌 다른 옷으로 갈아입어야겠다"고 말했다. '사람들이 옷으로 사람을 판단하는 문명국에 도착했기 때문'이었다. 민주적인 지방인 이곳 뉴잉글랜드에서조차 옷이나 마차 등으로 자신의 부를 과시하는 사람은 설령 그가 우연히 벼락부자가 되었다 할지라도 백이면 백 모두에게 존경을 받는다. 그러나 그런 식의 존경을 표하는 사람은 아무리 그수가 많다 한들 이교도나 다름없으니, 선교사를 보내 개화시켜야 한다. 게다가 옷 때문에 인간은 바느질을 하게 됐는데, 바느질이라는 것이 말 그대로 해도 해도 끝이 없는 일이다. 특히나 여성의 옷은 아무리 만들어 대도 부족하기만 하지 않은가.

오랜만에 드디어 일거리를 찾은 사람이라도 일부러 새 옷을 장만할 필요는 없다. 다락 속에서 먼지를 뒤집어쓰고 있던 낡은 옷만 입어도 충분하다. 헌 신발이라도 시종보다 영웅에게 소용이 크다(영웅에게 시종이 있다면 말이다[33]). 인간이 맨발로 다니던 세월이 신발을 신게 된 세월보다 더 기니까, 시종이야 충분히 맨발로도 다닐 수 있지 않겠는가. 저녁 만찬에 참석하거나 의사당에 드나드는 사람이라면 새 외투가 반드시 필요하다. 외투를 갈아입으면 사람이 달라 보이기 때문이다. 하지만 내 외투와 바지, 모자와 신발은 교회에 가기에 적당하기만 하다면 족하다. 안 그런가? 외투 등의 옷이 너무 닳아서 거의 누더기 천처럼 된, 가난한 아이에게 기부할 수조차 없을 지경까지 입는 사람

을 본 적 있는가? 그 가엾은 아이조차 자기보다 더 가난한 사람(아니, 가진 것이 적어도 얼마든지 살아갈 수 있으니 오히려 더 부자라 할 만한 사람)에게 그 옷을 줄 수 없는 지경으로 말이다.

나는 새 사람보다 새 옷을 더 중시하는 사업을 조심하라고 말해 주고 싶다. 사람이 새롭지 않으면 새 옷이 다 무슨 소용인가? 지금 뭔가 새로운 일을 시작하려 한다면, 입던 옷 그대로 걸치고 시작해 보자. 우리에게 필요한 것은 '할 일'이나 '되어야 할 사람'이지, 일을 하는 데 필요한 도구가 아니다. 그러니 아무리 입은 옷이 남루하고 더럽다 해도 새 옷을 구하지 않았으면 좋겠다. 어떤 특별한 방식으로 행동하고 일하고 먼 길을 항해해 나감으로써 스스로 새로운 사람이 된 듯이 느낄 때, 그래서 헌옷을 입는 것이 마치 낡은 병에 새 포도주를 담아 두는 듯한 느낌이 들 때, 그때 새 옷을 장만해도 늦지 않다.

날짐승의 털갈이 시기처럼 인간도 살아가며 위기의 국면을 맞는다. 이때 허물을 벗고 변신해야 한다. 아비새는 털갈이 기간이면 한적한 호수를 찾아가 머문다. 뱀이 허물을 벗고 유충이 고치를 벗는 건 부지런히 성장해서 몸이 커졌을 때다. 인간에게도 옷이란 결국 일종의 표피이자 몸을 감싼 껍질에 지나지 않는 것이다. 그러니 새 옷으로 겉만 치장해 봐야 다른 나라 국기를 달고 항해하는 선박이나 다를 바 없어서, 언젠가는 인류뿐 아니라 스스로도 용납할 수 없게 된다.

우리는 의복 위에 의복을 껴입는다. 마치 외생 식물이 바깥으로 껍질을 겹쳐 가며 자라나듯이 말이다. 겉에 걸쳐 입는, 종종 얇고 화려한 천으로 만드는 옷은 가짜 피부여서 생명과는 아무 관련이 없고, 여기저기 찢어져도 치명적인 부상을 입지는 않는다. 우리가 항상 입는 두꺼운 옷은 세포질 외피, 즉 표피다. 그러나 속옷에 해당하는 얇은 셔츠는 식물로 치면 체관부, 즉 진피에 해당해서 살점을 도려내지 않고는 벗겨 낼 수 없다. 다시 말해, 속옷을 벗겨 내면 인간은 크게 상처 입을 수 있다. 특정 계절에는 지구상의 모든 인종이 우리의 속옷에 해당하는 옷만 몸에 걸친다고 믿는다. 간소하게 옷을 입어 어둠 속에서도 자신의 몸을 더듬어 알아볼 수 있다면, 모든 면에서 검소하고 준비성 있게 살아갈 수 있다면, 가장 바람직하다. 그러면 적이 마을을 점령해도, 우리는 어느 고대 철학자[34]처럼 아무런 걱정 없이 맨손으로 성문을 나설 수 있을 것이다.

두꺼운 옷 한 벌은 모든 면에서 얇은 옷 세 벌의 몫을 한다. 그리고 값싼 옷은 누구라도 손쉽게 구입할 수 있다. 5달러만 주면 몇 년이고 입을 수 있는 두꺼운 외투를 장만할 수 있고, 두꺼운 바지는 2달러면 충분하며, 소가죽 부츠 한 켤레에 1달러 50센트, 여름 모자는 25센트, 겨울 모자는 62.5센트면 산다. 집에서 만들면 더 적은 비용에 훨씬 좋은 것을 만들 수도 있다. 가난해서 그렇게 옷을 장만해 입었더라도 현

자들은 마땅히 알아보고 경의를 표하지 않겠는가.

내가 단골 재봉사를 찾아가 특별히 어떤 식으로 옷을 만들어 달라고 부탁하면, 그네는 매우 진지하게 이렇게 말한다. "요즘 사람들은 그런 옷 안 입어요." 마치 절대적 권위를 가진 운명의 세 여신[35] 같은 존재를 언급하듯이, '사람들'을 강조해 말하지도 않는다. 난 내가 원하는 대로 옷을 만들기가 어렵겠다고 깨닫는다. 재봉사는 내 말을 진심으로 여기지도 않거니와, 내가 그토록 경솔할 리 없다고 생각하기 때문이다. 그래서 나는 신탁이라도 되는 듯한 말을 듣고 나면, 잠시 생각에 잠겨 방금 들은 말을 한 단어씩 또박또박 되뇐다. 그 말의 의미를 제대로 파악하고, '사람들'과 '나'는 어느 정도나 깊은 관계가 있으며, 또 내게 그처럼 큰 영향을 주는 일에 그들이 어느 만큼의 권위를 갖는지 숙고한다. 마침내는 나도 재봉사처럼 애매한 태도로 '사람들'이라는 단어를 전혀 강조하지 않으면서 이렇게 대답하고 싶은 충동을 느낀다. "맞아요, 최근까지도 사람들은 이런 옷을 안 입었어요, 그런데 지금은 이렇게 입어요." 재봉사가 내 개성은 전혀 개의치 않고, 외투를 걸어놓을 옷걸이를 만들듯 내 어깨너비만 잰다면 무슨 소용이 있는가?

우리는 '미의 세 여신'이나 '운명의 세 여신'이 아니라, 소위 '유행의 여신'을 숭배한다. 유행의 여신이 실을 잣고 옷감을 짜고 재단까지 하

는 전권을 휘두른다. 파리의 두목 원숭이가 어떤 여행용 모자를 쓰면 미국의 원숭이들이 모두 그와 똑같은 모자를 쓰게 된다는 말이다. 때로 나는 세상을 살아가며 다른 사람의 도움을 받아서는 옷 만드는 일은 고사하고 아주 간단하고 정직한 일 하나도 제대로 해낼 수 없을지 모른다는 생각에 절망한다. 그럴 때면 사람들을 강력한 압착기에 넣어 돌려서 머릿속 낡은 사고를 모조리 짜내 버려 그런 생각이 다시는 제 발로 일어서지 못하게 하고 싶은 생각마저 든다. 하지만 헛된 생각이란 본디 불로 태워도 없어지지 않는 바, 압착기로 짜 봐야 무리 중 한 명의 머릿속에는 어느새 파리가 쉬를 슬었던 것이 구더기로 부화해 있을지도 모르는 일이니 결국 무엇을 하든 헛수고만 한 셈이 된다. 그럼에도 우리는 이집트의 밀알이 미라에 의해 우리에게 전해졌음을 잊어서는 안 되리라.

나는 이 나라뿐 아니라 세계 어느 나라에서도 의상이 예술의 경지에 올라섰다고 주장하기에는 무리가 있다고 본다. 오늘날 사람들은 손에 넣을 수만 있다면 아무 옷이나 닥치는 대로 입는다. 난파선의 선원들이 해안에 도착하면 아무 옷이나 눈에 띄는 대로 걸쳐 입는 것과 다르지 않아서, 시공간상으로 약간만 떨어져도 서로의 우스꽝스러운 모습을 한껏 비웃는다. 어느 세대든 구시대의 유행을 비웃고 새로운 유행은 거의 종교적 열정으로 뒤쫓는다. 우리는 헨리 8세나 엘리자베

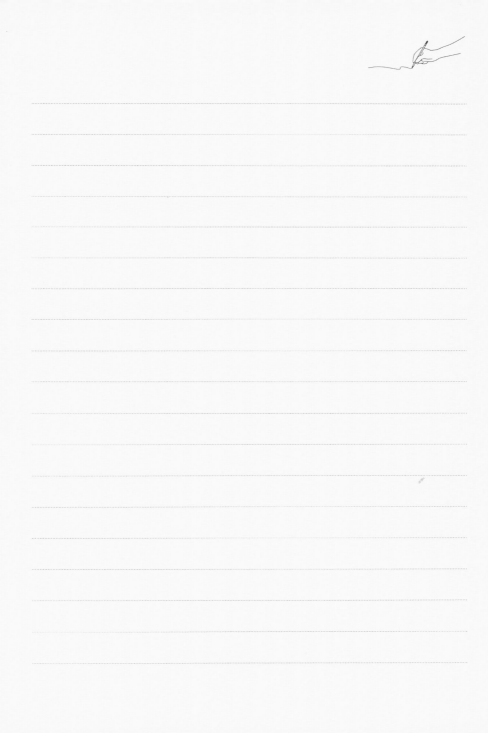

스 여왕의 의상을 보면서, 마치 식인종이 사는 섬나라의 왕이나 왕비의 옷이라도 되는 양 재미있어 한다. 사람의 몸에서 벗겨진 옷은 모두 보잘것없고 한심하게 느껴지기 때문이다. 옷을 비웃음거리가 아닌 신성한 대상으로 만들어 주는 것은, 오로지 입은 사람의 통찰력있는 진지한 눈빛과 성실한 삶의 태도다. 어릿광대가 복통으로 이리저리 뒹군다면 그의 의상도 그 분위기를 살리는 데 한몫할 테고, 병사가 포탄에 맞아 쓰러지면 넝마 같은 군복도 자주색 왕실 의상만큼이나 그에게 잘 어울려 보일 터다.

새로운 유행을 쫓는 세상 남녀의 유치하고 야만스러운 취향 덕분에 오늘날 많은 사람이 현세대가 원하는 독특한 스타일을 찾아낼 욕심으로 끊임없이 만화경을 흔들어 대며 그 안을 들여다본다. 의류 제조업자들은 취향이 단지 변덕에 지나지 않음을 잘 안다. 특정한 색깔의 실 몇 가닥이 달리 쓰였을 뿐 문양에 차이가 거의 없는 두 종류의 천이 있다고 치자. 흔히 하나는 날개 돋친 듯 팔려 나가고 다른 하나는 선반 위에서 먼지만 쌓인다. 그러다가 계절이 바뀌면 안 팔리던 옷감이 언제 그랬냐는 듯 가장 유행하는 옷감이 되는 경우가 비일비재하다. 여기에 비하면 문신은 흔히들 생각하듯이 흉측한 관습이 아니다. 피부에 깊숙이 박혀 변덕스럽게 바뀌지 않으니 야만적이라 할 수는 없다.

나는 우리의 공장 제도가 옷을 구하는 최고의 방식이라 생각하지 않는다. 공장 근로자들의 근무환경은 갈수록 영국을 닮아 간다. 그리 놀랄 일은 아니다. 내가 듣고 본 바에 따르면 공장의 주된 운영 목적은 인류가 잘, 그리고 올바르게 입도록 돕는 것이 아니라, 당연하게도 기업이 돈을 많이 버는 것이기 때문이다. 장기적으로 보았을 때, 인간은 목적한 것만을 이룬다. 따라서 지금 당장은 실패하더라도, 일단 목표는 높게 잡는 게 좋다.

집에 관해서는, 우선 오늘날 집이 삶의 필수품이 되었음을 부정하지는 않겠다. 이보다 더 추운 나라에서도 인간이 오랜 기간 집 없이도 잘 살아온 사례가 많지만 말이다. 사무엘 랭[36]은 이렇게 말했다. "유럽 최북단의 라플란드 사람들은 가죽옷을 입고 가죽 자루를 머리에서 어깨까지 뒤집어쓴 채 밤마다 눈 위에서 잤다. 그런데 그곳은 제아무리 두툼한 털옷을 입고 있어도 생명에 위협을 느낄 만큼 추운 곳이었다. …… 그렇다고 그들이 다른 사람들보다 훨씬 강인한 것도 아니었다." 사실 인간은 지구상에 존재한 지 얼마 되지 않았을 때부터 이미 실내의 편리함, 즉 가정의 안락함을 발견한 것 같다. 가정의 안락함이란 본디 '가족'보다 '집'이 주는 만족감을 더 크게 의미했는지도 모르겠다. 하지만 집 하면 주로 겨울이나 우기가 연상되고, 파라솔 하나만 있으

면 1년 중 8개월을 견딜 수 있는 지역에서 집이 주는 편의란 극히 제한적이고 일시적이었을 터다.

예전에는 내가 사는 이곳에서도 여름철이면 집은 그저 밤에 씌우는 덮개에 지나지 않았다. 원주민이 남긴 그림문자를 보면 천막집은 낮 동안의 이동을 상징했다. 나무껍질에 연달아 새기거나 색칠해 놓은 천막집의 숫자는 그들이 그곳에서 며칠이나 야영을 했는지 알려 준다. 인간은 팔다리가 길거나 강인하게 창조되지 않은 탓에, 스스로의 세계를 좁혀서 자신에게 꼭 맞는 공간에 담을 쌓아 올려야 했다. 태초의 인간은 벌거벗은 채 들판에서 생활했다. 그런 삶도 평온하고 따뜻한 날씨에 햇살이 내리비칠 때면 충분히 쾌적했을 터다. 하지만 건조한 뙤약볕이 내리쬐거나 우기, 한파가 몰아닥칠 때 집이라는 피난처를 만들어 서둘러 은신하지 않았다면 인류라는 봉오리는 꽃피워 보지 못하고 멸종했을 것이다. 전하는 이야기에 따르면, 아담과 이브는 옷이라는 것을 입기 전에 나뭇잎으로 몸을 가렸다. 인간은 온기와 위안의 장소가 되어 줄 집을 원했는데, 우선은 육신의 온기였고 그다음이 사랑의 온기였다.

인류의 초창기에 진취적인 선조 하나가 은신처를 찾아 바위굴로 기어 들어가는 상황을 상상해 보자. 어린아이는 어느 정도는 제각각 인류사를 새로 시작한다고 할 수 있다. 비가 오든 날씨가 춥든 상관없이

밖에서 뛰노는 걸 좋아한다. 소꿉장난을 하고 말타기 놀이를 한다. 본능이 그렇게 이끈다. 어릴 때 평평한 바위나 동굴의 입구를 보고 호기심을 느끼지 않았던 사람이 있을까? 그것은 인류의 가장 원시적 조상이 품었던 본능의 일부가 여전히 우리 안에 살아 있어 느끼는 자연스러운 동경의 감정이다. 동굴 생활을 시작으로 인간은 종려나무 잎사귀로 지붕을 만들어 덮기에 이르렀고, 차츰 나무껍질과 나뭇가지를 엮은 지붕, 아마포를 짜서 펼친 지붕, 풀과 짚을 엮은 지붕, 판자와 널을 댄 지붕, 돌과 타일을 붙인 지붕으로까지 발전해 나갔다. 그러다 마침내는 들판에서 살아가는 삶을 완전히 잊었고, 삶은 생각보다 꽤 다양한 면에서 가정적이 되었다. 이제 집 안의 화롯가에서 들판까지는 참으로 먼 길이 되었다. 인간이 자신의 몸과 천체 사이에 장애물을 두지 않고 더 많은 낮과 밤을 보내면 얼마나 좋을까. 시인이 지붕 아래서만 시를 읊조리지 않고, 성자가 집 안에만 머물지 않는다면 또 얼마나 좋을까. 새들은 굴속에서 노래하지 않고 비둘기도 새장 속에서는 순수함을 유지할 수 없다.

그러나 만일 누구라도 자신이 살아갈 집을 지으려 계획 중이라면, 부디 미국인다운 현명함을 발휘하려 애써야 한다. 다 짓고 보니 집이 구빈원이나 한번 들어가면 돌아 나오지도 못할 만큼 복잡한 미로, 또는 박물관, 교도소, 호화로운 능묘처럼 돼 버려서야 되겠는가. 가장 먼

저 '어떻게 하면 가장 소박한 집을 지을까'를 고려하라. 나는 마을에서 퍼노브스코트족 인디언을 본 적이 있다. 그들의 얇은 무명 천막 주위에 눈이 한 자 깊이나 쌓여 있었는데, 나는 아예 눈이 더 높이 쌓여 바람을 막아 주면 그들이 더 좋아하겠다는 생각이 들었다.

안타깝게도 지금은 많이 무뎌졌지만, 예전에 나는 삶을 정직하게 살아가면서도 동시에 진정으로 바라는 바를 맘껏 추구할 수 있는 방법이 없을까 많이 고민했었다. 당시 나는 철로 변에 놓인 커다란 상자를 바라보곤 했는데, 길이가 1.8미터에 너비가 1미터쯤 되었다. 선로 작업을 하는 인부들이 밤에 연장을 넣고 누에시렁을 두는 것이었다. 나는 생계가 곤란한 사람은 그런 상자를 1달러쯤 주고 구입해 공기가 통할 수 있도록 송곳으로 구멍을 몇 개 뚫은 뒤 비가 오는 날이나 한밤중에 그 속에 들어가 뚜껑을 내리면 사랑과 영혼의 자유를 누릴 수 있지 않을까 생각했다. 내게는 그런 방법이 전혀 비참하거나 천박하게 느껴지지 않았다. 원한다면 얼마든지 밤늦도록 깨어 있을 수 있고, 관리인이나 집주인에게 밀린 집세 때문에 시달리는 일 없이 아무 때고 원하는 시간에 일어나 집을 나설 수도 있을 테니 말이다. 그런 상자 속에만 살아도 얼어 죽을 일은 없을 텐데, 많은 이가 그보다 더 크고 사치스러운 상자에 살며 집세를 내느라 죽을 고생을 한다. 결코 농담이 아니다. 경제란 흔히 너무 쉽게 다루어지는 경향이 있지만, 실은

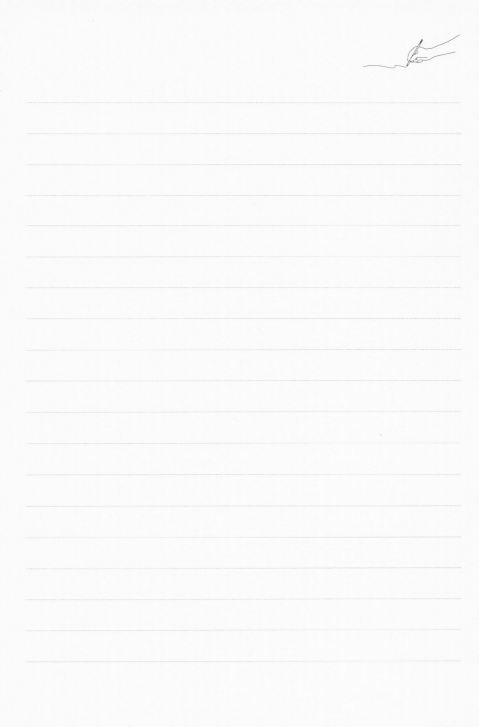

간단히 얘기할 수 있는 주제가 아니다.

　과거 뉴잉글랜드에서 주로 야외 생활을 했던, 미개하지만 강인한 어느 부족은 자연 속에서 손쉽게 구할 수 있는 재료만으로도 안락한 집을 지어 살았다. 매사추세츠 식민청의 원주민 문제 담당관이었던 구킨[37]은 1674년에 쓴 글에서 이렇게 적었다. "원주민이 지은 가장 훌륭한 집은 나무껍질이 매우 촘촘하고 단단하게 덮여 있어 참으로 따뜻하다. 재료로 사용하는 나무껍질은 수액이 올라오는 계절에 벗겨 내어 아직 푸른 기운이 남아 있을 때 무거운 목재로 단단히 눌러 압착한 후 크고 얇은 조각으로 자른 것이다. …… 이보다 수준이 좀 떨어지는 집은 골풀을 엮어 만든 돗자리인데, 역시 단단하게 덮여 있어 따뜻하기는 매한가지다. …… 크기로 치자면 어떤 집은 길이가 20~30미터나 되고 높이도 10미터쯤 되었다. …… 나는 가끔 그들의 천막에 머물렀는데, 그 안락함이란 최고의 영국식 저택에 비길 만하다." 구킨은 또한 원주민의 천막집 바닥에 대개 양탄자가 깔렸고, 안쪽 벽에는 정교하게 수놓은 매트를 덧댔으며, 집 안에 다양한 살림살이도 구비돼 있었다고 덧붙였다. 원주민은 지붕에 구멍을 뚫어 돗자리를 매단 후 끈으로 열고 닫을 수 있게 해서 통풍을 조절할 만큼 진보적이었다. 게다가 이런 집은 하루나 이틀이면 다 지을 수 있고, 해체했다가 다시 세우는 데도 몇 시간이면 충분했다. 그러니 각 가구마다 이런 집이 한

채씩 있거나, 천막집 안에 그런 방을 하나씩 마련해 두고 있었다.

아무리 미개한 부족이라 할지라도 각 가정에는 최고의 주택에 못지 않은 집이 하나씩 있었다. 가족의 소박하고 단순한 욕구를 채워 주기에 모자람이 없다. 심지어 하늘을 나는 새에게도 둥지가 있고, 여우에게는 굴이 있으며, 원주민에게는 오두막이 있는 것이다. 그럼에도 문명사회를 살아간다는 우리는 전체 인구의 절반도 제집을 가지고 있지 못한 것이다. 특히 문명이 위세를 떨치는 대도시나 큰 마을일수록 집 없는 사람의 수가 기하급수적으로 늘어난다. 하지만 이제 집은 몸에 걸치는 겉옷이나 다름없을 정도로 여름과 겨울에 거의 필수품이 되었다. 그래서 집이 없는 사람은 매년 원주민 마을 하나를 통째로 살 수 있을 만큼의 거금을 집세로 지불하면서 남의 집에 세 들어 산다. 그러니 죽는 날까지 가난 속에 허덕일 수밖에 없다.

임대가 소유보다 훨씬 불리하다는 말이 아니다. 원주민은 적은 비용 덕분에 모두가 제집을 갖고 사는데, 소위 문명인이라는 우리는 그 비용을 감당할 여유가 없어 남의 집에 세 들어 살지 않은가. 게다가 그런 형편이 세월이 지난다고 해서 딱히 나아지지도 않는다. 문명인은 아무리 가난해도 집세만 내면 원주민의 오두막과는 비교도 안 될 만큼 궁궐 같은 집에 살 수 있지 않느냐고 반박할지도 모르겠다. 사실 전국적인 통계치로 보았을 때, 연간 25달러에서 100달러 정도의 임대

료를 지불하면 우리는 수 세기 동안 개선돼 온 여러 문명의 혜택을 누릴 수 있다. 널찍한 방, 깨끗한 칠과 도배, 럼퍼드식 벽난로[38], 회반죽을 칠한 뒷벽, 베네치아식 창문 블라인드, 구리 펌프, 용수철 자물쇠, 넉넉한 지하실, 그 밖에도 여러 편의시설까지 말이다. 하지만 이 모든 것을 누리는 사람은 대부분 '가난한' 문명인인 데 반해, 이런 것을 누리지는 못해도 원주민은 대부분 '풍요로운' 원주민인 이유가 대체 무엇일까?

만약 '문명'이 개선된 상태의 인간 삶을 칭하는 것이라면(나는 그 말이 맞다고 보지만, 오직 현명한 사람만이 문명의 이점을 이용한다.) 문명은 비용을 더 들이지 않고도 인간에게 더욱 나은 주거 여건을 제공할 수 있어야 한다. 여기서 말하는 비용이란, 내가 삶이라 칭하는 것과 같은 개념이다. 우리는 무언가를 얻는 대가로 지금 당장이든 장기적으로든 그에 해당하는 만큼의 삶을 지불해야 한다. 이 마을의 평균 집값은 800달러 정도다. 이만 한 돈을 마련하자면 부양 가족이 없는 노동자라도 족히 10~15년이 걸린다. 사람마다 약간의 차이야 있겠지만, 노동자의 일당을 평균 1달러로 산정했을 때 나오는 결과다. 노동자가 제집 한 채를 가지려면, 평생의 절반을 바쳐야 한다는 의미다. 그렇다고 집을 사느니 차라리 임대해 살겠다면, 더 안 좋은 선택이다. 원주민이 이러한 조건을 다 감수하면서까지 자신의 오두막을 궁전과 맞바꾸

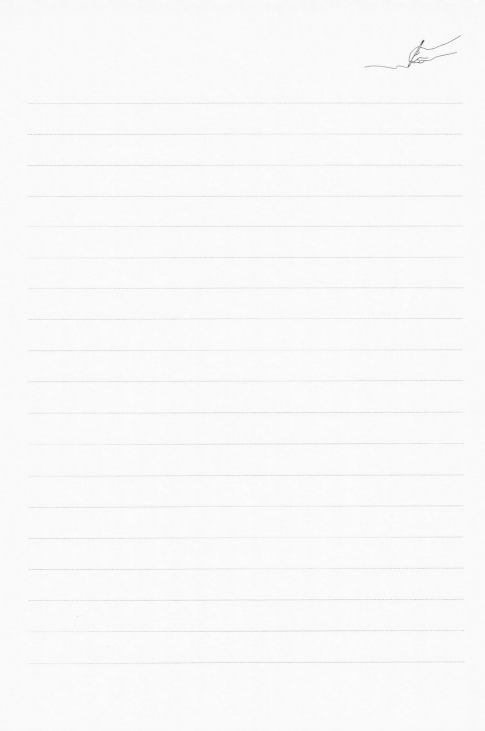

기로 한다면, 그것이 과연 현명한 선택이겠는가?

나는 '집'이라는 이 불필요한 재산을 미래를 대비하는 자금으로 보유하고 있어 봐야, 개인의 관점에서 봤을 때 기껏해야 자신의 장례비용을 충당하는 정도의 이득뿐이라고 생각한다. 하지만 인간은 자신의 장례를 직접 치를 필요가 없다. 그럼에도 미래를 대비하는 성향은 바로 문명인과 원주민 사이의 중요한 차이점이라 할 수 있다. 우리가 문명화된 삶을 제도화해서 개개인의 삶까지 대부분 그 제도에 흡수시킨 이유는 의심의 여지없이 인류의 삶을 보존하고 완성시켜 모두에게 이득이 되도록 하고자 함이었다. 그러나 나는 현재 그 이익이 얼마나 큰 희생을 치르면서 얻어지고 있는가를 밝히려 한다. 동시에 우리가 어떠한 불이익으로 고통받는 일 없이도 그 모든 이득을 얻으며 살아갈 방법이 있다는 사실도 알려 주려 한다. "가난한 자는 늘 너희와 함께 있다.(마태복음 26장 11절)"나 "아버지가 신 포도를 먹으니 아들의 이가 시다.(에스겔서 18장 2절)"는 대체 무슨 뜻이겠는가?

"나 주 하느님이 말하느니라. 내가 나의 삶을 두고 맹세하노니 너희 중에 어느 누구도 다시는 이스라엘에서 이 속담을 입에 담지 못하리라.(에스겔서 18장 3절)"

"모든 영혼이 다 내 것이다. 아버지의 영혼이 내게 속하듯이 아들의 영혼도 내게 속하였으니, 죄짓는 영혼은 죽게 되리라.(에스겔서 18

장 4절)"

　내 이웃인 콩코드 농부들은 적어도 다른 계층의 사람들만큼은 유복하게 사는데, 그들 대부분은 20~40년 정도를 힘들게 고생한다. 보통은 담보로 잡힌 채 물려받거나 빚을 내서 구입한 농장의 진짜 주인이 되어 보겠다고 평생 노동의 3분의 1 정도를 빚 갚는 데 쏟아붓고 있지만 아직도 그 빚을 다 갚지 못한 상태다. 때로는 채무액이 농장 가격을 훨씬 웃돌기에 농장을 소유하는 자체가 엄청난 부채이기도 하다. 그럼에도 농부들은 자신이 농장에 관해 잘 알고 있다면서 그 땅을 상속 받는다. 어느 날 나는 자산 평가인에게 우리 마을에서 빚 없이 농장을 소유한 사람이 12명도 채 되지 않는다는 말을 듣고 놀랐다. 만약 독자 중에 이들 농장의 내력을 알고 싶은 사람이 있다면, 그 농장이 저당 잡혀 있는 은행에 문의하면 된다. 열심히 노력해서 제 돈으로 농장 빚을 갚은 사람은 아주 드물어서, 마을 사람 아무에게나 물어도 누구인지 단번에 알려 줄 정도다. 솔직히 나는 그런 농부가 콩코드에 단 3명이라도 있을지 의심이 간다.

　상인들도 100명 중 97명이 사업에 실패한다고 하니, 농부들이나 다를 바 없다고 하겠다. 하지만 어떤 상인이 말하길, 자신들이 실패하는 주된 이유는 단지 금전적인 여유가 없어서라기보다는, 그저 이런저런 사정이 있어 계약을 충실히 이행하지 못했기 때문이라고 했다. 그들

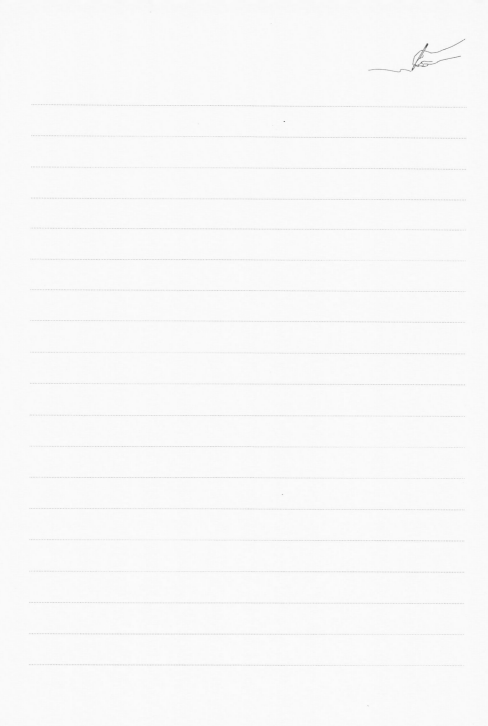

이 금전적으로뿐 아니라, 도덕적으로도 파산했다는 의미다. 그의 말이 사실이라면 상인들의 실상은 겉으로 보기보다 더 고약할 터다. 성공한 3명조차 자신들의 영혼은 구제하지 못했고, 오히려 정직하게 실패한 사람보다 더욱 안 좋은 의미에서 파산했을 가능성이 크다. 우리 문명은 지불 거절과 파산을 거의 도약의 발판으로 삼아서, 그것을 딛고 더욱 높이 뛰어 오르는 재주를 부린다. 하지만 미개인들은 굶주림이라는 아무런 탄성도 없는 나무판자만을 딛고 서 있는 실정이다. 그런데도 마치 농기계의 모든 접합부가 부드럽게 맞물려 돌아가듯, 매년 아무 탈 없다는 듯이 미들섹스 가축 품평회가 성황리에 치러진다.

농부는 생계 문제를, 문제 그 자체보다 훨씬 더 복잡한 공식을 적용해 해결하려 애쓴다. 구두끈 하나를 사겠다고 투기하듯 가축에 투자하는 식이다. '안락'과 '경제적 독립'을 잡겠다고 더할 나위 없이 뛰어난 기술을 써서 올무 덫을 놓고 돌아서자마자 자기 발이 덫에 걸리는 상황이다. 이것이 바로 농부가 가난한 이유다. 마찬가지로 우리도 호화로운 환경에 둘러싸여 있지만, 수많은 원시적 안락함은 결코 누리지 못한다는 점에 있어 역시 가난하다 할 수 있다. 시인 채프먼[39]은 다음과 같이 노래했다.

"거짓된 인간 사회여―

—세속적인 위대함을 쫓느라

천상의 모든 안락을 하늘로 날려 버리는구나."


집을 마련하고 나면, 농부는 그 집 때문에 더 부자가 되는 게 아니라 오히려 더 가난해진다. 실제로는 집이 그를 소유하는 상황이 되기도 한다. 이것이 모무스가 미네르바[40]가 만든 집에 대해 "집을 움직일 수 있게 만들지 않아서, 이웃 환경이 나빠도 피할 수가 없다."라고 한 비난한 이유다. 이 말은 여전히 성립한다. 집은 처분하기도 힘든 재산이다 보니 우리는 가끔 집에서 살아간다기보다 감금돼 있지 않은가. 피해야 할 나쁜 이웃이 바로 괴혈병에 걸린 우리 자신일 때도 있다. 내가 아는 것만 해도 이 마을에서 적어도 한두 가정이 거의 한 세대 동안 변두리의 집을 팔고 도시로 전입하고 싶었지만 뜻을 이루지 못했다. 오직 죽음만이 집의 속박에서 그들을 자유롭게 해 줄 듯하다.

대다수의 사람이 마침내 모든 편의를 제공하는 현대식 주택을 소유하거나 빌릴 능력을 갖추게 되었다고 해 보자. 문명의 발달과 함께 주택도 개선되었지만, 그곳에 거주하는 인간의 수준까지 똑같은 정도로 향상되지는 않았다. 문명은 궁전 같은 집을 만들어 냈으나, 그 안에서 살아갈 고귀하고 고결한 인품의 인간을 탄생시키기란 그리 쉬운 일이 아니었다. 문명인이 추구하는 바가 야만인이 추구하는 바보다 훨

씬 가치 있는 게 아니라면, 문명인이 그저 하찮은 생필품과 육체적 안락을 얻는 데 생의 대부분을 바친다면, 그가 굳이 야만인보다 더 좋은 집에서 살아야 할 이유가 있을까?

그렇다면 나머지 가난한 소수는 어떻게 살아갈까? 아마도 몇몇은 외적인 환경이야 원주민보다 나은 처지에서 살아갈지 모르지만, 대부분 그보다 훨씬 못한 처지에서 살고 있을 터다. 한 계급의 호화로운 생활은 다른 계급이 궁핍하게 생활해야만 균형이 맞춰지지 않던가. 한쪽에 궁전이 있으면, 다른 편에는 구빈원과 '침묵하는 빈자'[41]가 있을 수밖에 없다. 파라오의 무덤이 될 피라미드를 쌓아 올렸던 수많은 이집트 백성은 아파도 억지로 마늘을 먹으며 견뎠고, 죽어서도 무덤은커녕 조촐한 장례조차 치르지 못했을 것이 분명하다. 오늘날에도 궁전의 처마 돌림띠를 마무리하는 석공은 밤이면 원주민의 천막집보다 전혀 나을 게 없는 오두막으로 돌아간다. 어떤 나라에 문명국이라는 증거가 흔하게 널려 있다고 해서, 그 나라 국민의 대다수가 미개인보다 훨씬 나은 삶을 살아간다고 보는 것은 실수다.

나는 망해 버린 부자가 아니라, 처참히 살아가는 가난한 사람들에 대해 이야기하는 중이다. 그들의 형편을 알아보는 데 멀리까지 둘러볼 필요도 없다. 이른바 문명의 최신 발명품이라 할 만한 철로 변에 죽 늘어선 판잣집만 봐도 실상을 알 수 있다. 매일 산책을 나가서 철

로 변을 지날 때마다, 나는 돼지우리나 다름없는 곳에서 살아가는 사람들을 보는데, 그들은 한겨울에도 빛이 들어오라고 문을 열어 놓고 지낸다. 아무리 집 주위를 둘러봐도 쌓아 올린 장작단이라고는 눈에 들어오지 않으니, 아마 불을 때는 일은 상상조차 할 수 없는 것이다. 당연히 애나 어른이나 추위와 비참한 생활에 주눅이 들어 늘 몸을 움츠리고 있으니 발육도 부진하고 지능도 성장이 거의 멈춰 버렸다. 하지만 우리는 이 계층에 속한 사람들의 노동력 덕분에 오늘날의 발전을 이루었으니, 이들을 살펴보는 것이 마땅하다.

정도의 차이야 있겠지만, 세상에서 가장 큰 노역장이라 일컬어지는 영국의 모든 노동계층의 실태도 이와 크게 다르지 않다. 지도에 흰색(개화된 지역)으로 표시하는 국가인 아일랜드만 봐도 알 수 있다. 우선 아일랜드인의 물리적인 삶의 조건이나 상태를 문명인과 접촉함으로써 몰락한 북미 원주민이나 남태평양 원주민, 여타의 다른 미개인의 과거 풍요롭던 삶의 조건과 비교해 보라. 나는 아일랜드의 통치자들이 다른 문명국 통치자들보다 지혜롭지 못할 이유가 없다고 생각한다. 하지만 현재 아일랜드의 상황은 비참할 정도의 가난이 문명과 공존할 수 있음을 증명할 뿐이다. 그러니 미국의 주요 수출품을 생산해 내는 남부 노동자에 관해서는 굳이 언급할 필요도 없다. 솔직히 말해 노동자들 자체가 남부의 주요 생산품 아니겠는가. 그러나 이쯤에서

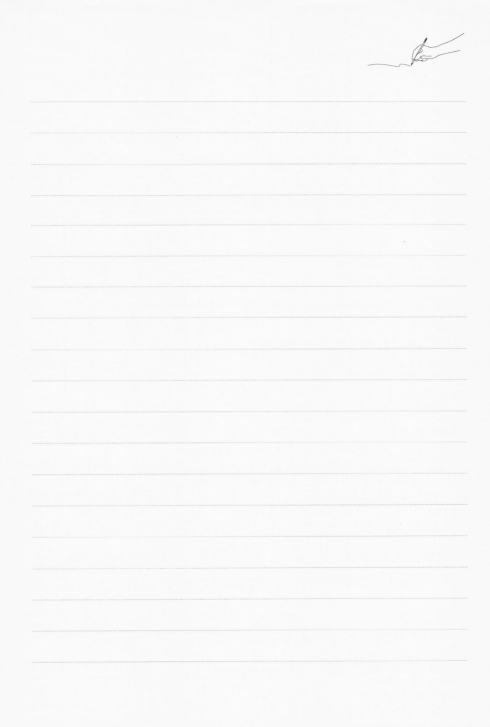

나는 소위 적절한 환경에서 살아가는 사람들로 내 이야기의 주제를 한정할까 한다.

대부분의 사람은 집이란 무엇인지에 대해 전혀 생각해 보지도 않고, 그저 이웃 사람이 가졌는데 나도 하나 가져야 하지 않겠는가라는 생각으로 집을 장만하겠다고 평생 쓸데없는 가난에 허덕이며 살아간다. 마치 재단사가 만들어 주는 옷이라면 종류 불문하고 무조건 받아 입은 후, 평소에 쓰던 종려나무 잎이나 우드척 가죽으로 만든 모자는 던져 버리고 왕관을 살 형편이 안 된다고 신세 한탄을 하는 것 같다!

지금 사는 집보다 훨씬 편리하고 호화로운 집을 짓는 일은 얼마든지 가능하다. 하지만 지금 자신에게 그럴 여력이 없다는 사실은 인정해야 한다. 우리는 왜 늘 더 많은 것을 얻으려고만 애쓸 뿐, 적은 것에 만족하는 법은 배우려 하지 않을까? 왜 죽음을 앞둔 훌륭한 시민이 젊은 세대를 앉혀 놓고는 엄숙한 어조로, 집 안에 늘 여분의 장화와 우산과 텅 빈방을 오지도 않을 손님을 위해 마련해 두어야 한다고, 자신도 평생을 그리했다고 가르쳐야 할까? 왜 우리의 가구는 아랍인이나 원주민의 가구처럼 소박해서는 안 되는가?

이른바 하늘의 전령이자 신이 인간에게 내리는 선물을 전해 주는 대상으로 신격화된 인류의 위인들을 떠올려 봐도, 나는 그들이 수행원을 잔뜩 이끌고 다니거나 최신 유행의 기구를 잔뜩 실은 수레를 끌

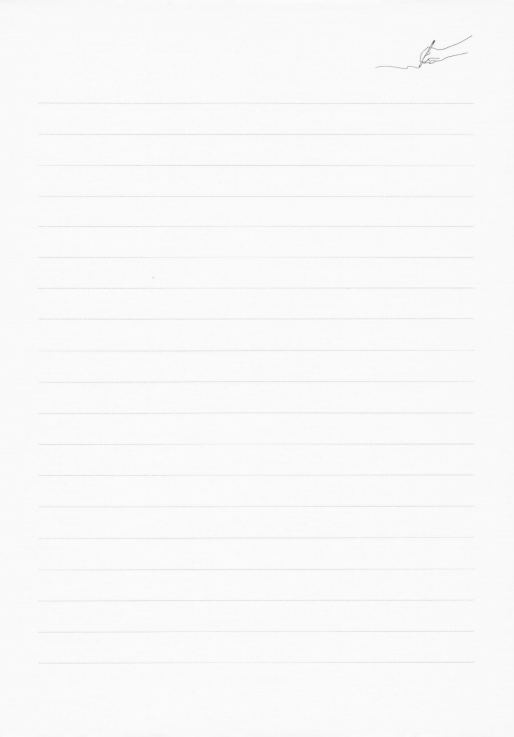

고 다니는 모습은 상상할 수가 없다. 백 보 양보해서, 우리가 도덕적으로나 지적으로 아랍인보다 뛰어난 만큼만 가구도 그들의 것보다 화려하게 만들 수 있게 한다면 어떨까? 오늘날 우리가 사는 집들은 가구로 넘쳐 난다. 살림 잘하는 주부라면 그 속에서 오도 가도 못한 채 미적거리느니, 웬만한 가구는 다 쓰레기통에 처넣고 바지런히 아침 일을 마쳐야 한다. 아침 일이라! 오로라[42]가 홍조 띤 얼굴을 내밀고 그녀의 아들 멤논[43]이 음악을 연주하는 시간에, 인간이 이 세상에서 해야 할 아침 일이란 무엇일까?

한때 내 책상 위에는 석회석 덩어리 세 개가 놓여 있었다. 어느 날 나는 그것들을 매일 먼지를 털어 주어야 한다는 사실을 깨닫고 기겁했다. 마음속 가구의 먼지도 채 털어 내지 못하고 있으면서 말이다! 그래서 나는 먼지를 뒤집어쓴 돌덩어리를 창문 밖으로 내던졌다. 이런 내가 어찌 가구로 가득 찬 집에 살 수 있겠는가? 차라리 나는 들판에 나가 살겠다. 인간이 땅을 파헤치지 않는 한 들풀 위에 먼지가 쌓일 일은 없을 테니 말이다.

유행이라는 것을 만들어 내 군중이 부지런히 쫓아다니도록 만드는 사람은 사치와 방탕에 빠져 사는 이들이다. 소위 말하는 최고급 숙소에 머물러 본 사람이라면 무슨 뜻인지 이해할 것이다. 숙소 주인이라는 자가 손님을 마치 사르다나팔루스 왕[44]을 대하듯 하니까, 만약 그

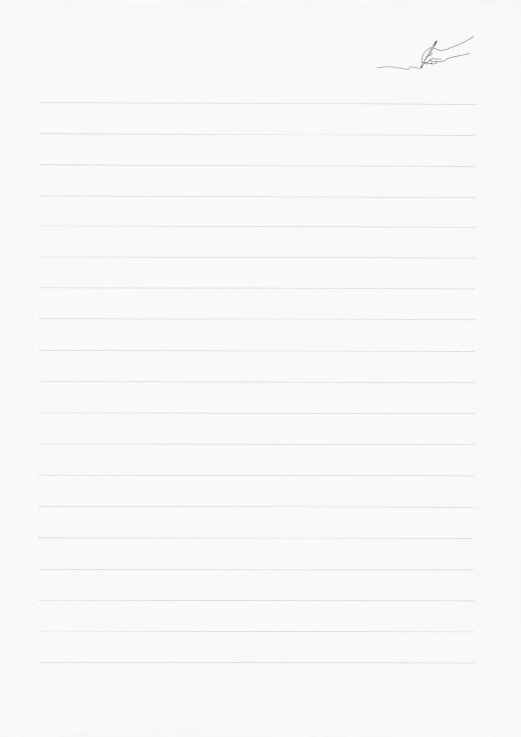

들의 극진한 호의를 곧이곧대로 다 받아들이다가는 결국 무력감을 느끼는 지경에까지 이른다. 열차의 객차만 하더라도 우리는 안전과 편의보다는 겉치장에 더 신경을 쓴다. 객차 안에 긴 의자, 오스만식 소파, 차양, 수많은 동양식 물건 등을 구비해 두지 않으면 근사한 현대식 응접실과는 비교도 할 수 없을 만큼 형편없는 장소가 돼 버리리라 협박이라도 하는 듯하다. 그런데 우리가 서양으로 들여온 그 동양식 물건이라는 것들이, 실은 중국의 규방 여인이나 여성스러운 중국 토박이를 위해 만들어진 것이어서 평범한 미국 사람은 이름만 들어도 얼굴을 붉힐 만한 것들이다. 나는 여러 사람 틈바구니에 끼어 호화로운 우단 방석에 앉아 있느니 차라리 호박 하나를 독차지해 그 위에 앉아 가겠다. 화려한 유람 열차 객실에 앉아 내내 말라리아 병균을 들이마시다 황천길로 가느니, 소달구지를 타고 신선한 공기를 마시면서 흙바닥을 돌아다니겠다.

원시 시대 인간은 발가벗은 채 소박한 삶을 살았다. 인간이 자연에 잠시 머물렀다 가는 체류자에 불과한 존재임을 알려 준다. 음식과 잠으로 원기를 회복하고 나면, 인간은 또다시 여행을 떠날 채비를 했다. 그리고 세상이라는 천막 속에 머물고, 계곡을 누비거나 평원을 가로지르고 산을 탔다. 하지만 보라! 이제 인간은 사용하던 도구의 도구가 되어 버렸다. 배가 고프면 마음껏 과일을 따먹던 인간은 농부가 되

었고, 은신처를 찾아 나무 밑으로 들어가던 인간은 집주인이 되었다. 더 이상 밤에 야영을 하지 않는다. 땅 위에 정착하고 하늘은 까맣게 잊었다.

우리는 기독교를 '땅을 경작(agri-culture)'[45]하는 개선된 방식으로만 받아들였다. 이승에서는 가족이 살 집을 마련하고, 내세를 위해서는 가족 묘를 마련하는 식이다. 뛰어난 예술 작품이란 바로 이러한 삶의 제약에서 스스로를 해방시키려는 인간의 분투를 표현한 것일 게다. 하지만 오늘날 우리가 예술이라 부르는 것은 지금의 비루한 처지를 안락하게 만들고 더 고차원적 경지는 잊게 만드는 효과만 있다. 사실 우리 마을에는 예술 작품이 설 자리가 없다. 설령 그런 작품이 우리에게 전해지더라도 우리의 삶, 집, 거리, 그 어디에도 그것을 세워 둘 적당한 받침돌을 놓을 곳조차 없다. 그림을 걸 못 하나 박을 곳이 없고, 영웅이나 성자의 흉상을 얹을 선반 하나 걸 자리가 없다.

가끔 나는 누군가의 집이 어떻게 지어지고 대금은 어떻게 지불되는지, 혹은 어떻게 지불되지 않는지, 그리고 그 집안 경제는 어떻게 관리되고 유지되는지에 관해 가만히 생각해 본다. 한데 그러다 보면 그 집에 손님이 찾아와 벽난로 위에 얹어 놓은 싸구려 장식품을 감상하는 중에, 갑자기 마룻바닥이 꺼져 손님이 지하실의 단단하고 정직한 흙바닥으로 곤두박질 쳐 떨어지는 사태가 발생하지는 않을까 염려스럽

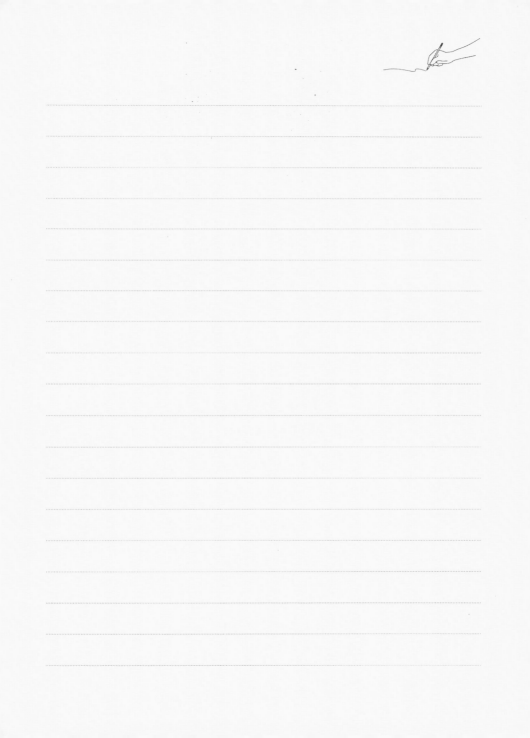

다. 나는 소위 부유하고 세련됐다 말하는 집주인의 삶이 그저 얼떨결에 펄쩍 뛰어올라 손에 잡아챈 행운에 지나지 않음을 잘 알기 때문에, 집 안을 장식하고 있는 예술 작품을 감상하는 즐거움을 누릴 마음의 여유가 없이, 온통 내 관심은 그가 펄쩍 뛰어올랐다는 사실에만 쏠려 있다. 인간의 근육에만 의존한 가장 높이 뛰어오른 기록은, 어느 아랍 유목민이 평지에서 무려 7.5미터를 뛰어오른 것이다. 인위적인 지지대 없이 그만큼의 높이를 뛰어올랐다면 인간은 누구라도 다시 땅으로 떨어지게 돼 있다. 그러니 만약 공중에 매달린 채 떨어지지 않는 괴력의 인간을 만난다면, 나는 가장 먼저 이렇게 묻고 싶다. "지금 당신은 누구를 딛고 서 있습니까? 당신은 실패한 97인에 속합니까, 성공한 3인에 속합니까?" 내 질문에 답해 보라. 그러면 나는 당신의 싸구려 물건들이 겉만 번지르르한 장식에 지나지 않음을 밝혀내 주겠다. 수레란 말 뒤에 매야지 앞에 매 봐야 아름답지도 유용하지도 않다. 집 안을 아름다운 물건으로 장식하려면 우선 벽부터 말끔히 치워야 하듯이, 우리의 삶도 먼저 깨끗이 치우고 난 후에 아름다운 가구를 들여놓고 아름다운 생활을 해 나가야 한다. 그런데 아름다움에 대한 안목은 집도 가정주부도 없는 자연 속에서 최고로 키워진다.

에드워드 존슨[46]은 〈기적을 행하는 신의 섭리〉라는 글에서 자신과 동시대 사람이자 이 마을에 처음 정착한 주민에 대해 "그들은 언덕

기슭에 굴을 파고 들어가 그 위에 목재를 대고 흙을 덮어 첫 안식처를 마련했고, 굴의 가장 높은 쪽 흙바닥 위에서 불을 피웠다."라고 적었다. 그리고 그들은 "주님의 축복으로 땅을 경작해 곡식이 생산될 때까지는 집을 짓지 않았으며", 첫해의 수확이 너무 적었던 탓에 "긴 계절을 나기 위해 빵을 매우 얇게 썰어 먹어야만 했다."라는 말도 덧붙였다. 뉴네덜란드 지방 장관 오캘러한[47]은 이곳에 정착하려는 사람에게 도움이 되는 정보를 제공하고자 1650년에 네덜란드어로 좀 더 자세히 설명했다.

"뉴네덜란드, 특히 뉴잉글랜드에 정착해 농사를 짓고는 싶으나 아무런 수단을 갖추지 못한 사람은 일단 지하실을 만든다는 생각으로 땅을 파되, 넓이는 적당히 정하고 깊이는 대략 2미터쯤 판 후, 굴 안쪽에 나무판자를 대서 벽을 만든다. 이때 흙이 스며들지 않도록 나무껍질 등을 판자 사이사이에 끼워 넣어야 한다. 바닥에도 역시 판자를 깔고 위쪽은 징두리 판자를 걸쳐서 천장을 만든다. 그 위로는 널빤지를 가지런히 활 모양으로 세우고 나무껍질이나 잔디로 덮어 지붕을 만든다. 이리하면 온 가족이 2~3년, 혹은 4년까지도 습기 걱정 없이 따뜻하게 지낼 수 있다. 가족 수에 따라 칸을 막아 방을 만들 수도 있다. 식민지 시대 초기, 뉴잉글랜드 지방에서는 부유한 지도층 인사들도 두 가지 이유에서 이런 집을 지어 살았다. 첫째로 다음 계절에 먹을 식량

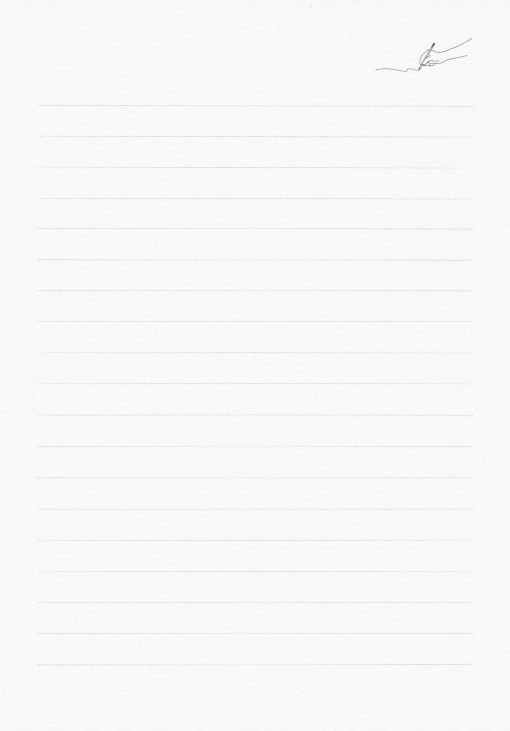

이 부족해지지 않게 집 짓는 시간을 낭비하지 않기 위해서, 둘째로 고국에서 데려온 수많은 가난한 노동자를 낙담시키지 않기 위해서였다. 3~4년이 지나 땅이 경작하기에 적합해지고 나서야 그들은 비로소 많은 비용을 들여 근사한 집을 지었다."

우리 조상들이 이 지역에서 택한 삶의 과정에는 적어도 신중함이 엿보인다. 즉, 그들은 가장 절실한 욕구부터 충족시킨다는 원칙을 따랐다. 오늘날의 우리는 보다 시급한 욕구부터 충족시키고 있을까? 나는 비싼 집을 하나 마련해 볼까 싶다가도, 급히 그 생각을 떨쳐 버린다. 이 나라는 아직 '인간을 경작(human-culture)'하기에 적합한 풍토가 마련돼 있지 않기 때문이다. 게다가 우리는 선조들이 그들의 밀가루 빵을 썰어 먹었던 두께보다도 훨씬 더 얇게 우리의 '영적인' 빵을 썰어 먹어야 할 처지이기도 하다. 그러나 아무리 힘든 시기라 할지라도 건축의 모든 장식을 떼낼 필요는 없다. 갑각류의 자개처럼, 삶과 직접 맞닿은 부분부터 아름답게 장식하되 과도하게는 하지 말자는 것이다. 세상에, 나는 두어 번 그런 집에 가 봐서 내부가 어떻게 꾸며져 있는지 잘 안다.

굳이 과거로 다시 퇴보하지 않아도 인간은 얼마든지 동굴이나 오두막에서 살 수 있다. 옷도 얼마든지 가죽으로 지어 입을 수 있다. 하지만 값비싼 대가를 치르고 얻은 것이기는 해도, 인류의 발명과 산업이

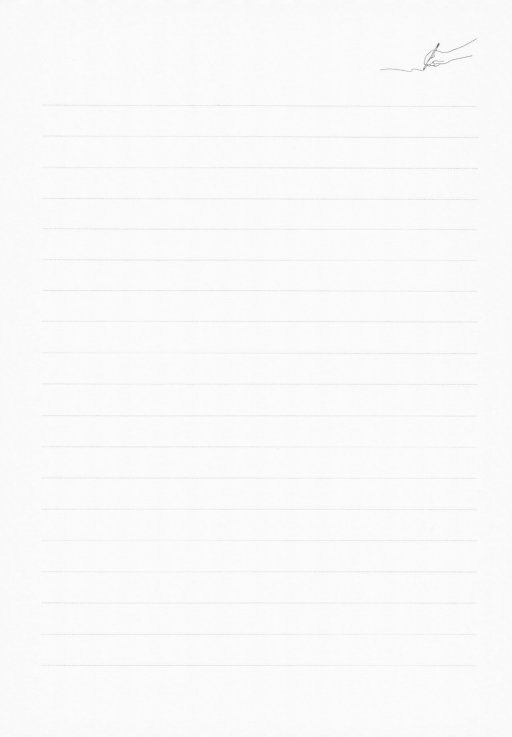

제공하는 이점을 받아들이는 편이 훨씬 좋기는 하다. 우리 마을에서는 판자나 지붕널, 석회나 벽돌 등이 적당한 동굴이나 온전한 통나무, 충분한 양의 나무껍질, 심지어는 알맞게 이겨 놓은 점토나 평평한 석재보다 구하기 쉽고 가격도 훨씬 싸다. 나는 이런 일을 이론뿐 아니라 실제적인 측면도 매우 잘 알기에 하는 말이다. 지혜를 조금만 더 발휘한다면, 누구라도 이런 재료를 이용해 현재 가장 부유한 사람들보다 더 부자가 될 수도 있고, 문명을 축복으로 바꿔 놓을 수도 있다. 문명인이란 좀 더 경험 많고 좀 더 현명해진 미개인에 다름 아니다. 그러면 이제 내가 했던 실험을 서둘러 이야기해 보자.

1845년의 3월 말쯤 나는 도끼 한 자루를 빌려서 월든 호숫가의 숲속으로 들어갔다. 그 근처에 집 지을 터를 봐 두었기 때문이다. 나는 화살처럼 곧게 뻗은 한창때의 키 큰 백송나무를 목재로 쓰려고 베기 시작했다. 아무것도 빌리지 않고 어떤 일을 시작하기란 어려운 법이지만, 어찌 보면 뭔가를 빌리는 것은 이웃들에게 내 일에 관심을 보일 수 있게 해 주는 가장 친절한 행동일지도 모르겠다. 도끼 주인은 내게 도끼를 건네주며, 자신에게는 눈에 넣어도 아프지 않을 만큼 귀한 물건이라고 말했다. 나는 그 도끼를 빌릴 때보다 더 예리하게 갈아서 돌려주었다.

내가 일하던 장소는 소나무가 우거진 쾌적한 언덕으로, 숲 사이로 호수가 보였고 숲속 작은 빈터에 소나무와 호두나무의 새순이 돋고 있었다. 호수의 표면은 아직 얼음으로 덮였지만, 그래도 군데군데 녹았고 얼음도 물기를 흠뻑 머금어 온통 어두운 빛을 띠었다. 그곳에서 일하는 동안 낮에 간간이 약한 눈발이 날리기도 했다. 그러나 대개는 집에 가려고 숲 밖으로 나서면 철로 변에 한없이 펼쳐진 노란 모래 더미가 아지랑이 속에서 반짝였고, 선로도 봄볕을 받아 환하게 빛났다. 우리와 함께 새로운 한 해를 시작하려고 이미 돌아와 있던 종달새, 딱새, 그 외 여러 새들도 노래하고 있었다. 얼어붙은 대지뿐 아니라 겨우내 쌓인 인간의 불만도 화창한 봄날과 함께 녹아내렸고, 동면하던 생명들도 기지개를 켜기 시작했다.

어느 날 도끼 자루가 빠졌길래, 나는 호두나무 생가지를 잘라 돌로 쐐기를 박아 넣었다. 그리고 자루가 다시는 빠지지 않도록 나무를 불리려고 도끼를 호수의 얼음 구멍에 담갔다. 그때 줄무늬 뱀 한 마리가 물속으로 들어가는 모습을 보았다. 뱀은 내가 그곳에 머무는 내내, 최소한 15분 이상을 호수 바닥에 가만히 가라앉아 있었는데, 전혀 불편해 보이지 않았다. 아직 동면 상태에서 완전히 벗어나지 못한 탓이었을지도 모르겠다. 나는 인간도 같은 이유로 현재의 비루하고 원시적인 상태에 그대로 머물러 있는 것이 아닐까라는 생각이 들었다. 그러

나 만약 그들이 자신을 일깨우는, 도약하는 봄기운을 느끼게 된다면, 더 고결하고 고차원적인 삶을 살아가기 위해 반드시 깨어날 것이다. 나는 서리 내린 아침 길을 걷다가 뱀이 추위에 몸이 뻣뻣하게 군은 채 햇살에 몸이 녹기를 기다리고 있는 모습을 종종 보았다. 4월 1일에는 비가 내려 얼음이 녹았다. 안개가 잔뜩 꼈던 그날 아침, 무리에서 떨어져 나온 기러기 한 마리가 길을 잃은 듯이, 혹은 안개의 정령이라도 된 듯이 호수 위를 더듬어가며 끼룩끼룩 울었다.

그렇게 며칠 동안 나는 계속해서 목재를 베어 알맞은 크기로 잘라 샛기둥과 서까래를 만들었다. 작은 도끼 한 자루로만 일했다. 남들과 나눌 만한 학자다운 생각은 거의 하지도 않았고, 그저 노래만 흥얼거렸다.


인간은 자기가 유식하다 으스대지.
하지만 보라! 예술과 과학, 수천 가지의 기기들,
그 모든 게 날개 돋쳐 날아가 버렸구나.
바람이 분다는 사실,
그것이야말로 인간이 아는 모든 것이거늘.[48]


나는 원목을 사방 15센티미터 정도의 각목으로 잘랐다. 샛기둥은

대부분 양면을 다듬었고, 서까래와 마루용 판재는 한쪽만 다듬은 후 나머지 부분은 나무껍질을 그대로 남겨 두었다. 그래야 목재가 톱으로 켠 것만큼이나 쪽 고르면서도 훨씬 튼튼하기 때문이다. 이 무렵 나는 다른 연장을 빌려 와서 목재 밑동을 세심하게 장부촉으로 깎고, 끼워 넣을 장붓구멍도 만들었다. 내가 하루에 숲에서 일한 시간은 그리 길지 않았지만 대개 버터 바른 빵을 싸 갔고, 정오가 되면 내가 베어 낸 푸른 소나무 가지 사이에 앉아 빵을 쌌던 신문을 펼쳐 읽었다. 손에 송진이 늘 잔뜩 묻어 있었기에 빵에서 소나무 향이 풍겼다. 집이 거의 완성될 무렵에는 소나무의 적이라기보다는 친구가 되어 있었다. 몇 그루 베기는 했어도, 그들을 아주 잘 알게 되지 않았는가. 가끔 숲을 거닐던 사람이 내 도끼 소리에 이끌려 다가왔는데, 그러면 우리는 다듬어 놓은 목재에 관해 즐거이 담소를 나눴다.

서두르지 않고 공들여 일하느라, 4월 중순경에야 비로소 집의 뼈대를 올릴 준비를 마쳤다. 판자를 뜯어 쓸 요량으로 피츠버그 철로 건설 인부인 제임스 콜린스라는 아일랜드 사람의 판잣집을 이미 한 채 사둔 상태였다. 소문으로 그의 집이 드물게 쓸 만하다고 들었기 때문이다. 처음 집을 보러 갔을 때는 그가 외출하고 없었다. 집 주변을 한 바퀴 돌아보았는데, 창문이 워낙 높고 깊숙이 달려 있는 데다가, 마치 퇴비 더미처럼 집 주위를 빙 돌아 약 1.5미터 높이 정도로 흙을 쌓아 올

려놓은 탓에, 집 안에서는 내가 온 것을 알아차리지 못했다. 집은 자그마했고 지붕은 뾰족했는데, 그 외의 별다른 특징은 없었다. 지붕이 햇볕에 말라 심하게 뒤틀렸는데 그래도 가장 쓸 만한 부분이었다. 문턱은 없었고 문짝 밑 틈으로 닭이 여유롭게 드나들었다.

콜린스 부인이 나오더니 안쪽도 둘러보라고 청했다. 내가 다가가자 닭들이 안으로 몰려 들어갔다. 집 안은 어두웠고, 바닥에 흙이 깔려 있어서 눅눅하고 한기가 느껴졌다. 여기저기 판자가 깔려 있었지만, 걸어 내면 부서질 듯했다. 부인이 등잔불을 켜서 지붕과 벽 안쪽을 보여 주었고, 마루판자가 침대 밑까지 연결된 것도 보여 주었다. 지하실에는 들어가지 말라고 주의를 주었는데, 깊이가 60센티미터쯤인 흙구덩이처럼 보였다. "천장널도, 벽널도 쓸 만해요. 창문도 좋은 것이고요." 부인은 창문에 원래 판유리가 2장 끼워져 있었지만, 최근에 고양이가 그리로 통과해 나갔다는 말도 덧붙였다. 살림살이는 난로 하나, 침대 하나, 앉을 만한 의자 하나, 그 집에서 태어났다는 갓난아기 하나, 실크 양산 하나, 도금 장식한 거울 하나, 어린 떡갈나무에 못을 박아 걸어 놓은 특허 받은 신형 커피 기계가 전부였다.

그러는 사이에 콜린스 씨가 돌아와서 곧바로 매매 계약이 이뤄졌다. 내가 그날 저녁 4달러 25센트를 지불하면, 그는 다른 사람에게 집을 파는 일 없이 다음 날 새벽 5시까지 집을 비워 주는 조건이었다. 그

러니 아침 6시면 집은 내 소유가 될 예정이었다. 콜린스 씨는 나더러 아침에 일찌감치 오라고 조언했다. 누군가 토지 대금과 연료비라며 말도 안 되는 비용을 청구할 수 있다는 것이었다. 그것이 유일한 골칫거리라고 거듭거듭 강조했다.

이튿날 아침 6시에 나는 길에서 그와 그의 가족을 마주쳤다. 손에 들린 커다란 꾸러미에 침대, 커피 기계, 거울, 몇 마리의 닭 등, 고양이를 제외한 전 재산이 들어 있었다. 고양이는 숲으로 들어가 야생 고양이가 되었다고 했는데, 나중에 들으니 어느 날 우드척을 잡으려고 설치한 덫에 걸려 결국 죽었다고 한다.

나는 그날 아침 당장 그 오두막을 허물었다. 판자에서 못을 뽑고 작은 수레로 몇 차례에 걸쳐 호숫가로 실어 날라서는 잔디 위에 쫙 펼쳐 놓았다. 햇볕에 소독도 하고 뒤틀린 것을 바로잡기 위해서였다. 숲길로 수레를 끌고 오갈 때 일찍 깨어난 개똥지빠귀의 노랫소리가 들렸다. 그 와중에 패트릭이라는 아이가 와서 고자질하기를, 내가 판자를 옮기는 사이 아직 곧아서 쓸 만한 못과 꺽쇠와 대못 같은 것을 이웃의 실리라는 아일랜드 남자가 주머니에 슬쩍 챙겨 넣었다고 했다. 집터로 돌아가니 그가 봄날의 생각에라도 잠긴 듯 태연한 표정으로 하늘을 올려다보며 오두막 허문 자리에 서 있다가 천연덕스럽게 인사를 건네 왔다. 그러면서 별로 할 일도 없이 한가해서 나온 참이라고 말했

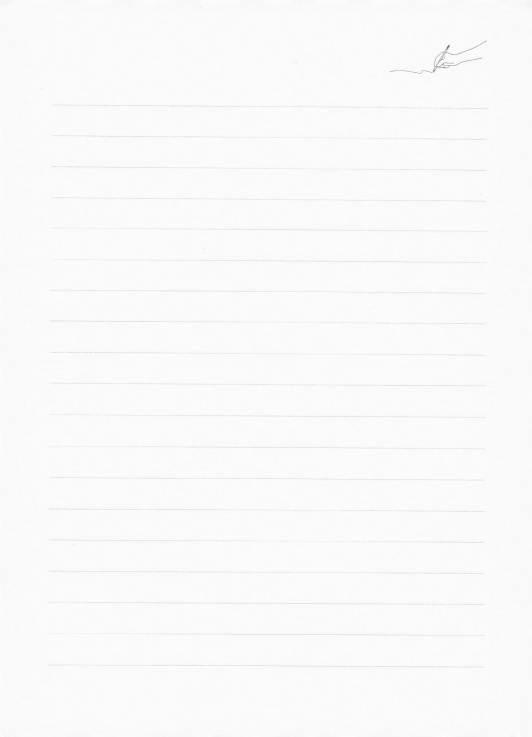

다. 자신이 구경꾼 대표라도 된다는 듯이 서서, 별로 중요할 것도 없는 내 일이 마치 트로이의 신상을 옮기는 일이라도 된다는 듯 굴었다.

나는 우드척 한 마리가 굴을 파 놓았던 남쪽 언덕 기슭에 지하 저장고를 팠다. 옻나무와 검은딸기 뿌리를 뚫고 내려가 더는 풀뿌리가 걸리지 않고 고운 모래가 나올 때까지 사방 1.8미터에 깊이 2미터의 크기로 팠다. 그 정도 깊이면 겨울에도 감자가 얼지 않을 터였다. 벽면은 돌로 마무리하지 않고 완만한 경사 그대로 놓아두었다. 그렇게 두어도 해가 들지 않으니 모래가 허물어지지는 않을 터였다. 이 일을 마무리하기까지 두 시간이 채 걸리지 않았다. 나는 땅을 파면서 특별한 즐거움을 느꼈다. 세상 어디라도 같은 위도이기만 하면 땅속 온도가 다 똑같기 때문이다. 도시의 초호화 저택에도 지하 저장고가 있고, 사람들은 지금도 여전히 그곳에 감자 같은 알뿌리 식물을 저장한다. 그러니 지상의 건물이 허물어지고 오랜 세월이 지나서도, 후손들은 지하에 남아 있는 저장고의 흔적을 알아볼 것이다. 집이란 굴 입구에 있는 일종의 현관이나 같다 하겠다.

마침내 5월 초순이 되었을 때, 나는 몇몇 지인의 도움을 받아 집의 뼈대를 세웠다. 굳이 도움이 필요했다기보다 이런 기회를 빌려 이웃과의 친목을 도모하고 싶었다. 참석자들의 면면을 살펴볼 때 나만큼 영광을 누린 이도 드물 듯했다. 단언컨대 그들은 언젠가는 내 오두막

보다 훨씬 웅장한 건축물의 상량식을 도울 운명을 타고난 사람들이 었다.

　나는 7월 4일부터 오두막에서 살기 시작했다. 벽널을 붙이고 지붕을 올린 직후였다. 벽널은 가장자리를 비스듬히 얇게 깎은 후 겹치게 이어 붙였기 때문에 전혀 비가 들이치지 않았다. 벽널을 붙이기 전에 호숫가에서 두 수레분의 돌을 주워 언덕 위까지 팔에 안아 나른 후 집 귀퉁이에 굴뚝의 토대를 쌓아 두었다. 그리고 난방용 불이 필요해지기 전에, 즉 가을에 괭이질을 마친 후에야 굴뚝을 쌓아 올렸다. 그동안 음식은 아침 일찍 집 밖에서 지어 먹었다. 지금도 나는 그런 방식이 어떤 면에서는 일반적인 방식보다 훨씬 편리하고 유쾌하지 않았나 생각한다. 빵이 구워지기 전에 비바람이 불면, 판자 몇 장을 세워 불을 가리고 그 아래 앉아 빵이 구워지는 모습을 바라보며 즐거이 몇 시간이고 보냈다. 당시 나는 너무 바빠서 책을 거의 읽지 못했다. 그러나 아무리 작은 조각이라도 땅에 떨어진 신문은, 물건을 쌌던 것이든 식탁보로 사용하던 것이든 책을 읽을 때나 마찬가지로 내게 크나큰 즐거움을 주었다. 호메로스의《일리아스》같은 역할을 했는지도 모르겠다.


　집을 지을 때, 내가 했던 방식보다 훨씬 공들여 지을 수도 있을 듯

하다. 문, 창문, 지하 저장고, 다락방 등이 인간 본성의 어느 측면에 바탕을 두고 만든 것인지 숙고해 보고, 일시적 필요성보다 좀 더 나은 이유를 찾아낸 후에야 지상에 건물을 올리는 것도 좋지 않겠는가. 사람이 자기 살 집을 짓는 데는 새가 둥지를 지을 때와 마찬가지로 합목적성이 필요하다. 제집을 제 손으로 짓고, 자신과 가족을 한 점 부끄럼 없이 소박하고 정직하게 먹여 살린다면, 새가 부지런히 일하며 상시 노래하듯 인간도 누구랄 것 없이 시적 재능을 꽃피우지 않겠는가.

그러나 아! 안타깝게도 우리는 찌르레기나 뻐꾸기를 더 좋아한다. 남이 만든 둥지에 알을 낳고, 나그네에게 지저귐도 노랫소리도 들려주지 않는 삶을 말이다. 정녕 우리는 집 짓는 즐거움을 영원히 목수에게 양도할 것인가? 전 인류의 경험에서 건축은 어느 정도의 비중을 차지할까? 나는 지금껏 숱하게 세상을 돌아다녔지만, 인간이 제집을 짓고 있을 때만큼 단순하고 자연스러운 모습을 본 적이 없다. 우리는 모두 공동체의 일원이다. 아홉 명이 모여야 비로소 한 사람 몫을 해내는 것[49]은 재단사뿐만이 아니다. 목사도, 상인도, 농부도 그렇다. 하지만 대체 이러한 노동 분업은 어디서 끝날까? 그리고 노동 분업으로 우리가 이루려는 목적은 무엇일까? 물론 누군가 나를 대신해서 생각해 줄 수야 있다. 하지만 스스로 생각할 수 있는데도 쓸데없이 남에게 대신 시키는 게 바람직한 일인가.

이 나라에 소위 건축가라는 사람들이 있다. 듣자니 건축에서 장식이 진리의 핵심이자 필수 요소이니 건축에는 반드시 아름다움이 깃들어야 한다는 생각에 완전히 사로잡힌 건축가가 있다고 한다. 그는 자신의 생각을 마치 무슨 계시라도 되는 듯 여긴다. 그의 관점에서야 훌륭한 생각일지 모르겠지만, 실상은 아마추어적인 뻔한 생각보다 나을 게 없다. 건축을 감상적인 개혁가의 입장에서 바라보니까, 건물의 기초부터 세울 생각은 않고 처마에 장식 띠부터 돌리려 한다. 하지만 모든 건축에 장식을 집어넣겠다는 고집은, 사탕이란 사탕에는 모두 아몬드나 캐러웨이 열매를 집어넣겠다는 생각(사실 나는 아몬드는 설탕 없이 먹어야 몸에 훨씬 좋다고 생각한다.)이나 다를 바 없다. 거주자, 즉 그 집에서 살 사람이 직접 내부와 외부를 지어나가게 하고, 그 과정에서 장식이 저절로 해결되게 놔두지 않는다.

합리적인 사람이라면 어느 누가 장식을 단지 외적이고 피상적인 것으로만 치부하겠는가? 어느 누가 거북의 점박이 등껍질과 갑각류의 진줏빛 자개가 뉴욕 브로드웨이 주민이 트리니티 교회를 지을 때처럼 건축업자와 계약을 맺어 만들어 냈다고 생각하겠는가? 그러나 사람과 집의 건축 양식은, 거북이와 그 등껍질만큼이나 아무 관계가 없다. 병사가 아무리 게을러도 자신의 미덕을 나타내는 정확한 색[50]을 깃발에 보란 듯이 칠하진 않는다. 그러면 적이 당장에 알아볼 텐데, 시련이

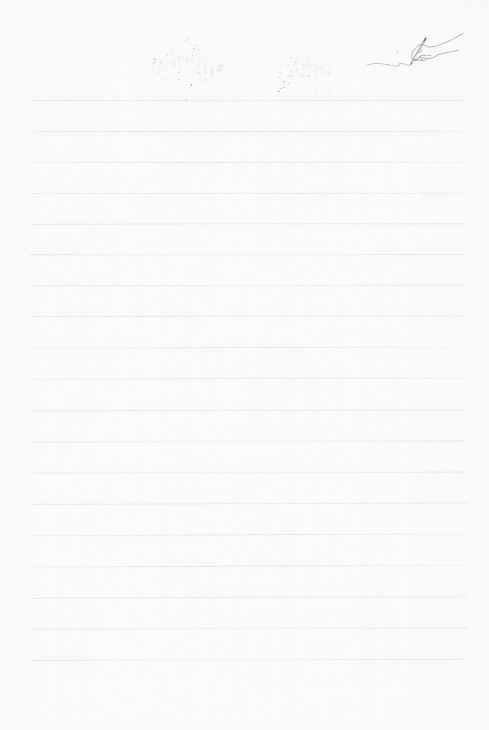

닥치면 병사는 얼마나 사색이 되겠는가.

내가 보기에 이 건축가는 처마돌림띠에 비스듬히 기대서서 무지해 보이는 거주민에게 자신의 어설픈 진리를 소심하게 속삭이는 사람이다. 하지만 진리는 건축가보다 거주민이 더 잘 아는 법이다. 지금 내 눈에 보이는 건축의 아름다움이란 집의 유일한 건축가가 되어야 할 거주민의 필요와 기질에 바탕을 두고 내부에서 외부로 점차 자라나온 것이다. 그렇게 생겨난 아름다움만이 외적 요소를 의식하지 않아도 무심결에 진실성과 기품을 드러낸다. 그리고 숙명적으로 생겨나는 이런 식의 아름다움은 무의식적으로 아름다운 삶을 살아가는 이를 뒤따르게 돼 있다.

화가라면 잘 알겠지만, 이 나라에서 가장 흥미로운 집은 가난한 사람이 사는 전혀 꾸밈없고 소박한 통나무집과 오두막이다. 그런 집을 한 폭의 그림처럼 보이게 만드는 것은 그 집을 등껍질 삼아 사는 거주민의 삶이지, 집 자체의 독특함이 아니다. 변두리 주민들의 상자 같은 집도, 그들이 나름대로 소박하고 유쾌한 삶을 살아갈 때, 또한 집의 건축 양식을 통해 어떤 효과를 내려 애쓰지 않을 때, 더욱 우리의 흥미를 끈다.

건축 장식의 대부분은 그야말로 공허하다. 9월의 강풍 한 번이면 빌려 꽂은 깃털처럼 대상의 본질에 아무런 해도 미치지 않고 다 떨어

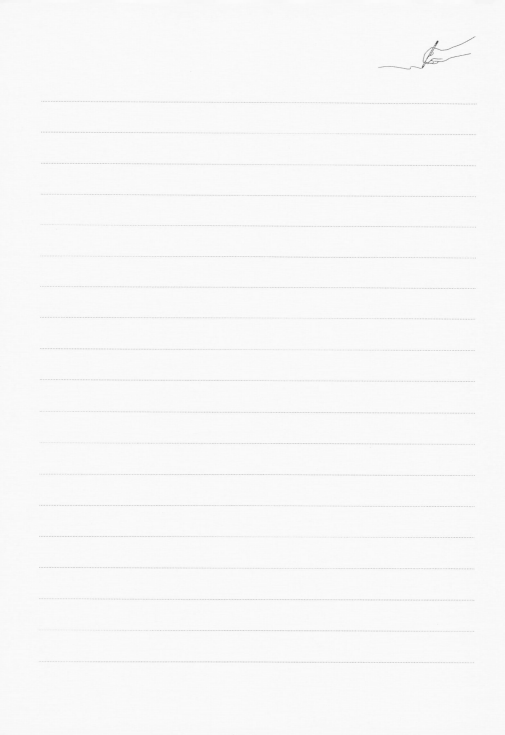

져 나간다. 지하 저장고에 올리브나 포도주를 저장해 놓지 않은 사람은 건축 없이도 살아간다. 만약 문학의 문체에 이런 식의 야단법석을 적용한다면, 그리하여 건축가가 교회를 장식할 때처럼 성서를 기록하는 이들도 글을 다듬는 데 시간과 공을 들인다면 어떨까? 소위 '순수 문학'과 '순수미술'이라는 것들, 이를 강의하는 교수들도 바로 그렇게 해서 생겨나지 않았나.

사람들은 자기 머리 위나 발아래를 지나는 기둥은 얼마나 기울일지, 집은 무슨 색으로 칠할지 등에 무척 신경을 쓴다. 거주민이 직접 열성을 다해 기둥을 기울이고 집을 칠한다면야 어느 정도 의미는 있겠다. 하지만 집주인의 혼이 떠나가 버렸다면, 집 짓기는 자신의 관을 짜는 일, 즉 무덤의 축조나 다름없이 돼 버린다. 그렇게 되면 '목수'도 '관 만드는 사람'의 다른 이름에 지나지 않는다. 삶에 절망한 탓인지, 아무런 미련이 없는 건지, 어떤 이는 발밑의 흙 한 줌을 집어 그 색으로 칠하라고 말한다. 자신이 마지막으로 누울 좁은 무덤을 생각하는 걸까? 그렇다면 노잣돈으로 동전도 하나 던져 주자. 그 양반도 참으로 할 일 없는 사람이다. 뭐하자고 흙 한 줌 집어 올리는 수고는 하는가? 그냥 우리의 안색으로 칠하는 것이 더 낫지 않겠는가? 그러면 집이 주인을 대신해 붉으락푸르락할 테니 말이다. 오두막의 건축 양식을 개선시킬 사업이라니! 누군가 내 오두막에 덧붙일 장식을 마련해

두었다면, 내가 달고 다니겠다.

겨울이 오기 전에 나는 굴뚝을 마무리했다. 그리고 이미 비가 샐 염려는 없었지만, 집을 빙 둘러 널빤지도 댔다. 그런데 이 널빤지는 통나무를 처음 켜 놓은 것이라 반듯하지도 않고 수액도 많이 흘러, 대패로 모서리를 깎아 곧게 만들어야 했다.

이로써 나는 촘촘히 널빤지를 대고 석회를 바른 집을 한 채 갖게 되었다. 크기는 폭이 3미터에 길이가 4.5미터, 기둥 높이가 2.5미터였고, 다락방과 벽장도 있었다. 벽 양쪽에 창문이 하나씩 달리고, 들창이 두 개 있었다. 한쪽 끝에 출입문이 있고 그 맞은편에 벽돌로 만든 벽난로가 있었다. 자재 값을 포함해서 이 집을 짓는 데 들어간 정확한 비용은 다음과 같다. 일꾼을 쓰지 않고 내 손으로 지었으니 인건비는 빠졌다. 내가 이 구체적인 내역을 밝히는 이유는 제집을 짓는 데 들어가는 비용을 정확히 아는 사람은 드물 뿐 아니라, 알더라도 다양한 자재의 개별 가격까지 일일이 아는 사람이 거의 없어서다.

| | |
|---|---|
| **판자** | 8달러 3.5센트 (대부분 판잣집에서 걷어 낸 것) |
| **지붕과 벽에 사용한 폐판자** | 4달러 |
| **윗가지**[51] | 1달러 25센트 |
| **유리 달린 헌 창문 두 짝** | 2달러 43센트 |

| | |
|---|---|
| **중고 벽돌 1천 장** | 4달러 |
| **석회 두 통** | 2달러 40센트 (비싸게 샀고, 너무 많이 샀음) |
| **털[52]** | 31센트 |
| **벽난로 위에 얹는 철제 틀** | 15센트 |
| **못** | 3달러 90센트 |
| **경첩과 나사** | 14센트 |
| **빗장** | 10센트 |
| **백묵** | 1센트 |
| **운송비** | 1달러 40센트 (대부분 내가 등에 지고 옮김) |
| **총액** | 28달러 12.5센트 |

이것이 내가 오두막을 짓는 데 사용한 모든 자재다. 물론 여기에는 토지 무단 점유자라는 나의 권리를 이용해 숲이나 강가에서 가져다 쓴 목재, 돌, 모래 등은 포함되지 않았다. 나는 남은 재료를 이용해 집 옆에 작은 나무 헛간도 하나 지었다.

나는 콩코드 대로변의 그 어느 집보다 더 웅장하고 화려한 저택도 하나 지어 볼 의향이 있다. 물론 그 집이 이 집만큼이나 나를 기쁘게 하고 건축비도 더 들지 않는다면 말이다.

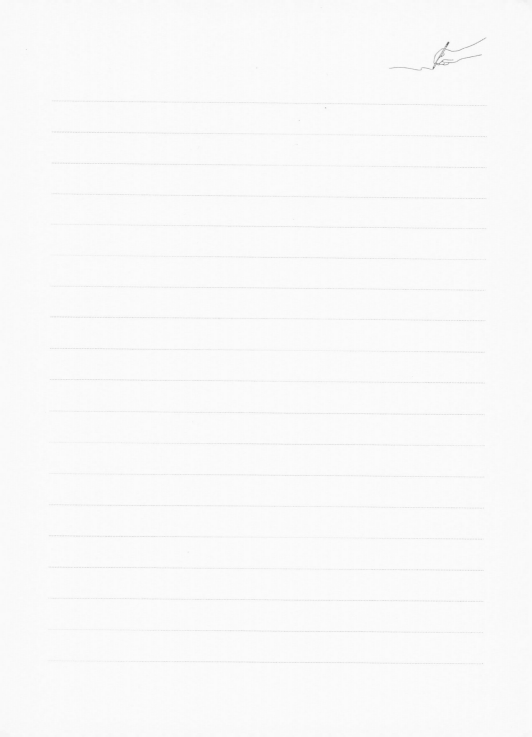

그리하여 나는 학생들의 연간 기숙사비 정도의 비용으로 평생 살 집을 얻을 수 있음을 알았다. 자화자찬이 지나치다고 느껴진다면, 나 자신이 아닌 인류 전체를 위해 그러는 것이라 이해해 주길 바란다. 나의 결점과 모순 들도 이 말의 진실성을 해치지 않으리라 본다. 나 역시 앓는 소리나 위선적인 말을 하지만(쌀에서 겨를 가려내기 어렵듯, 그것이 바로 내 장점에서 분리해 내기 어려운 단점이다. 나도 남들만큼이나 속상하다.) 이 문제만큼은 전혀 거리낌 없이 자유롭게 숨 쉬고 크게 기지개도 켤 것이다. 그래야 도덕적으로든 육체적으로든 위안을 얻을 수 있을 테니 말이다. 게다가 나는 겸손을 빙자해 악마의 대변인이 될 생각은 추호도 없다. 진실의 대변인이 되고자 백방으로 애쓸 것이다.

케임브리지 대학[53]은 내 방보다 약간 큰 방을 빌려 주면서 학생에게 연간 30달러나 되는 방세를 받는다. 학교 당국은 서른두 개의 방을 한 지붕 아래 다닥다닥 지어 이득을 보지만, 기숙사 학생은 수도 많고 시끄러운 이웃 입주생들 때문에 불편함이 이만저만이 아니다. 4층 방을 배정받는 불편도 감수해야 한다. 나는 우리가 이런 상황을 해결하는 데 좀 더 지혜를 발휘한다면, 교육의 필요성도 줄이고(교육이라는 수단 이외의 방식으로 이미 많은 지식을 습득했을 테니) 비용도 훨씬 줄일 수 있으리라 생각한다. 케임브리지 대학이나 여타의 다른 대학에서 학생에게 필요한 편의시설들을 학생과 학교 양측이 적절히 관리한다

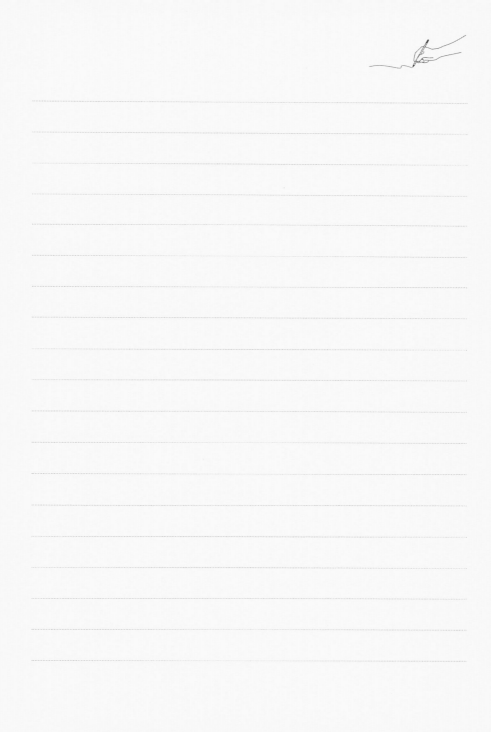

면, 현재 학생과 여러 관계자 들이 치르는 희생을 10분의 1로 줄일 수 있을 터다. 학생이 원하는 사항이라고 해서 꼭 많은 돈이 드는 것은 아니다. 이를테면, 수업료는 학비에서 가장 큰 비중을 차지하지만, 학생들이 동시대의 가장 교양 있는 이들과 교류한다면 비용을 전혀 들이지 않고도 훨씬 가치 있는 교육을 받을 수 있다.

통상 대학 설립은 먼저 기부금을 모으고, 그다음에 노동 분업의 원칙을 맹목적으로 적용하는 식으로 진행된다. 그래서 반드시 신중하게 결정해야 할 건축업자에, 대학 설립을 돈벌이로만 보는 이들이 선정된다. 그들은 아일랜드 출신 노동자들을 고용해서 기초공사를 한다. 한편 입학할 학생들은 미리 준비를 하라는 전갈을 받는다. 이런 허술한 관리의 대가는 후대 사람들이 치르게 돼 있다. 나는 학생뿐 아니라 대학의 혜택을 받으려는 사람들이 직접 기초공사를 하는 편이 훨씬 낫다고 본다.[54] 어떤 학생이 인간에게 반드시 필요한 노동을 일부러 교묘히 피하여 여가를 얻고 노동 의무를 면제받는다면, 그는 스스로 여가를 가치 있게 만드는 경험을 빼앗는 셈이고, 그의 여가는 비열하게 얻은 무익한 것이 된다.

"설마 학생이 머리가 아니라 손으로 일해야 한다는 말은 아니겠죠?" 누군가는 이렇게 물을지도 모르겠다. 정확히 그런 뜻은 아니지만, 어느 정도 그렇게 들어도 된다. 내 말은 사회가 이처럼 많은 비용

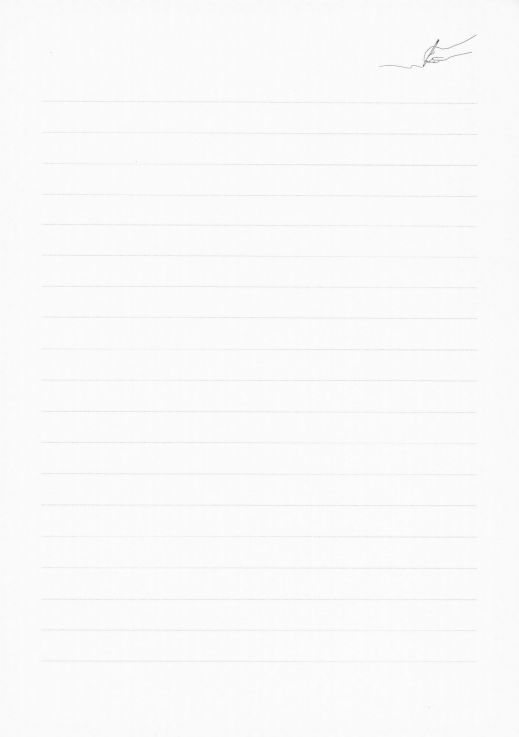

을 들여 그들을 뒷바라지하는데, 학생이 삶을 즐기듯이 살거나 공부만 하며 살 것이 아니라, '처음부터 끝까지' 진지하게 살아 보라는 것이다. 젊은이가 지체 없이 삶을 실험해 보는 것보다 삶에 대해 더 제대로 배울 수 있는 방법이 있기는 할까? 나는 그 방법이 수학만큼이나 그들의 정신을 훈련시키리라 생각한다.

예컨대, 내가 한 소년에게 예술과 과학을 가르치고 싶다면, 나는 그 아이를 이웃에 사는 어느 교수에게 간단히 보내 버리는 흔하디흔한 과정은 밟지 않을 것이다. 강의실에서는 모든 것을 교육받고 훈련할 수 있지만, 정작 삶의 기술을 배울 수는 없기 때문이다. 망원경이나 현미경으로 세상을 조사하는 법은 가르쳐도, 육안으로 세상을 보는 법은 가르치지 않는다. 화학은 공부하겠지만 빵 굽는 법을 배울 수는 없고, 기계학은 배우되 빵을 구하는 법은 배울 수 없다. 해왕성의 새로운 위성을 발견하는 법은 배워도 제 눈에 들어간 티끌을 보는 법은 알수 없고, 자신이 어떤 악당의 주변에서 위성처럼 맴도는지도 알아낼 방법이 없다. 주위에 우글거리는 괴물에게 자신이 잡아먹히고 있다는 사실은 꿈에도 모르고, 한 방울의 식초 속에 들어 있는 균만 살펴볼 따름이다.

두 학생이 있다고 해 보자. 한 학생은 필요한 관련 서적을 모두 찾아 읽으면서 직접 광석을 캐고 녹여 주머니칼을 만들었고, 다른 학생

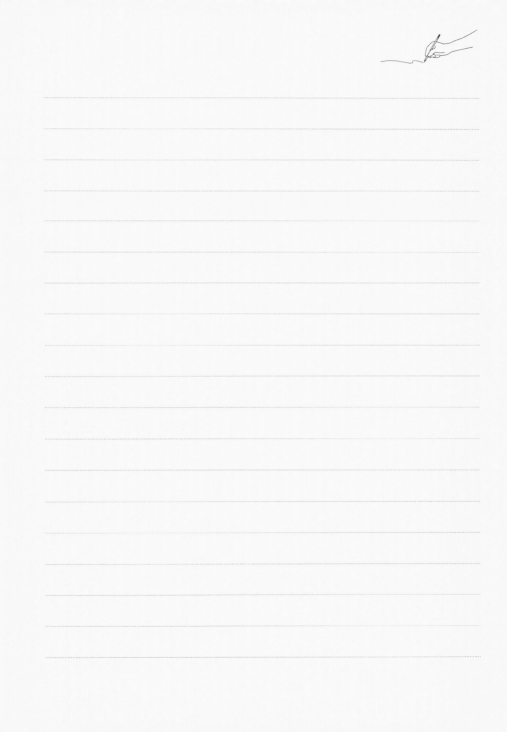

은 대학에서 야금학 강의를 듣고 아버지에게 로저스 상표 주머니칼을 받았다. 둘 중 어느 쪽이 손을 벨 가능성이 크겠는가? 놀랍게도, 나는 내가 항해학 수업을 수강했다는 사실을 대학을 졸업할 때에야 알아차렸다! 차라리 직접 배를 타고 항구를 한 바퀴 돌았더라면 항해술을 훨씬 많이 배웠을 텐데 말이다. 심지어 가난한 학생들까지도 정치경제학만 배우니, 철학과 동급이라 할 만한 생활경제학은 미국의 대학에서 전혀 진지하게 가르치지 않는다. 결과적으로 가난한 학생은 스미스, 리카도, 세[55]의 경제학 서적을 읽으면서, 자기 아버지를 헤어날 수 없는 빚 구덩이 속으로 몰아넣는 격이다.

대학뿐 아니라, 수많은 '현대에 이루어진 발전'도 매한가지다. 우리는 그것에 환상을 품고 있지만, 모든 발전이 다 긍정적이지는 않다. 악마가 그 발전을 위해 초기 투자한 몫과 그 후에도 지속적으로 투자한 몫에 대해 마지막까지 매몰차게 복리를 거둬 간다. 인간의 발명품은 예쁘장한 장난감인 경우가 많아 진지한 일에서 우리의 관심을 거두게 만들곤 한다. 그것은 '개선되지 않은 목적'을 달성하기 위한 '개선된 수단'일 뿐이고, 실상 그 목적이란 것도 기차가 철로만 따라가면 보스턴이나 뉴욕에 도착하듯 개선된 수단 없이도 얼마든지 쉽게 달성할 수 있는 것이다.

우리는 메인 주에서 텍사스 주에 이르는 자석식 전신을 가설하고

자 무척이나 서두르고 있다. 그러나 메인과 텍사스가 서로 통신할 만큼 중요한 일이 있기나 할지 모르겠다. 청각 장애를 앓는 어느 저명한 부인을 만나 보기를 간절히 바라던 한 남자가 막상 부인을 만나 그녀의 나팔형 보청기 끄트머리를 손에 쥐자 말문이 막혀 버렸다는 일화처럼, 서로 곤경에 처하지나 않으면 다행이지 싶다. 마치 전신의 주된 목적이, 말을 이치에 닿게 하는 것이 아니라 빨리 전달하는 것에 있는 듯하다. 대서양에 해저 터널을 뚫고 전신을 가설해 구세계의 소식을 몇 주 만에 신세계로 가져오고자 안달한다. 그러나 해저 전신을 통해 미국인의 너풀거리는 큰 귀에 처음으로 전해질 소식은 보나마나 애들레이드 공주[56]가 백일해를 앓는다는 이야기 정도일 것이다. 1분에 1.6킬로미터로 질주하는 말을 타고 와야만 중요한 전령인 것은 아니다. 그는 복음전도사도 아니고, 메뚜기와 석청[57]을 먹으며 달려오지도 않는다. '플라잉 칠더스'[58]가 방앗간으로 옥수수 한 자루라도 나른 적이 있기는 한지 모르겠다.

　내게 이렇게 말하는 친구가 있다. "자네가 저축을 안 한다니 놀랄 일이구먼. 여행을 좋아하니, 오늘이라도 당장 기차를 타고 피치버그에 가면 좋은 구경을 할 수 있을 텐데 말이야." 하지만 내가 보기보다는 영리하다. 발품을 파는 것이 가장 빠른 여행 방법인 것쯤은 이미 터득해 알고 있다는 말이다. 그래서 이렇게 대꾸한다. "우리, 누가 먼

저 피치버그에 도착하는지 내기할까? 거기까지 거리가 50킬로미터쯤 되고, 요금은 90센트일세. 거의 하루치 품삯 아닌가. 바로 그 피치버그 철로를 놓을 때 인부들의 하루 품삯이 60센트였는데. 어쨌든, 나는 지금 걷기 시작해서 오늘밤이 되기 전에 도착하도록 하지. 난 한 주 내내 그 정도 속도로 걸어서 여행을 다니기도 했었거든. 자네는 일단 차비부터 벌어야 할 테니 내일이나 도착하겠군. 운 좋게 바로 일자리를 잡으면 오늘 저녁에라도 도착할 수 있겠네만. 피치버그에 가는 대신 자네는 오늘 종일 이곳에서 일하고 있겠지. 그러니 철로가 세상 끝까지 닿아 있으면 뭐하겠는가, 나는 늘 자네를 앞서 갈 텐데. 이제 좋은 구경을 하면서 세상 경험을 쌓는 일에 관해서라면, 나는 자네와 더는 볼 일이 없을 듯하구먼."

이것이 바로 인간이 거스를 수 없는 보편적인 법칙이다. 철로에도 이 법칙이 그대로 적용된다. 철로를 전 세계에 놓아 인류가 다 이용할 수 있게 하겠다는 생각은 지구 표면을 다 평평하게 깎아 놓겠다는 생각이나 같다. 공동 출자로 자본을 형성하고 뭔가를 계속 건설하다 보면 언젠가는 모두가 빠른 시간 내에 무료로 어디든 갈 수 있으리라고 막연히 기대하는 사람이 많다. 그러나 정류장에 인파가 몰려들고 차장이 "발차!"라고 소리쳐도, 기차의 연기가 걷히고 증기가 물방울이 될 때쯤에는 막상 차에 탄 사람은 몇 되지 않고 나머지 사람들은 전부

기차에 치였다는 사실이 드러날 것이다. 그러면 이는 '우울한 사건'으로 불리게 될 테고, 또 맞는 말이다. 물론 기차 삯을 벌 만큼 오래 살아서 마침내 차에 올라타는 사람도 있기야 하겠지만, 그때쯤 되면 너무 늙어 몸의 활력도 떨어지고 여행을 다니고픈 의욕도 없지 않겠는가.

이처럼 인생에서 가장 쇠진한 시기에 별로 탐탁지 않은 자유를 누리고자 인생의 황금기를 온통 돈만 벌며 보내는 삶을 생각하면, 어느 영국 사람의 일화가 떠오른다. 그는 훗날 고향에서 시인으로 살고자, 우선 젊을 때 돈을 벌겠다며 인도로 떠났다고 한다. 하지만 그럴 것이 아니라 그는 당장 다락방에 올라가 시를 써야 했다.

내가 이리 말하면 이 땅의 모든 판잣집에서 살아가는 수백만의 아일랜드 노동자들이 벌떡 일어나 이렇게 소리칠지 모르겠다. "뭐요? 우리가 건설한 이 철도가 좋은 것이 아니라는 겁니까?" 그러면 나는 이렇게 대답해 주겠다. "아, 물론 좋아요. 비교적 좋다는 겁니다. 이보다 더 형편없는 것을 만들어 낼 수도 있었을 테니까요. 하지만 댁들이 내 형제나 다름없이 느껴져 하는 말인데, 이렇게 땅만 파기보다는 좀 더 값진 뭔가를 하며 여생을 보내면 좋지 않을까, 애석하기는 하군요."


집 짓기를 마무리하기 전에, 나는 예상치 않게 들어가는 추가 경비

를 부담하고자, 뭔가 정직하고 적절한 방식으로 10달러쯤 벌어야겠다고 생각했다. 그래서 집 근처의 물이 잘 빠지는 모래땅 3천여 평에 강낭콩을 심고, 귀퉁이에 감자, 옥수수, 완두콩, 순무 등을 심었다. 그 일대는 총 1만 4천 평 면적인데 소나무와 호두나무가 대부분이어서, 이전 해에 1천 평당 6달러 69센트로 팔린 땅이었다. 한 농부는 "찍찍거리는 다람쥐를 기르는 용도 외에는 아무짝에도 쓸모가 없는" 부지라고 말했다.

나는 그 땅에 거름을 전혀 하지 않았다. 내가 땅 주인도 아니고 잠시 무단으로 점유한 입장인 데다, 그렇게 넓은 부지를 다시 경작할 일은 없을 듯했기 때문이다. 그래서 김 한번 제대로 매지 않았다. 쟁기질을 할 때 나무 그루터기를 몇 개 파냈는데, 그것을 오랫동안 좋은 땔감으로 썼다. 캐낸 자리는 작고 둥근 처녀지가 되어, 여름 내 다른 곳보다 강낭콩이 무성하게 자라 쉽게 알아볼 수 있었다. 모자라는 땔감은 오두막 뒤의 죽어서 상품 가치가 없어진 고목과 호수에서 건져 낸 나무로 충당했다. 쟁기질에 소 한 쌍과 인부 한 명을 고용했지만, 쟁기는 내가 직접 잡았다.

첫해 농사비용은 농기구, 씨앗, 인부 등에 총 14달러 72.5센트가 들어갔다. 옥수수 씨앗은 거저 얻었다. 너무 많이만 심지 않는다면 씨앗값은 거의 들지 않는다. 나는 강낭콩 12부셸[59], 감자 18부셸, 거기에

166

약간의 완두콩과 사탕옥수수를 거둬 들였다. 노란 옥수수와 무는 철지나 심어 수확을 못 봤다. 그리하여 농장에서 거둬들인 수입은 다음과 같다.

| | |
|---|---|
| **전체 수입** | 23달러 44센트 |
| **비용 차감** | 14달러 72.5센트 |
| | |
| **순익** | 8달러 71.5센트 |

그때까지 내가 먹어 치운 농작물을 빼도, 이 계산을 할 당시 남아 있던 농작물의 가치는 약 4달러 50센트에 해당했다. 내가 심어 가꾸지 않고 사다 먹은 몇 가지 작물의 값을 상쇄하고도 남았다. 모든 사항을 고려해 봤을 때, 요컨대 인간의 영혼이나 오늘이라는 시점의 중요성을 생각해 보면 내 실험에 소요된 짧은 시간에도 불구하고, 아니, 어떻게 보면 그 일시적인 특징 때문에, 내가 이룬 성과는 그해 콩코드의 어느 농부보다 훨씬 나았다고 확신한다.

다음 해에 나는 더 많은 작물을 수확했다. 내게 필요한 만큼의 땅, 400평 전부를 정성들여 갈았기 때문이다. 그리고 두 해의 경험을 통해, 나는 인간이 소박하게 살면서 자신이 기른 작물만을 먹되 필요한

만큼만 기른다면, 또한 사치스럽고 값비싼 물건을 어떻게든 가져 보겠다고 수확한 작물과 교환하지만 않는다면, 얼마 안 되는 땅만 경작해도 충분히 먹고 산다는 사실을 알게 되었다. 놀랍게도, 아서 영[60]의 작품을 포함해 많은 저명한 책에서는 거의 배울 것이 없었다. 밭을 갈 때는 소를 쓰기보다 가래를 써서 직접 하는 것이 훨씬 싸고, 오래 사용한 땅에 거름을 주느니 때때로 새로운 땅을 찾아 일구는 것이 훨씬 효율적이라는 사실도 알게 되었다. 농사란 것이 사실 여름에 손이 빌 때 틈틈이 필요한 일을 해치워도 되기 때문에, 지금처럼 황소나 말, 젖소, 돼지에 얽매이지 않아도 된다. 나는 현재의 사회 제도, 경제 제도가 성공하든 실패하든 아무런 이해관계가 없는 사람이기에, 이 점에 관해서 아무런 편견 없이 이야기할 수 있다. 나는 콩코드의 어느 농부보다도 독립적이다. 집이나 농장에 얽매이지 않은 채 어느 때고 마음 가는 대로 떠날 수 있기 때문이다. 게다가 이미 다른 농부들보다 훨씬 잘 살고 있다. 집이 불타 버리거나 농사가 잘 안되더라도, 이전보다 사정이 더 나빠질 리 없으니 늘 전만큼 잘 살고 있는 셈이다.

나는 사람이 가축을 기른다기보다는 가축이 사람을 기르고 있으며, 그들이 인간보다 훨씬 자유롭다는 생각을 가끔 한다. 사람과 소가 서로 노동을 교환하기는 하지만, 꼭 해야 할 일만 생각해 보면 소가 훨씬 유리해 보인다. 그들의 농장이 훨씬 넓지 않은가. 인간은 그 대신 6

주 동안 소를 먹일 건초 작업을 하는데, 이것도 만만한 일이 아니다.

모든 면에서 소박하게 살아가는 나라, 다시 말해 철학자들이 사는 나라는 동물의 노동력을 이용하는 큰 실수는 절대 저지르지 않을 것이다. 사실 과거에도 철학자들만 사는 나라란 존재하지 않았고, 가까운 미래에도 생길 리 없으며, 그런 나라가 과연 바람직한지도 모르겠다. 그러나 나라면 내 할 일을 도우라고 말이나 소를 길들이는 짓은 하지 않을 것 같다. 자칫 내 신세가 마부나 목동으로 전락할지 모르기 때문이다. 그리고 내가 그렇게 함으로써 사회가 덕을 본다 하더라도, 한쪽의 이득이 다른 이의 손실로 이어지지 않는다고 누가 장담할 수 있으며, 마구간지기 소년이 주인이 만족하는 일에 똑같이 만족한다고 그 누가 단언할 수 있겠는가?

어떤 공공사업은 가축의 도움 없이는 완공할 수 없었으니, 인간이 그 공을 소나 말과 나누어야 한다는 주장을 인정한다고 치자. 정말 인간이 혼자서는 그보다 더 가치 있는 일을 해낼 수 없었을까? 우리가 불필요하거나 예술적인 일뿐 아니라, 사치스럽고 무가치한 일까지 가축의 힘을 빌려 하기 시작하면, 몇몇 사람이 소와 교환해야 할 노동을 전부 떠맡는 일이 불가피해진다. 다시 말해, 몇몇 약자가 강자의 노예로 전락할 수밖에 없다. 그렇게 되면 인간은 자기 내면의 짐승뿐 아니라, (상징적으로 말해서) 밖에 있는 짐승을 위해서도 일하게 된다.

아무리 벽돌이나 돌로 지은 웅장한 집들이 많아도, 농부의 재산은 축사가 집보다 얼마나 큰가에 달려 있다. 우리 마을은 인근에서 가장 큰 축사가 있다고 알려져 있고, 공공건물들의 규모도 여느 마을에 뒤지지 않는다. 그러나 자유롭게 예배를 드리고, 자유롭게 견해를 펼칠 건물은 거의 없다. 국가는 건축물을 이용해서 그 위상을 세우려 할 것이 아니라, 추상적인 사고의 힘을 이용하려 애써야 한다. 동양의 그 어떤 유적보다 산스크리트어로 쓰인 시가인 《바가바드기타》[61]가 훨씬 더 감탄스럽지 않은가. 탑과 신전은 군주의 사치품일 뿐이다. 소박하고 자주적인 정신의 소유자는 아무리 군주의 지시라도 무조건 복종하지 않는다. 천재는 결코 황제의 시종이 되지 않으며, 아주 소량을 제외하고는 금이나 은이나 대리석을 재료로 쓰지도 않는다. 그렇다면 대체 무슨 목적으로 그 많은 석재를 망치로 두드리는 걸까? 아르카디아[62]에 갔을 때, 나는 돌 다듬는 광경은 본 일이 없다. 많은 국가가 그들이 다듬어 남긴 돌의 양으로 국가의 기억을 영속화하려는 광적인 야망에 강박적으로 매달린다. 하지만 같은 양의 수고를 국가의 품격을 다듬고 빛내는 데 바친다면 어떨까? 달보다 높이 쌓아 올린 기념비보다 사소한 분별력이 좀 더 기념할 만하지 않겠는가. 돌이란 모름지기 제자리에 있어야 아름다운 법이다. 테베[63]의 웅장함은 천박할 따름이다. 정직한 농부의 밭을 둘러싼 돌담이 진실한 삶의 목표에서 동떨어

져 방황하는 백 개의 문이 달린 테베의 신전보다 더 의미 있다.

야만스럽고 이교적인 종교와 문명은 화려한 신전을 짓는다. 그러나 기독교라 불리는 종교는 그렇지 않다. 국가가 다듬는 돌의 대부분은 그 국가의 무덤으로 향한다. 국가가 스스로를 생매장하는 것이다. 피라미드야말로 웬 야심찬 얼간이의 무덤을 짓는 데 수많은 사람이 그들의 인생을 바치도록 강요받는 수모를 당했다는 사실 외에는, 전혀 경이로울 것도 없는 건축물이다. 차라리 그 작자를 나일 강에 빠뜨려 죽인 후, 그 시체를 개에게 던져 주는 것이 훨씬 현명하고 당당한 처사였으리라. 피라미드 일꾼이나 무덤에 묻힌 자를 위해 약간의 변명거리를 생각해 낼 수도 있겠지만, 나는 그런 데 쓸 시간이 없다.

건축가들의 종교와 예술에 대한 사랑으로 말할 것 같으면, 그들이 이집트의 신전을 짓든 미국의 은행을 짓든 간에 전 세계에 널린 건축물이란 전부 그게 그거다. 들이는 비용에 비해 결과는 형편없다는 말이다. 그 주된 원인은 허영심이고, 마늘과 빵과 버터에 대한 애착도 한몫한다. 촉망받는 젊은 건축가 밸컴 씨가 비트루비우스[64]의 책 뒷면에 단단한 연필과 자를 이용해 설계도를 그리면, 석재상인 '돕슨 앤드 선즈' 회사가 건축 일을 맡는다. 이제 거기에 삼천 년 정도의 세월이 내려앉으면 인류가 우러러보기 시작할 것이다.[65]

높은 탑과 기념비에 관해 얘기가 나와서 말인데, 예전에 우리 마을

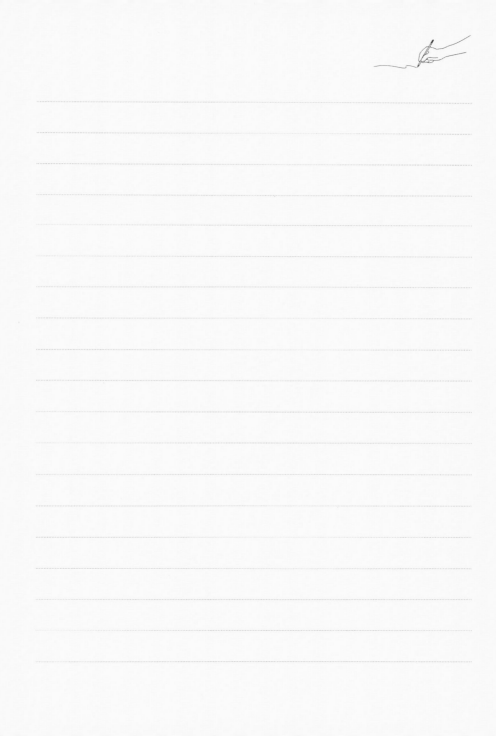

에 땅을 파서 중국에 도달하겠다고 큰소리치던 미치광이가 있었다.[66] 자신이 중국의 솥과 냄비가 달그락거리는 소리가 들리는 곳까지 팠다고 말했다. 그러나 나는 그가 파 놓았다는 굴을 구경하러 가고픈 생각은 전혀 없다. 많은 이가 동서양의 기념비들에 관심을 두고 누가 세웠는지 궁금해 한다. 그러나 나는 그 당시 그것을 세우지 않은, 그런 사소한 일을 초월했던 사람이 누구인지를 더 알고 싶다.

그동안 나는 마을에 들어가서 측량 기사, 목수, 그 밖에도 손가락 수만큼이나 다양한 일을 해서 13달러 34센트를 벌었다. 나는 오두막에서 2년이 넘게 살았는데, 8개월간의 식비만 계산해 보았다. 정확히는 7월 4일에서 이듬해 3월 1일까지다. 손수 길러 먹은 감자, 풋옥수수, 약간의 완두콩은 계산에 넣지 않았고, 마지막 날 남아 있던 식량도 역시 포함시키지 않았다.

| | |
|---|---|
| **쌀** | 1달러 73.5센트 |
| **당** | 1달러 73센트 (가장 저렴한 종류의 사카린) |
| **호밀** | 1달러 4.75센트 |
| **옥수숫가루** | 99.75센트 |
| **돼지고기** | 22센트 |

—— 아래는 실패한 실험의 비용들이다 ——

| | |
|---|---|
| **밀가루** | 88센트 (옥수숫가루보다 비싸고 만들기도 어려움) |
| **설탕** | 80센트 |
| **돼지기름** | 85센트 |
| **사과** | 25센트 |
| **말린 사과** | 22센트 |
| **고구마** | 10센트 |
| **호박 1개** | 6센트 |
| **수박 1개** | 2센트 |
| **소금** | 3센트 |

이렇듯 나는 총 8달러 74센트어치를 먹었다. 내가 부끄러운 줄도 모르고 내 잘못까지 공공연히 밝히는 이유는, 대부분의 독자들도 나와 똑같은 결함이 있고 그들의 행적도 이렇게 글로 적어 놓으면 나을 게 없음을 잘 알기 때문이다. 이듬해에 나는 가끔 한 끼 식사분의 물고기를 잡아 저녁으로 먹었고, 한 번은 내 콩밭을 엉망으로 만들어 놓은 우드척 한 마리를 멀리까지 나가서 잡은 적도 있다. 타타르족이라면 녀석의 윤회를 도왔다고 표현했을지도 모르겠다. 어쨌든 나는 시험 삼아 그것을 먹어 보았는데, 사향 냄새가 좀 나기는 했지만 맛은 괜찮은 편이었다. 하지만 아무리 마을 푸줏간에 맡겨 먹을 수 있게 손

질하더라도, 우드척은 상시 먹을 음식은 아니었다.

자세히 밝힐 만한 내용은 없지만, 어쨌든 같은 기간에 들어간 옷과 그 밖의 예기치 못한 비용의 합은 8달러 40.75센트였다. 기름과 몇몇 가재도구에도 2달러가 들었다. 그리하여 내가 지출한 총 비용은 다음과 같다. 여기에 대부분 외부에 맡겨서 했는데 아직 청구서를 받지 못한 세탁과 옷 수선 비용은 빠져 있다. 나열한 항목은 이 지역에서 살아가자면 누구라도 어쩔 수 없이 돈을 지출해야 하는 모든 항목, 혹은 그 이상의 항목이다.

| | |
|---|---|
| **집** | 28달러 12.5센트 |
| **농사비용(1년)** | 14달러 72.5센트 |
| **식비(8개월)** | 8달러 74센트 |
| **의복 및 기타 비용(8개월)** | 8달러 40.75센트 |
| **기름 및 기타 비용(8개월)** | 2달러 |
| **합계** | 61달러 99.75센트 |

여기서 생계비를 벌어야 하는 독자를 위해 확실히 언급하는데, 나는 지출을 충당하려고 손수 경작한 농산물을 내다 팔았다.

| | |
|---|---|
| **농산물 판매 대금** | 23달러 44센트 |
| **노동으로 번 돈** | 13달러 34센트 |
| **합계** | 36달러 78센트 |

지출 총액에서 위의 수입 총액을 제외하면 25달러 21.75센트라는 구멍이 생겼다. (이것은 내가 처음 숲속 생활을 시작할 때 자본으로 지녔던 금액과 거의 비슷하며, 앞으로는 지출의 규모를 꼼꼼히 따져야 한다는 의미다.) 하지만 나는 대신에 여가와 독립적인 삶과 건강을 얻었고, 원하기만 하면 언제까지고 살 수 있는 안락한 집도 소유했다.

일시적 비용에 관한 통계자료라서 별 도움이 안 되는 듯 보일 수도 있지만, 실상은 거의 완벽에 가깝기에 나름의 가치도 있다. 내가 얻은 것 중에 계산에 포함하지 않은 것은 하나도 없다. 위의 계산에 따르면 나는 한 주에 27센트를 식비로 쓴 셈이다. 이후 거의 2년 동안, 나는 효모를 넣지 않은 호밀가루와 옥수숫가루, 감자, 쌀, 심심하게 절인 돼지고기, 당밀, 소금, 그리고 물만을 먹고살았다. 특히 쌀이 내 주식이었는데, 인도철학을 무척이나 사랑하는 내게는 자연스러운 일이었다. 사사건건 트집을 잡는 사람들의 비난에 대비해서 이 말은 하고 넘어가야겠다. 나는 전에도 늘 외식을 했고 앞으로도 틀림없이 그럴 기회

가 있을 텐데, 외식에서는 집에서 먹던 방식을 따르기가 쉽지 않다. 그러나 외식은 내 삶과 떼어 놓을 수 없는 생활 방식의 하나라서, 앞에 제시한 비교재무표에 끼치는 영향은 전혀 없다.

　나는 숲에서 보낸 2년여의 경험을 통해, 심지어는 이러한 기후대에 살아가는 사람도 지극히 적은 수고만으로 얼마든지 먹고살 식량을 구할 수 있다는 사실을 배웠다. 인간도 동물과 마찬가지로 단순한 식단만 먹어도 얼마든지 건강과 체력을 유지해 갈 수 있다. 나는 옥수수 밭에서 캐내 삶은 후 소금만 친 쇠비름(학명은 포르투라카 올레라세아[Portulaca oleracea]) 한 접시만으로도 매우 만족스러운, 그것도 여러 면에서 만족스러운 저녁 식사를 했다. 군이 쇠비름의 라틴어 학명을 적은 이유는 '올레라세아'[67]라는 종명(種名)이 전해 주는 풍미 때문이다. 분별 있는 사람이라면, 여느 때처럼 평화로운 한낮에 갓 수확한 단옥수수에 소금을 쳐서 넉넉히 삶아 낸 것 말고 무엇을 더 바라겠는가? 내가 식단을 그나마 다양하게 유지한 이유는 건강이 아닌 식욕에 굴복한 까닭이었다. 인간이 자주 굶주림의 경지에 이르는 까닭은 먹을 것이 부족해서가 아니라 사치품을 탐내기 때문인데, 내가 아는 어떤 점잖은 부인조차도 자기 아들이 물만 먹어 죽음에 이르렀다고 생각한다.

　독자는 내가 이 주제를 영양학적 관점이 아니라, 경제적 관점에서

다루고 있음을 잘 알고 있을 것이다. 그러니 식품 창고에 식량을 가득 저장해 둔 독자가 아니라도, 절제하는 내 삶의 방식을 시도해 보는 게 큰 부담은 아닐 것이다.

내가 처음 만든 빵은 옥수숫가루에 소금만 넣은 순수한 옥수수빵[68] 이었다. 나는 밖에 불을 피우고, 집을 지을 때 톱질해서 잘린 나무토 막이나 판자의 끝에 반죽을 올려서 불 앞에 앉아 구웠다. 그래서 빵은 나무 냄새도 나고 송진 향도 은은히 풍겼다. 밀가루 빵도 만들어 봤 다. 그러다 결국에는 호밀가루와 옥수숫가루를 섞어 굽는 것이 가장 쉽고 맛도 좋다는 사실을 알게 됐다. 추운 날이면 작은 빵 덩어리 몇 개를 연속으로 구워 내는 일이 여간 즐겁지 않았다. 나는 이집트인이 달걀을 인공 부화시키듯 빵을 지켜보다가 조심히 뒤집었다. 직접 길 러 낸 진정한 곡물의 열매였기에, 나는 다른 고귀한 과일에 버금가는 향기를 맡았고, 이 향기를 가능한 한 오래 보존하려고 빵을 천으로 말 아 두었다.

나는 고대로부터 전해 내려오고 우리에게 없어서는 안 될, '빵 굽는 법'을 공부했다. 구할 수 있는 권위 있는 책이란 책을 다 찾아보며 원 시 시대까지 거슬러 올라가니, 효모를 넣지 않은 최초의 빵이 있었다. 숲에서 열매를 줍고 사냥한 고기를 먹던 인간이, 이때 처음 '빵'이라 는 음식의 부드럽고 정제된 맛을 만났다. 시대를 훑어 내리며 살펴 보

니, 인류는 우연히 산화된 밀가루 반죽을 보고 발효 과정을 추가했고, 여러 다양한 발효법을 시도했다. 그리고 마침내 '맛있고 달콤하고 건강에도 좋은' 빵, 그 생명의 양식을 만들어 낸 것이었다. 효모는 마치 영혼처럼 빵의 세포 조직을 충만하게 하기에 '빵의 영혼'이라고 불리며, 성화처럼 경건하게 보존되어 왔다. 그리고 아마도 메이플라워호가 신대륙으로 떠나올 때 한 병 가득 소중하게 담겨 와 그 사명을 다한 덕에, 여전히 이 땅에서 곡물의 파도를 타고 영향력이 자라고 부풀고 퍼져나가고 있다.

나는 효모를 규칙적으로 마을에 나가 꼬박꼬박 사 왔는데, 어느 날은 깜빡 잊고 효모를 뜨거운 곳에 놓아 두었다. 그 사고로 나는 효모도 반드시 필요한 것은 아님을 알았다. 그냥 사실을 종합한 결과가 아니라 분석을 통해 도달한 깨달음이었다. 이후로 나는 기꺼이 효모를 빵에서 뺐다. 그랬더니 주부들은 효모를 빼면 안전하고 영양가 높은 빵을 만들 수 없다고 진지하게 충고했고, 노인들은 내 기력이 급속히 쇠하리라고 예언까지 했다. 그러나 나는 효모가 필수 재료가 아님을 알았기에 효모 없이 1년여를 지냈고, 지금도 멀쩡하게 살고 있다. 주머니에 효모가 가득 든 병을 넣고 다니지 않는 것도 기쁘다. 이따금씩 마개가 튀어 나가서 내용물이 쏟아지는 게 아주 불편했었다. 효모 없이 사는 것이 훨씬 간단하고 바람직하다. 인간은 그 어느 동물보다도

기후와 환경에 대한 적응력이 뛰어나다.

나는 빵에 소다나 산, 알칼리 등 다른 성분도 넣지 않는다. 나의 제빵법은 마르쿠스 포르키우스 카토[69]가 기원전 2세기경 제안했던 조리법과 비슷하다. 그의 방법을 번역해 보면 이러하다. "빵 반죽은 이렇게 한다. 먼저 손과 반죽 그릇을 잘 씻는다. 가루를 그릇에 담고 물을 조금씩 부어 가며 꼼꼼하게 반죽한다. 반죽이 잘 되었으면, 모양을 만들어 뚜껑을 덮고 굽는다." 그러니까, 솥에 넣고 구우라는 말이다. 효모 얘기는 한마디도 없다. 그러나 내가 이 생명의 양식을 늘 먹은 것은 아니다. 언젠가는 지갑이 비어, 한 달이 넘도록 빵은 구경도 못 했다.

뉴잉글랜드 사람이라면 누구나 호밀과 옥수수의 땅인 이 고장에서 온갖 빵의 재료를 손수 키울 수 있으니까, 가격 변동이 심한 외지 시장에 의존할 필요가 없다. 그러나 우리는 소박하고 독립적인 삶에서 너무 멀리 떨어져 나온 탓에, 콩코드의 상점에서는 신선한 옥수숫가루를 거의 구할 수가 없다. 옥수수죽이나 굵게 갈린 옥수숫가루를 먹는 사람도 거의 없다. 농부들은 대부분 손수 기른 곡물은 소나 돼지에게 먹이고 자신은 밀가루를 사 먹는데, 더 건강에 좋은 것도 아니면서 훨씬 비싸다.

나는 내가 먹을 호밀과 옥수수 한두 부셀쯤은 쉽게 경작할 수 있다. 호밀은 척박한 땅에서도 잘 자라고 옥수수도 딱히 기름진 땅이 아니

어도 키울 수 있기 때문이다. 이런 곡물을 맷돌에 갈아 먹으면 굳이 쌀이나 돼지고기가 없어도 된다. 혹시라도 농축된 당분을 꼭 써야 한다면, 호박이나 사탕무로 매우 질 좋은 당밀을 만들 수 있다는 사실도 실험을 통해 알아냈다. 더 쉬운 방법도 있는데, 단풍나무 몇 그루를 심어서 그 진액을 얻으면 된다. 나무가 자라는 동안에는 첫 번째 방법이나 여러 대용품을 이용할 수 있었다. 조상들이 노래했듯이 말이다.

"왜냐하면 우리는 호박과 파스닙과 호두나무 조각으로
입술을 달달하게 할 술을 빚을 수 있지 않은가."[70]

마지막으로, 식료품 중에 가장 쓸모가 없는 소금에 관해 이야기해보자. 소금을 구하러 가끔 어촌을 방문해도 말릴 사람이야 없겠지만, 기왕이면 소금을 아예 먹지 않고 사는 것이 더 낫다. 그러면 물도 적게 마시게 된다. 나는 인디언이 소금을 구하려고 애썼다는 이야기는 어디서도 들은 일이 없다.

따라서 음식에 관한 한 나는 거래도 물물교환도 전혀 하지 않고 지낼 수 있었고, 집이야 이미 마련돼 있었기에, 옷과 땔감만 신경쓰면 됐다. 지금 내가 입고 있는 바지는 어느 농부의 가족이 직접 지은 것이다. 인간에게 아직도 미덕이 많이 남아 있으니 얼마나 다행인지! 나

는 농부가 직공으로 전락한 것을, 인간이 농부로 전락한 것[71]만큼이나 중대하고 애석하게 생각하기 때문이다. 그리고 새 개간지에서 땔감을 구하는 일도 성가시기 그지없다. 집에 관한 한, 만약 무단 거주가 허용되지 않았다면, 나는 경작하던 땅의 1천 평 정도를 원래 매매가, 즉 6달러 69센트에 구입할 의사도 있었다. 그러나 보시다시피, 내가 무단 거주한 덕분에 땅의 가치가 더욱 올라가지 않았는가.

세상에는 남의 말을 곧잘 의심하는 부류의 사람들이 있다. 때로 그들은 내게 사람이 푸성귀만 먹고도 살 수 있다고 생각하는지 묻는다. 그럴 때면 나는 즉시 문제의 핵심을 찌르기 위해(핵심은 신념이다!) 아주 능숙하게 "나는 대못만 먹고도 살아갈 수 있다"고 대답한다. 그들이 이 말을 이해하지 못한다면, 내가 하는 말 대부분을 이해할 수 없다. 내 입장에서는 이런 종류의 실험이 시행된다는 소리를 들으면 무척 기쁘다. 언젠가 한 젊은이가 오직 치아를 절구 대신 사용해 2주간 단단한 날옥수수만 먹으며 살아 봤다는 얘기를 들은 일이 있다. 사실 다람쥐는 이미 같은 실험에 성공해 그렇게 살아가고 있지 않은가. 인간은 이런 유의 실험을 흥미로워 한다. 물론 연로해서 꼼짝달싹하지 못하는 노파나, 방앗간의 지분 3분의 1을 소유한 노인이야 이런 실험이 탐탁지 않겠지만.

가구에 대해 말하자면, 몇 개는 내가 만들었고 나머지도 돈 한 푼 안 들였기 때문에 상세 비용에 넣지 않았다. 침대 하나, 탁자 하나, 책상 하나, 의자 셋, 지름이 7~8센티미터쯤 되는 거울 하나, 부젓가락 하나, 장작 받침쇠 하나, 솥 하나, 손잡이가 긴 냄비 하나, 프라이팬 하나, 국자 하나, 세숫대야 하나, 나이프와 포크 두 벌, 접시 세 개, 컵 하나, 수저 하나, 기름 항아리 하나, 당밀 항아리 하나, 옻칠한 램프 하나가 전부였다. 호박을 의자로 쓸 만큼 가난한 사람은 없다. 만약 있다면 그는 게으를 뿐이다. 마을에 가면 내 마음에 드는 의자쯤이야 널려 있다. 집집마다 다락에 잔뜩 처박아 두어서 그저 가서 들고 오면 된다. 가구쯤이야! 고맙게도 나는 가구점의 도움을 빌지 않고도 얼마든지 앉고 설 수 있다!

철학자가 아니고서야 어느 누가 기껏해야 빈 상자 몇 개밖에 되지 않는 자신의 가구를 대낮에 사람들의 눈길을 받으며 수레에 싣고 가면서도 창피해 하지 않을까? 저건 스폴딩 씨네 가구다. 그런데 나는 짐 꾸러미만 봐서는 그게 부자의 것인지 가난한 사람의 것인지 전혀 분간할 수가 없다. 가구의 주인은 늘 가난에 찌들어 사는 듯 보이기 때문이다. 게다가 가구란 많으면 많을수록 더 가난해지는 법이다. 이 삿짐 수레를 보면 마치 열두 채의 판잣집에서 거두어 낸 가구가 잔뜩 실린 듯하다. 판잣집 한 채보다 열두 배는 가난해 보인다. 이런 가구,

즉 허물을 벗어 내다 버리는 게 목적이 아니라면 이사는 대체 왜 하는가? 이승에서 저승으로 떠나갈 때도, 저승에 마련된 새 가구를 쓰고 이곳에서 쓰던 가구는 다 태워 버려야 하지 않겠는가. 가는 곳마다 가구를 끌고 다니는 모양은, 허리에 덫을 주렁주렁 매달고 질질 끌면서 숙명처럼 던져진 이 거친 광야(삶)를 걸어가는 모습과 다를 바 없다. 덫에 걸린 꼬리를 잘라 내고 도망친 여우야말로 운이 좋은 녀석이다. 사향쥐는 자유의 몸이 되기 위해 덫에 걸린 자신의 세 번째 다리라도 물어뜯는다지 않는가.

인간이 갈수록 융통성을 잃어 가는 건 당연하다. 우리가 얼마나 자주 오도 가도 못하는 상황에 처하는가! "선생, 이런 걸 물어도 될지 모르겠는데, 오도 가도 못하는 상황이 대체 뭐요?" 당신이 통찰력이 있다면, 누군가를 만날 때마다 그의 뒤편 수레에 그의 모든 소유물, 아니, 그가 제 것이 아닌 척하는 많은 것들이 잔뜩 실린 것을 볼 것이다. 심지어는 부엌 가구가, 그가 모으기만 하고 태워 버리지 못하는 잡동사니까지 있다. 그는 그 수레에 결박당한 채 어떻게든 앞으로 나가려 애를 쓴다. 하지만 제 몸이야 어찌어찌 옹이구멍인지 문인지 하는 것을 겨우 빠져나가더라도 짐이 잔뜩 실린 수레는 문간에 끼어 빠져나갈 수 없으니, 그 모습이 바로 오도 가도 못하는 상황에 처한 인간이다. 말쑥하게 차려입은 잘생긴 사람이, 겉보기에는 자유롭고 매사 부

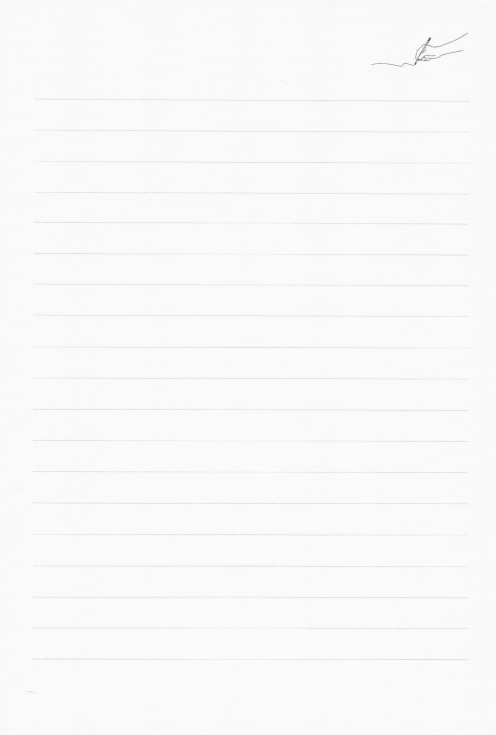

족함이 없어 보이는데 내 '가구'가 보험에 들어 있으니 어쩌니 하는 말을 하면 동정심까지 느껴진다. "그럼 내 가구를 어찌해야 하는데요?" 이렇게 묻는다면, 당신은 거미줄에 걸린 아름다운 나비나 다름없다. 오랫동안 가구 없이 살아온 듯 보이는 사람도, 꼬치꼬치 캐물어 보면 누군가의 창고에 몇 개쯤은 맡겨 놓았다.

나는 오늘날의 영국이 커다란 짐꾸러미를 끌고 여행을 다니는 노신사 같다. 꾸러미 안에 큰 가방, 작은 가방, 판지 상자, 보따리 등 오랜 살림살이로 불어난 잡동사니만 그득한데, 정작 그것을 태워 버릴 용기가 없다. 부디 앞의 세 가지만이라도 버리면 좋으련만. 젊은 사람도 침대 하나 들쳐 매고 걷기가[72] 힘들다. 그러니 병든 사람이라면 반드시 침대를 내려놓고 달려가라고 당부하고 싶다. 언젠가 나는 자신의 전 재산처럼 보이는 꾸러미를 이고 휘청거리며 걸어가는 이주자와 마주쳤다. 꼭 목덜미에서 거대한 혹이 자라는 모습 같았다. 나는 그가 가여웠는데, 그 보따리가 전 재산이라서가 아니라, 그 모든 것을 다 지고 다니기 때문이었다. 만약 나도 어쩔 수 없이 덫을 끌고 다녀야 한다면, 되도록 가벼운 것을 고르고, 급소를 다치지 않게 주의하겠다. 그렇지만 애초에 덫에 앞발을 넣지 않는 것이 현명하지 않겠는가.

그건 그렇고, 나는 커튼 값으로는 한 푼도 들지 않는다. 해와 달 이외에는 집 안을 훔쳐볼 이가 없거니와, 해와 달이라면 언제든 들여다

봐도 환영이기 때문이다. 달빛이 비친다고 상할 우유나 고기도 없고[73] 직사광선에 휘거나 색이 바랠 양탄자도[74] 없다. 가끔 해가 너무 뜨거워 친분을 나누기가 힘들 때도, 자연이 만드는 커튼(그늘) 뒤로 물러나 앉는 것이 가계에 지출 항목을 하나 늘리는 것보다 훨씬 경제적이다. 한번은 어느 부인이 내게 신발 터는 깔개를 하나 주겠다고 했는데, 집 안에 놓아둘 만한 곳도 없고, 집 안이든 밖이든 간에 그것을 털어 낼 시간도 없어서 사양했다. 나는 집에 들어서기 전에 문 밖 잔디에 구두를 문지르는 것이 더 편하다. 악은 처음부터 피하는 것이 상책이다.

얼마 전에 한 교회 집사의 재산을 경매 붙이는 데 참석한 일이 있다. 가 보니 그는 생전에 꽤 많은 재산을 모았던 듯했다.

"인간이 행한 악은 그가 죽은 후에도 살아간다."[75]

보통 그러하듯이, 재산의 대부분이 그의 아버지 대부터 쌓기 시작한 잡동사니였다. 그중에는 말라비틀어진 촌충 한 마리도 끼어 있었다. 그것들은 지금, 다락방이나 여타의 먼지 구덩이에 반세기나 처박혀 있은 후에도 불태워지지 않았다. 화톳불에 던져지거나 속 시원히 부숴지는 대신, 경매에 붙여서 가치만 더 높아질 예정이었다. 그 광경을 보려고 동네 사람들이 구름같이 모여들더니, 하나도 남김없이 다 사들여서

조심스럽게 자기 집 다락이나 먼지 구덩이 속으로 옮겼다. 이제 가구들은 언젠가 다시 유산이 정리될 때까지 거기 놓여 있을 것이다. 그래서 사람이 죽을 때 '먼지를 차 버린다'[76]고 하는 게 아니겠는가.

사실 몇몇 미개한 나라의 관습은 우리가 본받아도 좋지 않을까 싶다. 적어도 그들은 매년 허물을 벗는 의식을 치르기 때문이다. 실제로 허물이 있든 없든 간에, 그들은 왜 그런 의식이 필요한지 알고 있다는 뜻이다. 윌리엄 바트램[77]이 머클래스족 인디언의 관습이라고 묘사했던 '버스크(busk)', 즉 '첫 수확의 향연' 같은 잔치를 우리도 한번 치러 보면 어떨까?

"버스크를 기념할 때, 마을 사람들은 미리 새 옷과 새 솥과 냄비, 기타 새 살림살이와 가구를 마련해 두고, 헌 옷과 여러 너저분한 물건은 한군데로 모은 후, 집과 광장과 마을 전체를 깨끗이 쓸고 닦아 쓰레기를 모은다. 그 위에 남은 곡식과 오래된 식량까지 모두 한데 쌓아 올려 불태운다. 그리고 약을 먹고 사흘간 단식한 후, 마을에 모든 불을 끈다. 단식 기간에는 식욕이든 성욕이든 만족감을 주는 모든 것을 금욕한다. 대사면도 시행되어 모든 죄인이 자기 마을로 돌아갈 수 있게 된다. …… 넷째 날 아침, 제사장이 광장에서 마른 나무를 비벼서 새로 불을 피우고, 마을 주민들이 모두 나와서 순수한 새 불을 받아간다."

이제 마을 사람은 햇옥수수와 과일을 먹으며 사흘간 춤추고 노래

하는 잔치를 벌인다. "그리고 잔치가 끝나면 그 후 나흘간은 마찬가지 방식으로 정화 과정을 거쳐 새로운 삶을 살아갈 준비를 마친 이웃마을의 친구를 맞아 흥겨움을 나눈다." 멕시코 사람들도 52년마다 비슷한 정화의식[78]을 치렀다. 52년마다 한 시대가 끝난다고 믿었기 때문이다.

사전에서 성례(sacrament)를 '내적이고 영적인 은총을 눈에 보이게 밖으로 드러내는 의식'이라고 정의하는데, 나는 버스크보다 더 참된 성례를 들어본 적이 없다. 머클래스족 인디언이 어떤 계시를 받았다는 성서적 기록 같은 것은 없지만, 나는 그들이 하늘로부터 그렇게 하라는 영감을 직접 받았을 것이라고 확신한다.


5년 넘게 나는 온전히 내 몸으로 하는 노동에만 의지해 살아왔다. 그러면서 1년에 6주만 일해도 생계비 모두를 충당할 수 있다는 것을 알았다. 여름과 겨울 내내 나는 자유롭고 홀가분하게 학문에만 전념할 수 있었다. 한때 학교 운영에 몰두했었는데[79] 그때 지출은 수입에 비례해 늘거나, 오히려 수입을 초과하기 일쑤였다. 교사다운 생각과 신념을 갖추는 것은 물론이거니와, 교사답게 옷을 차려입고 가르쳐야 했고, 그러다 보니 시간도 적잖이 빼앗겼다. 인류애 같은 대의를 위해 학생을 가르친 것이 아니라 단지 생계가 목적이었던 터라, 한마디로

실패한 도전이었다.

사업도 해 보았다. 그러나 사업이라는 것도 자리를 잡으려면 10년은 걸릴 텐데, 그때쯤이면 내가 이미 악마와 타협해 있을 것 같았다. 그때쯤 사업이 번창하고 있을까 봐 정말 두려웠다. 예전에 앞으로 뭘해서 먹고살아야 할지 한참 고민하던 때, 친구들의 기대에 부응했다가 겪은 슬픈 경험이 여전히 생생했기에[80], 나는 월귤을 따서 팔아 볼까 하고 매우 진지하게 궁리하곤 했다. 그거라면 얼마든지 잘할 수 있을 것 같았고, 많이 벌지는 못하겠지만 그래도 상관없었다(나의 가장 뛰어난 재주가 욕심 부리지 않는 것이다). 자본도 거의 들지 않았고, 평소 생활 방식에서 크게 벗어나지 않아도 될 듯했다. 그게 바로 내 어리석은 판단이었다. 주변 지인들이 과감하게 사업이나 직업에 뛰어들 때, 나는 내 일이 그들의 일과 거의 마찬가지라고 생각했다. 여름이면 온 산을 누비며 눈에 띄는 월귤을 따서 대충 팔아 버리면 그만이었다. 아드메토스의 가축을 돌보는 일[81]이나 다름없었다. 나는 또 들풀이나 상록수를 캐서 수레에 싣고 나가 숲 생활을 그리워하는 마을 사람이나 심지어는 도시 사람에게 파는 일도 생각해 봤다. 그러나 그 후 나는 무엇이든 일단 사업이 되기 시작하면 저주가 내린다는 사실을 배우게 됐다. 하늘의 메시지를 거래하는 일이라 해도, 사업에 깃든 저주는 피해 갈 수가 없다.

내게도 특별히 선호하는 것이 있으니, 나는 자유를 그 무엇보다 소중히 생각한다. 또한 생계가 빠듯해도 잘 견뎌 나갈 수 있기 때문에, 고급 양탄자나 비싼 가구, 맛있는 요리, 또는 그리스식이나 고딕 양식의 저택을 손에 넣겠다는 일념으로 내 소중한 시간을 허투루 쓰고 싶은 생각도 없다. 혹시 이러한 것을 얻는 데 전혀 어려움이 없고, 또 얻은 후에도 어떻게 사용해야 하는지 잘 아는 사람이 있다면, 나는 기꺼이 그것들을 추구할 권한을 양도하겠다. '근면'한 이들은 일 자체를 사랑하거나, 일에 빠져서 나쁜 일에 얽혀 들 시간을 없애려는 것 같다. 그들에게 내가 지금 해 줄 말은 없다. 지금 누리는 것보다 더 많은 여가 시간이 생기면 도무지 뭘 해야 할지 모르겠다는 사람이라면, 지금보다 두 배로 열심히 일하라고 조언하겠다. 그렇게 해서 빚을 청산하고 자유의 증서를 얻으라고 말이다. 내가 할 만한 직업으로는 하루 벌어 하루 먹는 일용직이 가장 자립적이지 않을까 싶었다. 한 사람이 날품으로 먹고살려면 1년에 30~40일만 일하면 되기 때문이다. 또 하루 일도 해 질 녘이면 끝나니, 그다음부터는 생계와는 상관없이 하고 싶은 일에 마음껏 헌신하며 살 수 있다. 하지만 고용주는 매달 이런저런 궁리를 해 대느라 1년 내내 숨 돌릴 여유 없이 시간에 치이며 살아가야 한다.

간단히 말해, 나의 신념과 경험을 통해 확신하는데, 소박하고 현명

하게만 살아간다면 지상에서 생계를 꾸려 나가는 일은 여가처럼 즐거운 것이지 결코 고난이 아니다. 소박한 국가에 사는 국민들이 노동이, 더 인위적인 삶을 살아가는 민족에게는 그저 오락거리일 것이다. 나보다도 땀이 쉽게 나는 사람이 아니라면, 굳이 이마에서 구슬땀을 뚝뚝 흘리며 밥벌이를 할 필요는 없다.

아는 사람 중에 땅을 수천 평 물려받은 젊은이가 있는데, 그는 그럴 수만 있다면 자기도 나처럼 살고 싶다고 털어놓았다. 그러나 나는 다른 사람이 내 생활 방식을 차용해 살아가기를 바라지 않는다. 그가 내 생활 방식을 다 익히기도 전에 나는 다른 방식을 찾아냈을지 누가 알겠는가. 나는 세상 사람들이 가능한 한 다양한 삶을 살기를 바란다. 그저 아버지나 어머니, 혹은 이웃의 방식이 아니라 자기만의 방식을 찾아내 따르라고 말해 주고 싶다. 젊은이라면 집 짓는 일을 해도 되고, 농부나 선원이 되어도 좋을 테니, 부디 그가 하고 싶다는 일을 방해하지 말자. 우리의 현명함은 어떤 수학적 지표가 있어야만 발휘된다. 선원이나 도망 노예가 북극성을 보고 방향을 가늠하듯이 말이다. 그 지표는 우리를 평생 인도한다. 어쩌면 정해진 시간 내에 항구에 도착할 수 없을 수도 있지만, 올바른 항로에서 벗어나지 않을 것이다.

확실히 이 경우에는, 한 사람에게 진실인 것이 천 명에게는 더 정확한 진실이 된다. 큰 집과 작은 집의 건축비가 면적 비율대로 정확히

비례하지 않는 것과 같은 이치다. 집이 크든 작든 지붕이나 지하실은 하나면 되고, 여러 개의 방도 벽 하나로 막으면 그만 아닌가. 그러나 나는 독채를 더 선호한다. 게다가 벽 하나 짓자고 남을 설득하는 것보다 그냥 내가 혼자 벽을 세우는 게 더 싸게 먹힌다. 용케 이웃 사람을 설득해 벽을 쌓았더라도, 건축비를 낮추려다가 두께가 얇아질 테고, 옆집 사람이 자기 쪽 벽을 생전 수리도 안 하고 내버려 두는 나쁜 이웃일 수도 있다.

사실 이웃 간에 할 만한 협력이라고는 극히 부분적이고 피상적인 일뿐이다. 진정한 협력은 거의 없고, 있더라도 인간의 귀에는 들리지 않는 화음처럼 없는 것이나 같다. 신념이 있는 사람은 어디서나 똑같은 신념으로 협력하려 할 테지만, 그렇지 않은 사람은 어떤 무리의 사람들과 함께 하더라도 세상 사람들처럼 행동할 것이다. 협력이란, 제아무리 고상하게 표현하든 저급하게 표현하든, 함께 생계를 꾸려 간다는 의미다.

나는 최근에 두 명의 젊은이가 함께 세계일주를 떠나기로 했다는 이야기를 들었다. 한 명은 돈이 없어 여행 도중에 선원 일이나 농사 일을 해서 경비를 벌고, 다른 한 명은 주머니에 환어음을 챙겨 간다고 했다. 둘 중 한 명은 전혀 일하지 않을 테니, 친구든 협력 관계든 오래가지 않으리라는 건 쉽게 내다볼 수 있다. 어쩌면 그들은 자신들의 모

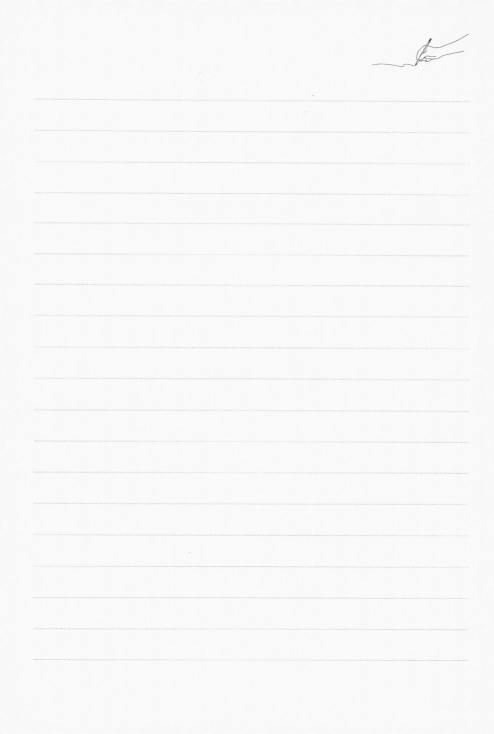

험에 닥친 첫 번째 위기에서 곧장 깨질지도 모른다. 내가 전에도 말했듯이, 혼자 가는 사람은 오늘이라도 당장 길을 떠날 수 있지만, 여럿이 가려면 다른 사람이 준비될 때까지 기다려야 하기에, 출발하는 것조차 오래 걸릴 터다.

그런데 몇몇 이웃이 이런 내 생각이 너무 이기적이라고 말하는 소리를 들었다. 솔직히 말해서 지금까지 나는 자선사업에 별 관심을 기울이지 않았다. 의무감 때문에 몇 가지 희생을 치렀는데, 그랬더니 자선의 즐거움까지 희생되었던 탓이다.

온갖 수단과 방법을 동원해서 내게 마을의 가난한 가족을 도우라고 설득하던 사람들이 있다. 한가한 사람에게는 악마가 일거리를 가져다준다는 말도 있으니, 내가 일 없이 노는 사람이었다면 시간을 보내기 위해서라도 자선사업에 뛰어들었을지 모른다. 그러나 언젠가 나도 본격적으로 자선사업을 하기로 마음먹고 몇몇 가난한 사람을 찾아갔었다. 그들이 모든 면에서 내가 사는 정도의 안락한 삶을 유지해 가며 하늘의 은혜를 입을 수 있도록 돕고 싶었다. 그래서 조심스럽게 내 의견을 제시했지만, 그들은 모두 그냥 가난하게 살겠다고 딱 잘라 말했다. 우리 마을에 이웃의 안위를 위해 헌신하며 사는 사람은 어차피 많으니, 한 명쯤은 딴 일을 하면서 인류애를 덜 추구하며 살게 내버려

두면 좋겠다.

다른 일도 마찬가지겠지만, 자선사업도 소질이 있어야 할 수 있다. 그리고 '선행'이라는 직업도 자리가 꽉 차 빈자리 구하기가 힘들다. 더군다나 내가 그런대로 자선사업을 해 보니, 좀 이상하게 들리겠지만 이 일이 내 기질과 전혀 맞지 않아서 오히려 흡족했다. 사회가 내게 요구하는 선행을 베푼다면서, 우주를 파멸에서 구해 내겠다면서, 나만의 소명을 의식적이고 고의적으로 저버려서는 안 될 것 같다. 게다가 나는 세상 어디에나 존재하는, 나와 비슷하지만 나보다 훨씬 꿋꿋한 의지를 보이는 사람들 덕분에 우주가 존속된다고 믿는다. 다만 자기 재능을 발휘하는 사람을 방해하고 싶지는 않다. 비록 나는 거절한 일이지만 그가 혼신을 다하겠다면, 절대 굴하지 말고 해내라고 말하겠다. 세상이 그것을 악행이라 말할지라도(보나마나 그렇게 말할 터다).

내 경우가 특별하다고 말하려는 게 절대 아니다. 독자들 중에도 많이들 내 말에 동의하리라 믿는다. 나는 어떤 일을 할 때(이웃들이 '좋은' 일로 평가하는지 신경 쓰지 않고) 나야말로 그 일에 고용할 만한 적임자라고 서슴없이 말한다. 그 일을 맡길지 말지는 고용주가 알아서 할 일이다. 일반적인 의미에서 좋은 일인지는 내 주된 관심사가 아니고, 대개 내 의도와도 관련이 없다.

사람들은 사실상 이렇게 말한다. "지금 서 있는 곳에서 그 모습 그

대로 시작하라. 좀 더 가치 있는 사람이 되겠다는 생각에만 몰두하지 말고, 평소 품고 있던 친절한 마음으로 선행을 베풀라." 만약 내가 이러한 맥락에서 설교를 해야 한다면 "당신 자신부터 선한 인간이 되시오."라고 말하겠다. 마치 태양이 그 고유의 찬란함과 온기를 억제해 달이나 어느 6등성 밝기 정도로만 키우고 로빈 굿펠로[82] 마냥 모든 오두막집 창가를 기웃거리며 미치광이들에게 영감을 불어넣고, 고기나 썩게 만들며,[83] 어둠 속에서 겨우 사물이나 분간할 수 있을 정도로 빛을 발해서는 안 되는 이치나 마찬가지다. 모름지기 태양이란 어떤 생명체도 감히 똑바로 마주볼 수 없을 때까지 열기와 너그러움을 끌어올려서, 스스로의 궤도를 돌며 세상에 이득을 주어야(더 진실한 철학이 밝혀낸 바에 따르면 이 세상이 자신의 주위를 돌며 이익을 얻도록 해야) 한다. 파에톤(Phaeton)은 자신이 천상의 태생임을 과시하고 싶어서 아버지 태양신(아폴론)의 전차를 딱 하루만 빌려서 몰기로 했지만, 곧장 궤도를 벗어나더니 지상의 마을들을 불태우고 지표면을 그을리고 모든 샘을 말려서 거대한 사하라 사막으로 만들었다. 결국 제우스가 번개로 그를 내리쳐 지상으로 곤두박질치게 만들었고, 아폴론은 슬퍼서 1년 동안 빛을 발하지 않았다.

썩은 선행에서 피어오르는 악취만큼 고약한 것은 없다. 그것은 인간과 신의 썩은 살점이다. 만약 누군가 선행을 베풀겠다는 명확한 목

적을 안고 내 집에 온 것이 확신하다면, 나는 아프리카 사막에서 메마르고 뜨거운 바람을 피해 달아나듯 죽을힘을 다해 도망칠 것이다. 시뭄(simoom)이라 불리는 그 바람은 입과 코와 귀를 먼지로 채워 나를 질식시켜 죽인다. 그가 베푸는 선행을 조금이라도 받아들였다가 그 병원체가 내 핏속에 감염될까 두렵다. 그러느니 차라리 자연스러운 방식으로 악행을 참아 내겠다. 내게는 굶주릴 때 먹여 주고, 추위에 떨 때 따뜻하게 해 주고, 수렁에 빠졌을 때 구해 준다고 해서 좋은 사람이 아니다. 그 정도는 뉴펀들랜드 개도 할 수 있다. 가장 넓은 의미에서 봤을 때, 자선은 인류에 대한 사랑이 아니다. 존 하워드[84]는 그만의 방식으로 지극히 친절하고 가치 있는 사람이 분명했고 그에 대한 보상도 받았지만(천국에 갔겠지만), 누군가 도움이 가장 절실할 때  남들과 비교해 조금 형편이 낫다고 해서 도움을 받지 못한다면, 백 명의 하워드가 있다 한들 무슨 소용이 있겠는가. 나와 같은 사람에게 진정으로 도움이 될 만한 일을 진지하게 논의하는 자선가 모임이 있다는 소리는 지금껏 들어본 일이 없다.

인디언들이 화형당할 처지에 놓인 와중에도 새로운 고문 방식을 제안해서 예수회 선교사들이 몹시 당황했다는 일화가 있다. 인디언은 육체적 고통에는 이미 초월해 있었기에, 선교사가 제안하는 회유책에 전혀 흔들리지 않았던 것이다. 그리고 '남에게 대접받고자 하는 대로,

너희도 남을 대접하라'라는 선교사의 가르침도 인디언의 귀에는 설득력 있게 들리지 않았다. 그들은 남이 자신을 어떻게 대하든 전혀 신경 쓰지 않고 그들 나름의 방식으로 적을 사랑했으며, 적이 그들에게 무슨 잘못을 저지르든 너그러운 마음으로 용서했기 때문이다.

가난한 사람을 도울 때는 그가 절실히 필요로 하는 것을 주어야 한다. 비록 그것이 그가 따르기 힘든 당신의 모범이라 할지라도 상관없다. 돈을 주려거든 그것으로 뭔가를 해 줘야지, 무작정 줘서는 안 된다. 우리가 자주 하는 엉뚱한 실수들이 있다. 가난한 사람은 더럽고 초라하고 지저분하니까 반드시 춥고 배고프리라고 단정 짓는 것이다. 행색은 단지 그들의 취향일 뿐, 반드시 불운하기 때문은 아니다. 그런 이에게 돈을 주면, 더 많은 누더기를 사 입을지도 모른다.

나는 누더기를 걸치고 서툰 몸짓으로 호수에서 얼음을 잘라 내는 아일랜드 노동자들을 보면 안쓰러웠다. 나 역시도 추위에 떨기는 했지만, 그들보다는 깔끔하고 좀 더 유행을 따른 옷차림을 하고 있었기 때문이다. 그러다가 지독히도 춥던 어느 날, 호수에 빠진 아일랜드 노동자 하나가 몸을 녹이려고 내 집에 찾아왔다. 역시나 그의 행색은 더럽고 초라하기 그지없었다. 하지만 그날 나는 세 벌의 바지와 두 쌍의 양말을 벗고 나서야 그의 맨살이 드러나는 것을 보았다. 그토록 많은 속옷을 껴입었으니, 내가 겉옷을 좀 내어 주겠다고 해도 거절할 여유

가 있었던 것이다. 물에 빠져 더러움을 씻는 것이야말로 그에게 정말 필요한 일이었다. 그제야 나는 내 자신을 가엾게 여기기 시작했다. 내게 플란넬 셔츠 하나를 선물하는 것이, 그 노동자에게 싸구려 기성복 가게 하나를 통째로 주는 것보다 더 큰 자선임을 알게 됐다.

세상에 악의 뿌리를 쳐내는 사람이 한 명쯤 있다면, 그 잔뿌리만 잘라 내고 마는 사람은 천 명도 넘는다. 가난한 사람에게 시간과 돈을 많이 주는 사람은, 자신이 구제하려 애쓰는 가난을 오히려 더 조장하는 역할만 하게 된다는 뜻이다. 그런 사람은 아홉 명의 노예가 안식일의 자유를 누릴 수 있게 하려고 매번 열 번째 노예를 판 금액을 십일조로 바치는 신앙심 깊은 노예 상인과 다를 바 없다. 어떤 이는 가난한 사람을 자기 집 부엌에 고용하는 친절을 베푼다. 자기가 직접 부엌일을 한다면 더 큰 친절이 되지 않을까? 수입의 10분의 1을 자선사업에 쓴다고 우쭐대는 사람도 있다. 차라리 9할을 쓴다면 자선사업을 끝낼 수도 있다. 사회는 결국 가진 자의 재산에서 겨우 1할만 되찾아 온다는 뜻이다. 이런 현상을 가진 자의 아량 덕으로 봐야 할까, 정의를 수행해야 할 관리들의 태만함 탓으로 돌려야 할까?

자선은 인류에 의해 충분히 그 가치를 인정받는 거의 유일한 미덕이다. 아니, 너무 과대평가되었다고 할 수 있는데, 그것은 우리의 이기심 덕분이다. 이곳 콩코드에서 어느 화창한 날, 건장하지만 가난한

남자가 이웃 사람을 내게 입이 마르도록 칭찬했다. 그가 가난한 이웃, 즉 자신에게 자비를 베풀었다는 이유에서였다. 오늘날 인류의 친절한 아저씨와 아주머니는 진정한 영적 아버지 어머니보다 더 존중받는다. 언젠가 나는 한 목사가 영국에 관해 설교하는 것을 들은 일이 있다. 학식과 지성을 겸비한 그는 영국의 과학, 문학, 정치 분야의 위인들, 즉 셰익스피어, 베이컨, 크롬웰, 밀턴, 뉴턴 등을 열거한 후에, 기독교 영웅들에 관해서도 이야기했다. 그런데 마치 자신의 직업이 목사라 어쩔 수 없다는 듯, 그들을 위인 중에서도 가장 위대한 인물의 위치에 올려놓았다. 윌리엄 펜, 존 하워드, 엘리자베스 프라이 부인[85] 등이 포함됐다. 저 세 사람은 영국이 낳은 최고의 위인이 아니다. 최고의 자선가였을 뿐이다.

자선 행위에 돌아가야 할 찬사를 폄하하려는 의도는 없다. 단지 생애 내내, 그리고 삶의 업적을 통해 인류에게 축복을 가져다준 모든 사람에게 공평한 찬사를 돌리자는 것이다. 나는 인간의 정직함과 자비심을 그다지 높게 평가하지 않는다. 그것은 인간의 줄기와 잎사귀에 해당한다. 그 푸른 잎들은 시들어서 환자를 위해 달이는 약초 정도로만 쓰이고, 그마저도 대개는 돌팔이 의사의 약재로나 이용될 뿐이다. 나는 인간의 꽃과 열매를 원한다. 신선한 향기가 그에게서 내게로 풍겨 오고, 그의 숙성함이 우리의 관계에 풍미를 돋우기를 바란다. 그의

선함은 불완전하고 일시적인 행위가 아닌, 늘 차고 넘치는 것이어야 한다. 또한 전혀 희생을 요하지 않아, 자신이 희생을 치른다는 사실도 알지 못해야 한다. 이것이 수많은 죄를 감춰 주는 자선의 본모습이다.

박애주의자들은 대기가 세상을 감싸듯이 걸핏하면 자신이 극복해 낸 슬픔의 기억으로 인류를 감싸 안고는, 연민이라 주장한다. 하지만 우리는 절망이 아닌 용기를, 질병이 아닌 건강과 평안을 나눠야 하고, 절망과 질병이 전염되어 퍼져 나가지 않도록 신경 써야 한다. 저 통곡 소리는 남부의 어느 평원에서 들려오는 것인가? 우리가 빛으로 인도해야 할 이교도들은 지구상의 어느 곳에 살고 있을까? 우리가 구원해야 할 저 방탕하고 잔혹한 인간은 누구인가? 그들은 어딘가 몸이 아파서 제 기능을 못하고 있어도, 배가 아파 오면(마음속에 연민을 느끼면) 즉시 (세상을) 고치러 나선다. 자신이 소우주임을 깨닫고, 자신을 아프게 한 것도 자신이라는(세상이 풋사과를 먹고 배탈이 났다는) 진정한 깨달음도 얻는다. 사실 그의 눈에 지구는 그 자체가 설익은 사과로 보이고, 인간의 아이들이 채 익기도 전에 베어 먹을지도 모른다고 생각하면 엄청난 위험이 도사리고 있는 곳이다. 그래서 그 길로 곧장 극적인 자선사업을 펼치기 시작한다. 에스키모와 파타고니아 사람들을 찾아다니고, 인구로 넘쳐 나는 인도와 중국의 마을을 품안에 껴안는다. 그렇게 몇 년 동안 자선 활동을 다니다 보면, 권력자들이 자신들

의 목적을 위해 자선가를 이용해 먹는다. 하지만 그동안 복통은 완치되고, 지구는 이제 막 익어 가기 시작한 과일마냥 양 볼에 불그스름한 홍조를 띠기 시작한다. 그러면 조악했던 삶이 다시 달콤하고 건강해진다. 나는 내가 저지른 것보다 더 엄청난 일이 있는 줄은 꿈에도 몰랐다. 나보다 더 형편없는 사람을 만나본 적도 없었다. 앞으로도 없을 것이다.

나는 사회개혁가가 슬픔을 느끼는 이유는 곤궁에 처한 동료 인간에 대한 연민 때문이 아니라, 자신이 신의 가장 성스러운 아이임에도 개인적인 괴로움에서 헤어날 수 없기 때문이라고 믿는다. 이를 바로잡아 보자. 그에게도 봄이 찾아오게 하고, 소파 위로 아침 해가 떠오르게 해 주자. 그러면 그도 자신의 너그러운 동료들을 군말 없이 저버릴 수 있을 것이다. 내가 담배를 끊으라고 잔소리를 늘어놓지 않는 까닭은 담배를 씹어 본 경험이 없기 때문이다. 금연 설교는 한때 담배를 피우다 끊은 사람들이 해야 할 몫이다. 나는 담배 말고 충분히 많은 것을 씹어 봤기에, 그런 것에 관해서라면 얼마든지 할 말이 있다. 행여 누군가의 꼬임에 속아 자선 행위를 하게 되더라도, 결코 오른손이 하는 일을 왼손이 모르게 하자. 사실 알아야 할 가치도 없는 일 아닌가. 방금 물에 빠진 사람을 구해 주었다면 얼른 구두끈을 다시 묶고 여유롭게 하고 싶은 일을 찾아 떠나면 된다.

성자와 소통하면서 인간의 관습은 타락해 왔다. 찬송가 중에는 신을 저주하면서도 영원히 그를 견뎌 내라는 노래가 넘쳐 난다. 혹자는 예언자나 구원자가 인간에게 희망의 증거를 보여 주기보다는 두려움을 달래 주는 역할밖에 못 했다고 말하기도 한다. 생명이라는 선물이 주는, 소박하면서도 억누를 수 없는 만족감이나 신에게 바치는 기억에 남을 만한 찬양은 어디에도 기록돼 있지 않다. 모든 건강과 성공은 아무리 멀리 있고 숨겨져 있어도 유용하다. 반면에 모든 질병과 실패는 내게 슬픔을 주고 해를 끼친다. 그것이 아무리 내게 연민을 품더라도, 또 내가 그들을 동정하더라도 마찬가지다. 그러니 우리가 진정으로 인디언적이고 식물적이고 자기(磁氣)적이고 자연적인 수단을 이용해 인간을 구원하려 한다면, 먼저 자연 그 자체만큼이나 소박하고 건강해져야 한다. 이마 위에 걸린 구름을 걷어 내고, 숨구멍 안으로 적은 생명이라도 받아들여 보자. 가난한 사람의 감독관이 되려 하지 말고, 세상에 가치 있는 사람이 되려 애써 보자.

나는 시라즈의 족장 사디가 쓴 《굴리스탄(Gulistan)》, 즉 《화원(Flower Garden)》이라는 작품에서 이런 구절을 읽었다.

"사람들이 현자에게 물었다. '지고한 신이 창조해 낸, 하늘 높이 솟아 짙은 그늘을 드리우는 무성한 나무들 중에 열매를 맺지 않는 삼나무를 제외하고는 아자드[86]라 불리는 나무가 없습니다. 어떤 심오한 까

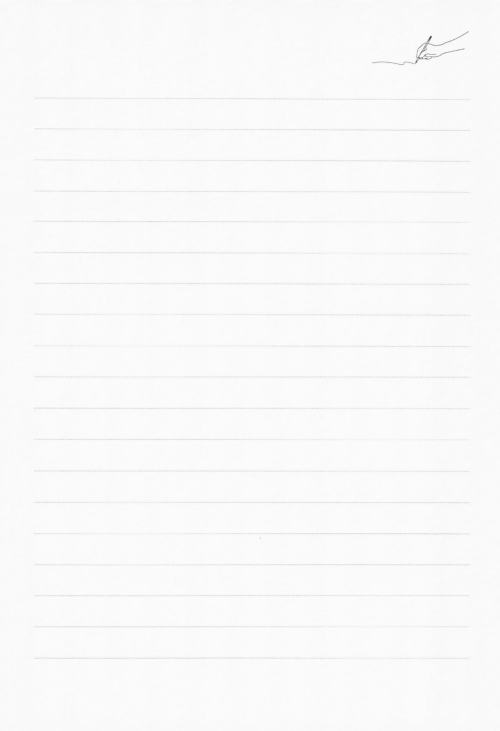

닭이라도 있는 것입니까?'

  그러자 현자가 답했다. '나무란 모름지기 나름의 열매와 철이 있어서, 제철이 되면 푸르러지고 꽃도 피우지만 철이 지나면 마르고 시드는 법이다. 하지만 삼나무는 계절과 상관없이 늘 무성하다. 바로 그런 특성을 자유롭다 하거나 종교에서 독립적이라 한다. 그러니 그대들도 덧없는 것에 마음을 쏟지 말라. 통치자 칼리프의 생이 다한 후에도 티그리스 강은 바그다드를 통과해 계속 흐를 것이다. 그대가 가진 것이 많다면 대추나무처럼 아낌없이 베풀고, 베풀 것이 없다면 삼나무처럼 자유로워지라.'"

## 가난한 자의 허세

가난하고 궁핍한 가엾은 이여,

어찌 주제넘게도 하늘의 한자리를 요구하는가.

초라한 오두막이나 통 속에 살고

거저 내리쬐는 햇볕 속이나 그늘진 샘터에 앉아

풀뿌리와 나물로 연명하며

게으르고 학자인 체하는 미덕을 기른다고 해서 그러는 겐가.

그곳에서 그대의 오른손은

미덕이 만개하여 풍성한 마음에서

인정 많은 열정을 뜯어내고

본성을 타락하게 하여 감정을 마비시키고 있네.

그리고 고르곤이 그랬듯

활기 넘치는 인간을 돌로 바꾸어 놓는구먼.

우리는 절박함에 따른 그대의 절제나

기쁨도 슬픔도 모르는, 그 부자연스러운 어리석음에서 비롯된

침울한 관계는 바라지 않네.

또한 능동적으로 행한 것이 아닌,

마지못해 끌어낸 불굴의 용기도 바라지 않지.

평범한 처지에 만족하는

이 비천한 무리들은

그대의 비굴한 천성과 잘 어울리는구먼.

허나 우리가 위대하다 인정하는 미덕은

용감하고 너그러운 행위, 제왕 같은 기품,

만물을 꿰뚫어 보는 신중함, 한없는 관대함,

그리고 고대로부터 이름이 전해 오지는 않았으나

헤라클레스, 아킬레우스, 테세우스가 보여 준 것과 같은

후세에 귀감이 되는 미덕일지니.

이제 그대가 그토록 꺼려하는 오두막으로 돌아가게나.

그리고 새롭게 밝아 오는 하늘을 보거든,

그 영웅들이 어떤 이들이었는지 알아보도록 하게.


_토머스 커루, 〈가난한 자의 허세〉 전문[87]

# 나는 어디서, 무엇을 위해 살았는가

인생의 특정한 계절에 이르면, 인간은 어느 장소에 가든 그곳이 집 터로 가능할지 생각해 보는 데 익숙해진다. 나 역시도 사는 곳에서 사 방 20킬로미터 이내의 모든 장소를 두루 조사하고 다녔다. 그리고 상 상 속에서 농장들을 연이어 사들였다. 모두 매물로 나와 있어서 가격 도 다 알았다. 농장에 찾아가 각 부지 위를 직접 걸어 보고, 그곳에서 자라는 야생사과도 맛보고, 농장 주인과 농사일에 관해 담소도 나눴 다. 얼마가 됐든 일단 농부가 제시하는 가격에 농장을 사들였다가 다 시 그에게 저당 잡히는 생각도 했다. 심지어는 부르는 값에 웃돈을 얹 어 주기도 했다. 나는 워낙 대화 나누기를 좋아하는 까닭에 구두 계약 으로 농장을 인수했고(권리증서는 받지 않았다.), 농장을 경작하며 땅

244

주인의 교양까지도 어느 정도 '경작'해 주고, 농사일을 충분히 즐긴 후에는 땅 주인이 농사를 계속 짓도록 넘겨주고 물러났다. 이러한 경험 덕분에 친구들은 나를 부동산 중개인쯤으로 여기게 되었다.

나는 어디에 자리 잡고 앉든 그곳에 살 수 있었기에, 풍경은 늘 나를 중심으로 펼쳐졌다. 집의 라틴어는 세데스(sedes), 즉 앉는 자리가 아니던가? 그 자리가 시골이면 금상첨화다. 나는 조만간 개발될 위험이 없는 집터를 여러 군데 찾아냈다. 마을에서 너무 멀다고 생각할지도 모르겠는데, 내가 보기에는 마을이 내 집에서 너무 멀리 떨어진 것이다. 나는 "음, 여기서 살아도 좋겠군." 하고 중얼거리고는, 한 시간쯤 머물며 여름과 겨울을 나는 상상을 했다. 어떻게 하면 몇 년을 지내며 겨울과 드잡이를 해서 봄이 오는 모습을 지켜볼 수 있을지도 생각해 봤다. 앞으로 그 지역에 정착하는 사람들은, 어느 자리에 집을 짓든 이미 그곳을 집터로 예측했던 사람이 있었음을 믿어도 좋다. 땅을 과수원과 숲과 목초지로 구획하고, 잘 자란 떡갈나무나 소나무 중에 어떤 것을 문 앞에 그대로 둘지, 시든 고목나무는 어느 곳에서 보아야 가장 근사해 보일지 정하는 일은 오후 한나절이면 충분했다. 그러고는 땅을 경작하지 않고 그대로 두었다. 손대지 않고 남겨 둘 것이 많은 사람일수록 더 부유하기 때문이다.

나의 상상력은 몇몇 농장의 매입을 거절당하는 것까지 나갔는데(사

실 그게 내가 원하는 바다.) 실제로 농장을 구입하는 위험천만한 짓은 하지 않았다. 거의 소유할 뻔했던 적은 있었는데, 할로웰 농장에서였다. 그때 나는 밭에 심을 씨앗을 선별하기 시작했고, 씨앗을 실어 나를 수레를 제작하려고 재료도 모았다. 그런데 땅주인이 권리증서를 내게 건네기 전에, 그의 아내가 마음을 바꾸어 땅을 팔지 않겠다고 했다. 누구에게나 그런 아내가 있는 법 아닌가. 그래서 주인 남자는 내게 10달러를 줄 테니 계약을 파기하자고 제안했다. 이제야 고백하지만, 당시 내 전 재산은 10센트였다. 그러니 내가 10센트를 가진 사람이든, 농장을 소유한 사람이든, 10달러나 가진 사람이든, 아니면 셋 다이든, 전부 내게 가능한 계산 밖의 일이었다. 하지만 나는 그에게 10달러는 그냥 넣어 두고 농장도 그냥 가지라고 말했다. 사실 난 농장을 충분히 즐길 만큼 즐겼기 때문이다. 아니, 그보다는 너그러운 마음으로 농장을 산값에 그대로 되팔고, 그도 부유한 사람이 아니므로 10달러를 얹어 주었다고 하는 것이 옳겠다. 그러고도 내게는 여전히 10센트와 씨앗과 수레를 만들 재료가 남아 있었다. 그렇게 나는 가난한 살림살이는 전혀 손상치 않은 채로 잠시 부유한 사람이 될 수 있었다. 게다가 농장의 경치는 여전히 내 소유였으니, 그때 이래로 매년 수레 없이도 그 풍경에서 거둔 수확을 가져왔다. 풍경에 관해서 말인데,

"나는 내가 조망하는 모든 것의 군주이니

그러한 내 권리에 대해 반박하는 이는 아무도 없다."[88]

나는 시인이 농장의 가장 값진 부분을 눈으로 즐기고 돌아가는 모습을 자주 보는데, 성마른 농장 주인은 그가 야생사과를 몇 개 따 갔다고 여겼다. 왜 농장 주인은 모를까? 시인은 몇 년 전부터 눈에 보이지 않는 가장 훌륭한 울타리라 할 수 있는 시의 운율 속에 그의 농장을 집어넣고, 그곳에 가둔 채 젖을 짜고 지방분을 걷어낸 다음 크림을 전부 떠 갔고, 그에게는 오직 탈지유만 남겼다는 사실을 말이다.

내가 보는 할로웰 농장의 진정한 매력은 완전히 외진 곳에 자리했다는 점이다. 마을에서 3킬로미터가 넘게 떨어져 있고, 가장 가까운 이웃집도 1킬로미터나 나가야 있으며, 큰길과도 너른 들판 하나를 사이에 두고 있었다. 또한 강도 하나 끼고 있었다. 농장 주인은 봄철에 물안개가 피어올라 서리의 피해를 막아 준다고 말했는데, 나야 아무래도 상관없었다. 잿빛에 폐허 같은 느낌을 주는 집과 헛간, 다 허물어져 가는 울타리는 나와 이전 거주자와의 사이에 상당한 시간차가 있음을 보여 주었다. 토끼들이 갉아먹어서 속이 비고 이끼가 덮인 사과나무들은 어떤 이웃사촌이 있는지 알려 주었다.

그러나 무엇보다도 가장 인상 깊었던 추억은, 처음에 강을 따라 올

라갈 때 보았던 풍경이다. 그때 집은 울창하게 자란 붉은 단풍나무 숲 뒤에 숨어 있었고, 그 사이로 집에서 기르는 개 짖는 소리가 들렸다. 나는 농장 주인이 이곳저곳에서 깨진 돌조각을 파내 버리고, 속이 빈 사과나무를 베어 내고, 목초지에서 막 솟아나기 시작한 어린 자작나무를 뿌리 채 캐내 버리기 전에, 간단히 말해 주인이 농장의 환경을 개선하겠다고 더 손대기 전에 서둘러 농장을 사들여야겠다고 생각했다. 지구를 어깨에 짊어진 아틀라스처럼, 나도 위에 나열한 농장의 매력을 마음껏 누릴 수만 있다면 얼마든지 농장을 어깨에 짊어지고 모든 일을 감당해 나갈 마음의 준비가 돼 있었다. 아틀라스는 어떤 보상을 받았는지 모르겠는데, 나는 어서 농장 대금을 치르고 누구의 방해도 받지 않은 채 그것을 소유해 보겠다는 바람 외에는 아무런 동기도 이유도 없었다. 그저 농장을 사서 내버려 두기만 해도 내가 원하는 작물을 풍성하게 안겨 주리라는 사실을 알고 있었기 때문이다. 그러나 앞서 말했듯이, 결국 사지는 않았다.

그러니 대규모 농장 운영(그때나 지금이나 작은 텃밭은 꾸준히 가꿔 오고 있다.)에 관해 내가 할 수 있는 말이라고는, 밭에 뿌릴 씨앗을 준비해 봤다는 것에 그친다. 많은 사람이 씨앗은 오래될수록 좋아진다고 생각한다. 나로서도 시간이 좋은 씨앗과 나쁜 씨앗의 차이를 드러내 주기에, 씨앗을 심을 때 실망할 가능성이 줄어든다고 확신한다. 그러

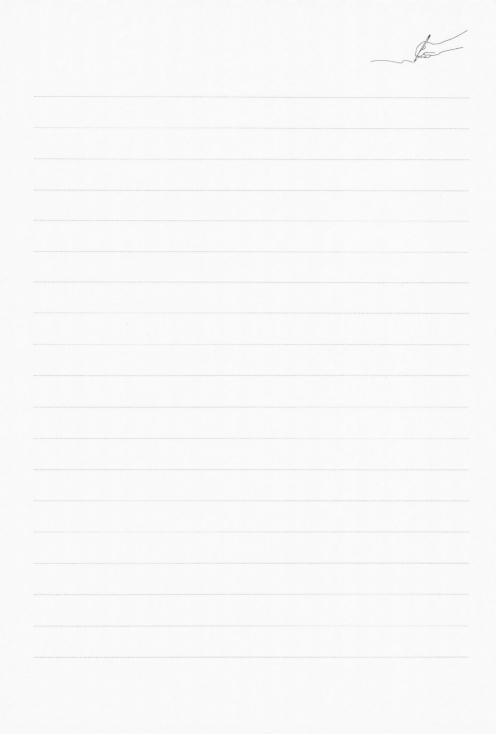

나 나는 내 동료 인간들에게 되도록 얽매이지 않는 자유로운 삶을 살아가라고 당부하고 싶다. 농장 일에 치어 살든 감옥에 갇혀 살든, 얽매여 산다는 점에서는 두 삶이 별반 다르지 않다.

내가 영농 잡지 《경작자(Cultivator)》만큼이나 자주 읽는 《농업론》에서 카토는 이렇게 말했다. "농장을 사려거든 탐욕스럽게 달려들어 덥석 사지 말고, 마음속에서 먼저 숙고해야 한다. 직접 둘러보는 수고도 마다하지 말고, 한 번 둘러본 것으로 충분하다 생각지도 말아야 한다. 좋은 농장이라면 자주 찾아가 볼수록 더욱 마음에 들 테니 말이다." 나도 욕심내서 덥석 사들이지 않고, 살아가는 동안 내내 둘러보고 또 둘러본 후, 훗날 처음으로 그곳에 묻힌 사람이 되고 싶다. 그러는 편이 훨씬 더 기쁠 것 같다.

이번에는 내가 수행했던 이와 비슷한 실험을 다소 상세히 소개하겠다. 편의상 2년간 수행했던 실험이나 1년으로 압축한다. 이미 말했듯이 나는 실의에 빠진 마음을 담은 송가를 쓰려는 것이 아니라, 새벽에 홰대에 올라앉아 위세도 당당하게 울어 대는 수탉처럼 한껏 자랑하려는 것이다. 그렇게 해서 이웃의 잠을 깨우고 싶다.

내가 처음 숲에 자리를 잡고 살기 시작한 날, 다시 말해, 낮뿐 아니라 밤에도 거기서 지내기 시작한 날은 우연히도 독립기념일인 1845

년 7월 4일이었다. 집은 아직 월동 준비가 덜 갖춰져서 겨우 비나 피할 수 있는 정도였다. 회벽도 바르지 않았고, 굴뚝도 없었다. 벽은 거친 풍파에 낡고 얼룩진 판자로 세웠는데, 판자 사이사이로 넓은 틈이 숭숭 뚫려 있어서 밤이면 찬바람이 들어왔다. 그러나 곧게 자른 하얀 나무 기둥과 새로 대패질한 문과 창문틀 덕분에 집은 깨끗했고, 동화에 나오는 집처럼 비현실적으로 보이기도 했다. 특히 아침에 목재가 이슬을 듬뿍 머금은 모습을 볼 때면, 나는 정오쯤 목재에서 향기로운 진액이 흘러내릴 듯한 환상에 사로잡히곤 했다. 상상 속에서 내 집은 낮에도 새벽 서광의 느낌을 간직했고, 한 해 전에 방문했던 어떤 산장을 떠올리게 했다. 그 집도 회벽을 바르지 않은 동화 속에 나올 법한 오두막으로, 신이 여행하며 들르고 여신이 옷자락을 끌며 거닐 만한 곳이었다. 내 집 위로는 산등성이를 휩쓸어 가는 바람이 지나며 지상의 음악 중 끊어진 곡조, 즉, 천상의 곡조 부분만을 실어 날랐다. 아침이면 바람이 쉴 없이 불었고, 창조의 시도 끊이지 않았다. 하지만 그것을 들을 줄 아는 귀는 세상에 그리 많지 않은 듯하다. 속세를 한 걸음만 벗어나 보면 사방이 올림포스 산[89]이라는 사실을 몰라서 그럴 것이다.

배 한 척을 제외하면, 그때까지 내가 소유해 본 집은 천막이 전부였다. 여름에 여행을 다닐 때 종종 사용했는데, 여전히 돌돌 말린 채 내

다락방에 고이 보관돼 있다. 그러나 배는 이 손 저 손 거치다가 세월의 강을 따라 흘러가 버렸다. 그러던 내가 이제는 좀 더 든든한 은신처를 갖게 됐으니, 세상에 정착하는 일에 약간의 진척을 보았다고 할 수 있겠다. 간소하게 외장을 걸쳐 입은 이 집의 골격은 내 주위에 형성된 일종의 결정체였으며, 자신을 지어 올린 내게 정직하게 반응했다. 게다가 대략 윤곽만을 그린 그림처럼 많은 의미를 함축했다. 나는 신선한 공기를 마시려고 굳이 밖으로 나갈 필요가 없었다. 오두막 안에서는 집 안에 앉아 있다기보다는 문 뒤에 앉아 있는 느낌이었기 때문이다. 비가 내리는 날도 마찬가지였다.

《하리반사》[90]에는 "새가 없는 집은 양념하지 않은 고기나 매한가지다."라고 적혀 있는데, 나의 집은 그렇지 않았다. 어느 날 갑자기 나는 새들의 이웃이 되어 있었다. 새를 새장에 잡아 가둔 것이 아니라, 내가 새들 곁에 집을 짓고 들어앉지 않았는가. 나는 텃밭이나 과수원에 자주 날아오는 새들뿐 아니라, 티티새, 개똥지빠귀, 풍금새, 방울새, 쏙독새처럼 마을 주민에게는 전혀, 혹은 거의 노래를 불러 주는 일이 없는 새들, 즉 더욱 열정적으로 노래하는 숲새들과도 가까워졌다.

내 집은 콩코드 마을에서 2킬로미터가 좀 넘게 떨어진 호수 옆에 자리해 있었다. 마을보다 약간 지대가 높고, 콩코드 마을과 링컨 마을 사이의 널찍한 숲 한가운데였다. 유명한 들판인 '콩코드 전쟁터'[91]에

258

서는 3킬로미터쯤 남쪽이었다. 그런데 집이 숲에 낮게 파묻혀 있었기에, 1킬로미터쯤 떨어진 곳에서 역시나 숲으로 둘러싸여 있는 맞은편 호숫가가 나의 가장 먼 지평선이었다. 첫 주에는 호수를 바라볼 때마다, 그것이 마치 산비탈 높은 곳에 위치해 있어서 바닥이 다른 호수의 수면보다 훨씬 높을 것 같은 인상을 받았다. 해가 떠오르기 시작하면 호수는 밤새 입고 있던 안개 옷을 벗고, 여기저기서 부드러운 잔물결이나 햇살에 반사된 잔잔한 수면을 서서히 드러냈다. 안개는 밤사이 열린 비밀회의를 마치고 흩어지는 유령들처럼 숲의 모든 방향으로 은밀히 사라져 갔다. 산기슭이라서 그런지 이슬도 유난히 오랫동안 나무에 매달려 있었다.

8월에 가벼운 폭풍우가 오락가락하는 동안에는 호수가 내게 가장 소중한 이웃이었다. 그때는 바람도 호수도 완벽히 고요한데, 하늘만 어둑어둑했다. 오후에도 저녁나절처럼 고요했고, 티티새의 노랫소리만 호숫가 여기저기에서 들려왔다. 이때가 수면이 가장 잔잔할 때다. 또한 호수 위의 맑은 공기층은 구름에 가려 어둑할 뿐 아니라, 얇기도 해서, 햇빛을 받아 한껏 반사된 호수 표면이 그 자체로 훨씬 더 소중한 하늘이 된다.

최근에 나무를 베어 버린 근처 언덕 꼭대기에서 보면[92] 호수의 건너편 남쪽으로 아름다운 풍광이 펼쳐진다. 굽이지며 넓게 펼쳐진 언

덕 끝자락이 호수의 기슭과 맞닿아 있고, 언덕 사이사이 마주보며 비탈져 내려오는 경사면은 숲이 우거진 계곡을 이루어 마치 그 사이로 계곡물이 흐를 듯이 보이는데, 실제로는 아무것도 흐르지 않는다. 계속해서 그쪽으로 근처 녹음이 우거진 언덕 너머 멀리까지 바라다보면 지평선 가까이 더 높은 산들이 푸른빛을 띠고 서 있다. 발뒤꿈치를 들고 서면 간혹 북서쪽으로 더 푸르고 더 멀리 있는 몇몇 봉우리가 보이는데, 천상의 조폐국에서 찍어 낸 푸른 동전이라 할 만했다. 마을의 일부도 보인다. 그러나 다른 방향으로는, 심지어 언덕 꼭대기에 올라가도, 나를 둘러싼 숲 너머로는 아무것도 보이지 않았다.

근처에 물이 있으면 흙이 부력을 받아 지표면이 뜨기 때문에 좋다. 아주 작은 샘이라도 가치 있는 이유는, 그 안을 들여다보면 대륙이 결국 섬임을 깨닫기 때문이다. 이는 우물이 버터를 차게 유지시킨다는 점만큼이나 중요하다. 내가 이쪽 봉우리에서 호수 건너편의 서드베리 초원(언젠가 홍수가 났을 때 이 초원은 신기루 현상에 의해 마치 대야에 빠진 동전처럼 소용돌이치는 계곡 속에서 위로 붕 떠 보였다.)을 바라보면 호수 너머의 땅은 가운데 끼어 있는 이 작은 호수 때문에 고립되어 둥둥 떠 있는 얇은 빵조각처럼 보인다. 그러면 나는 내가 살아가는 이 땅이 마른 땅 한 조각에 지나지 않음을 새삼 깨닫는다.

집 앞에서 바라보는 전망은 훨씬 제한돼 있었음에도, 나는 혼잡하

다거나 갇힌 기분을 전혀 느끼지 않았다. 상상력을 북돋우기에 충분한 너른 초원이 펼쳐져 있었기 때문이다. 고원 지대를 따라 올라가는 맞은편 호숫가에는 낮은 떡갈나무 관목이 무성했고, 고원지대는 서부의 대평원과 타타르의 광활한 초원 지대까지 뻗어 나가 정착하지 못하고 방황하는 모든 인간에게 넉넉한 공간이 되어 주었다. 다모다라[93]는 가축을 먹일 더 크고 새로운 목초지가 필요해지면 이렇게 말했다. "광활한 지평선을 마음껏 누리는 존재만이 이 세상에서 가장 행복한 존재다."

장소와 시간은 모두 바뀌었다. 그리하여 이제 나는 우주 속에서 나를 가장 매혹시켰던 장소와 역사상 가장 매력적이던 시간에 더욱 가까이 살고 있었다. 천문학자들이 밤마다 관측하던 수많은 별만큼이나 속세에서 멀리 떨어진 곳이었다. 사람은 누구나 외딴 천계의 구석진 모퉁이 어딘가, 카시오페이아의 의자 별자리 너머에는 소음과 소란에서 벗어난 드물고도 즐거운 장소가 있으리라고 상상하곤 한다. 나는 내 집이야말로 천계처럼 멀리 떨어져 있으면서도 늘 새롭고 더러워지지 않은 장소에 있음을 알았다. 만약 플레이아데스 성단이나 히아데스 성단, 알데바란이나 견우성 가까이에 정착해 살아가는 일이 가치 있다 한다면, 나는 실제로 그런 곳에 살고 있었다. 혹은 내가 뒤에 남겨 두고 온 삶에서 그만큼이나 멀리 떨어져 있었다. 가장 가까이 사는

이웃에게도 나는 지극히 가느다란 빛줄기이자 사라질 듯 반짝이는 존재여서, 달이 뜨지 않는 칠흑 같은 밤에나 그의 눈에 보였다. 내가 웅크리고 살던 그 창조의 공간은 그런 곳이었다.

한 목동이 살고 있었다네.
그의 생각은 참으로 드높았지.
시간마다 양 떼를 풀어 놓아 먹이던
저 산만큼이나 높았다네.

한데 양 떼가 늘 목동의 생각보다 더 높은 목초지를 찾아 위로만 무리 지어 올라갔다면, 목동의 삶은 어떠했을까?

매일 아침은 내게 삶을 자연과 마찬가지로 소박하게 꾸려 가라는, 감히 말하자면 순수하게 유지해 가라고 권하는 흥겨운 초대장이었다. 나는 그리스인들만큼이나 오로라(새벽의 여신)를 진심으로 숭배했다. 따라서 아침 일찍 일어나 호수에서 목욕을 했다. 그것은 하나의 종교의식이었고, 내가 했던 최고의 행위이기도 했다. "매일 그대 자신을 완전히 새롭게 하라. 날마다 되풀이하고, 영원히 그리하라."[94] 중국 탕왕의 욕조에 적혀 있었다던 이 글귀를 나는 이해한다. 아침은 영웅의 시대를 다시 불러온다. 이른 새벽에 문과 창문을 열어 놓고 앉아 있으

면 내 눈에 보이지 않고 상상할 수도 없는 모습으로 온 집 안을 날아
다니는 모기 한 마리의 가녀린 윙윙 소리가 들린다. 그 소리가 옛부터
명성을 노래했던 나팔 소리만큼이나 큰 감명을 주었다. 호메로스의
진혼곡에 비길 만했다. 그 자체로 분노와 방랑을 노래하며 공중을 떠
다니는 서사시《일리아스》와《오뒷세이아》였다. 그 소리에는 광대무
변한 무언가가 있었다. 금지당할 때까지 영원히 지속될 세상의 활력
과 번식력을 알리고자 부단히 애쓰는 소리였다.

하루 중 가장 의미 있는 시간인 아침나절은 깨어나는 시간이기도
하다. 그때가 가장 정신이 맑지 않은가. 심지어 그때는 밤낮없이 잠만
자는 우리 몸의 어떤 부분도 족히 한 시간은 깨어 있다. 만약 우리가
내면의 특별한 힘으로 깨어나는 게 아니라 하인이 흔들어 깨워서야
일어난다면, 물결치듯 전해 오는 천상의 음악과 대기를 가득 메운 향
기를 동반한 새롭게 얻은 힘과 내면에서 솟는 열망이 아니라 공장의
벨소리에 깬다면, 그런 날은 기대할 게 없다. 그런 날을 하루로 칠 수
있기나 할지 모르겠다. 스스로 깨어나야만 어둠이 그 열매를 맺고, 빛
만큼이나 가치 있음을 스스로 증명할 수 있다.

매 하루에 아직 자신이 더럽히지 않은, 더 이르고 더 신성한 새벽의
시간이 있음을 믿지 않는 이는, 삶에 절망하여 어두운 내리막길로 걸
어가는 사람이다. 감각적인 삶을 잠시나마 중단하면, 영혼뿐 아니라

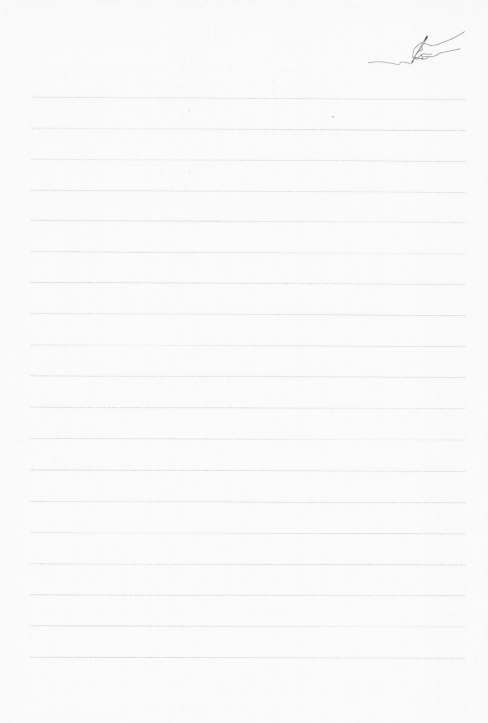

신체 기관까지 매일 활력을 되찾아서, 내면에서 다시 한 번 숭고한 삶을 살아가려 애쓰기 시작한다. 확실히 모든 기념할 만한 사건은 아침 시간과 아침의 대기 속에서 생겨난다. 《베다》[95]에도 "모든 지혜는 아침과 함께 깨어난다."라고 적혀 있지 않은가. 시와 미술은 물론이요, 가장 아름답고 기억할 만한 인간의 행위도 바로 아침 시간에 시작된다. 멤논과 마찬가지로 모든 시인과 영웅도 오로라의 자식이니, 새벽이 밝아올 때 그들의 음악을 연주한다.

태양과 보조를 맞추어 탄력 있고 활기찬 사고를 하는 이에게 하루는 늘 아침이다. 시계가 몇 시를 가리키고 남들이 어떤 태도로 어떻게 일하는가는 상관없다. 아침은 내가 깨어 있고, 내 안에 새벽이 오는 때다. 도덕적 개혁은 잠을 쫓으려는 노력이다. 온종일 잠만 잔 것이 아니고서야, 어떻게 자신의 하루에 그토록 지독히도 형편없는 '계산서'를 내밀 수 있는가? 모두 그 정도로 계산에 어두운 것은 아니지 않은가. 비몽사몽 지내지만 않았더라면, 무엇이라도 이뤄 냈을 것이다. 수백만 명이 육체노동을 하기에 충분할 만큼은 깨어 있다. 하지만 지성을 효과적으로 발휘할 만큼 깨어 있는 사람은 백만 명 중 한 명뿐이다. 시적이고 훌륭한 삶을 살아갈 만큼 깨어 있는 사람은 수억 명에 한 명이다. 깨어 있는 건 살아 있는 것 아니겠는가. 이제껏 나는 진정으로 깨어 있는 사람을 만난 적이 없다. 만났더라도 어떻게 그의 얼굴을 마

주 볼 수 있었겠는가?

우리는 다시 깨어나서 그 상태로 계속 머물러 있는 법을 배워야 한다. 아무리 깊은 잠에 빠져 있더라도 결코 우리를 저버리지 않을, 새벽을 향한 끊임없는 염원이 있다면 물리적인 도움 없이도 얼마든지 그리할 수 있다. 의식적으로 노력해서 삶을 향상시키려는 확실한 의지보다 더 인간을 고무시키는 것은 세상에 없다. 특별한 그림을 그리거나 동상을 조각해 어떤 대상을 아름답게 만드는 것은 대단한 일이다. 하지만 훨씬 더 영광스러운 것은 그것을 감상할 분위기와 안목을 조각하고 그리는 것이고, 우리의 도덕적 능력으로 얼마든지 가능하다. 하루의 질에 영향을 미치는 것이야말로 예술의 최고 경지다. 인간은 누구나 자기 삶의 세세한 부분까지, 가장 숭고하고 중대한 순간에 관조해 볼 가치가 있도록 만들어 갈 책임이 있다. 만약 살며 거둬들인 그런 정보들을 사소하다고 무시하거나 그냥 써 버려서 아무 결실도 얻지 못한다면, 앞으로 어떤 결과를 맞게 될지 신탁이 정확히 알려줄 것이다.

내가 숲으로 들어간 건 의도한 대로, 삶의 정수만을 직면하며 살아 보고 싶어서였다. 그랬을 때 삶에서 배워야 할 것을 다 배울 수 있을지 알고 싶었고, 죽음이 닥쳤을 때 내가 헛되이 살지 않았음을 깨닫고 싶었다. 삶이란 너무나 소중한 것이기에, 삶이 아니라면 살고 싶지 않

았다. 반드시 필요하지 않다면, 체념한 채 살아가고 싶지도 않았다. 깊이 있게 삶의 정수를 빨아들이고 싶었다. 삶이 아닌 것은 모두 파괴해 버리고 강인하게 스파르타인처럼 살아가길 바랐다. 낫을 크게 휘둘러서 풀을 바싹 베어 내듯 삶을 구석으로 몰아가 가장 기본 조건까지 끌어내린 다음, 삶이 천박한 것으로 판명된다면 그 천박함을 전부 속속들이 알아내어 세상에 알리고 싶었다. 반대로 삶이 숭고한 것이라면 직접 경험해서 그 참모습을 전할 수 있기를 바랐다. 내가 보기에 인간은 삶이 악마의 것인지 신의 것인지에 관해 이상하리만치 확신하지 못한다. 그래서일까, 사람이 지상에 살아가는 주된 목적이 '신에게 영광을 돌리고 신을 영원히 찬미하는 것'이라고 '다소 급하게' 결론을 내린다.

우리는 여전히 개미처럼 하찮은 삶을 살아간다. 우화에서는 우리가 오래전에 인간으로 변했다고 말하고 있음에도 그렇다. 우리는 학과 싸우는 소인족이나 다름없다.[96] 실수로 실수를 덮고, 누더기로 누더기를 가리다 보니, 우리가 가진 최고의 미덕은 쓸데없이 불쌍해 보이는 것이다. 또한 우리는 삶을 사소한 일로 낭비한다. 정직한 사람을 헤아릴 때 열 손가락도 남는다. 행여 손가락이 모자라도 발가락까지 쓰면 충분하거나 남는 것을 하나로 묶어 버리면 된다.

간소하게, 간소하게, 간소하게 살자! 부디 바라건대, 할 일을 백 가

지 천 가지로 늘리지 말고, 두세 개로 줄이자. 백만 대신에 여섯까지만 세고, 계산은 엄지손톱 위에 적어 두자. 이 문명의 삶이라는 험난한 바다 한가운데에서 살아나려면 인간은 먹구름과 폭풍, 유사(流沙) 등 수많은 사항을 고려해야 한다. 따라서 배와 함께 침몰해 아예 항구 근처에는 가 보지도 못하는 사태를 피하려면 추측항법[97]으로 살아가야만 한다. 따라서 계산에 뛰어나지 않으면 성공할 수 없다.

간소하게, 또 간소하게 살라. 하루 세끼 대신 필요할 때만 한 끼를 먹자. 백 가지 요리는 다섯 가지로 줄이고, 다른 것도 그 비율로 줄이자. 우리의 삶은 독일연방[98]과 같다. 독일은 수많은 군소 국가로 이루어진 까닭에 국경이 쉴 없이 변해 독일 국민조차도 그 정확한 경계를 알지 못한다. 미국도 소위 말하는 내적 개선을 실행하고 있기는 하지만, 그 실상을 들여다보면 외부적이고 피상적인 개선에 불과했던 까닭에 통제가 불가능할 정도로 거대한 조직체가 되어 버렸다. 가구가 발 디딜 틈 없이 들어차 있고, 자기 덫에 스스로 걸려 있으며, 정확한 계산도, 가치 있는 목표도 없이 사치와 무분별한 지출을 일삼아 황폐해진 조직체다. 그 땅에 살아가는 수많은 가정도 마찬가지다. 이런 상황을 구제할 수 있는 유일한 방법은 엄격한 절약뿐이다. 스파르타인보다 더 간소하게 살아가며 높은 목적의식을 품어야 한다.

오늘날 미국의 삶은 너무 빠르다. 사람들은 국가란 반드시 상업을

하고, 얼음을 수출하고, 전신으로 대화를 주고받고, 시속 50킬로미터로 달려야 한다고 굳게 믿고 있다. 그렇지만 그들 개인의 삶에 대해서는 개코원숭이처럼 살아야 할지 인간답게 살아야 할지도 확신하지 못한다. 만약 우리가 침목(sleeper)을 자르고 철로를 깔고 밤낮으로 노동에 헌신하는 것이 아니라, 삶을 개선한답시고 임시방편으로 땜질만 하고 앉아 있다면, 철로는 누가 건설하겠는가? 그래서 철로가 없다면 어찌 제때 천국에 도착할 수 있겠는가? 그러나 우리가 집에만 머물면서 개인사만 신경 쓴다면, 누가 철도가 필요하겠는가? 우리는 철도를 이용하지 않는다. 철도가 우리를 이용하는 것이다.

철길 아래 받쳐놓은 침목이 무엇인지 생각해 본 적이 있는가? 각각의 침목이 바로 한 명의 사람, 한 명의 아일랜드인, 한 명의 미국인이다. 바로 그들 위에 철길이 놓이고, 모래가 덮이고, 기차가 유유히 달린다. 그들 모두가 튼튼한 침목임은 내가 확신한다. 몇 년마다 새로운 침목으로 교체되고 기차는 계속 달려간다. 따라서 누군가 철로 위를 달리는 기쁨을 누린다면, 다른 사람은 그 밑에 깔리는 불운을 겪게 되는 것이다. 그러다가 어느 날 기차가 잠결에 걷는 사람(walking in his sleep), 즉 제자리에 놓이지 않은 여분의 침목을 하나 치어 잠을 깨우면, 사람들은 갑자기 기차를 세우고 전혀 예상치 못한 일이 일어났다는 듯 야단법석을 떤다. 나는 침목을 제자리에 평평하게 유지시키려

고 8킬로미터마다 한 무리의 인부를 둔다는 사실을 알고 무척이나 기뻤다. 침목이 언제든 다시 일어날 수 있다는 의미이기 때문이다.

왜 우리는 이처럼 바쁘게 삶을 낭비하며 살아갈까? 마치 배고프기도 전에 굶어 죽기로 작정한 사람들 같다. 제때 뜨는 한 땀의 바느질이 훗날 아홉 땀의 수고를 줄여 준다고 말하면서, 정작 우리는 내일 뜰 아홉 바늘을 줄이려고 오늘 천 땀의 바느질을 한다. 일에 관해 말해 보자면, 내내 일만 하면서도 중요한 일은 하나도 해내지 못한다. 마치 무도병[99]에 걸려서 머리를 가만히 두지 못하는 형상이나 마찬가지다.

내가 교회종의 줄을 몇 번만 잡아당기면, 다시 말해 진폭을 조절하지 않고 불이라도 난 듯이 마구 치면, 아침까지만 해도 할 일이 산더미라고 변명을 늘어놓던 사람들이 남녀노소 할 것 없이 만사를 제쳐놓고 모여들어 콩코드 인근 농장에 인적이 없어질 것이다. 그런데 실은 불 속에서 재산을 구해 내려는 게 아니라, 불구경을 하려는 목적이 더 크다. 불이야 어차피 타게 될 테고, 또 일부러 불을 낸 것도 아니니 말이다. 그게 아니라면, 불 끄는 것도 구경하고, 지켜보다가 재미있어 보이면 좀 돕기도 할 심산인 게다. 불타는 것이 교회라 한들 무슨 상관이겠는가.

저녁을 먹은 후 30분쯤 졸다가 고개를 번쩍 쳐들고 마치 나머지 인

류가 모두 자신을 위해 보초라도 서고 있었다는 듯 "뭐 새로운 일 없나?"라고 묻는 사람이 있다. 30분마다 깨우라고 일러 놓는 사람도 있는데, 그래봤자 일어나서는 보답이랍시고 자신이 꾼 꿈 이야기를 들려준다. 하룻밤 자고 나면 뉴스는 아침 식사만큼이나 중요한 것이 된다. "부디 세상 어디서 어떤 사람에게든 새로운 일이 일어났거든 알려주게." 그는 커피와 빵을 먹으며 신문 기사를 읽는다. 어떤 남자가 오늘 아침 와치토 강가에서 눈알이 뽑혔다는 내용이다. 하지만 그는 자신도 이 세상이라는 어둡고 깊이를 알 수 없는 거대한 동굴에 살고 있고, 퇴화되어 흔적만 남은 눈 하나만을 가지고 있음을 꿈에도 알지 못한다.

나는 우체국 없이도 사는 데 어려움이 없는 사람이다. 사실 우체국을 통해 소통해야 할 중요한 일도 거의 없다고 생각한다. 비판적으로 말해서, 몇 년 전에도 말한 적이 있는데, 평생 우푯값을 하는 편지는 한두 통밖에 받지 못했다. 1페니 우편제도는 흔히들 1페니를 줄 테니 당신의 생각을 말해 달라고 가볍게 던지던 농담이, 상대의 생각을 묻기 위해 정말로 1페니를 지불하는 제도로 변한 것이다. 그리고 나는 신문에서도 의미 있는 기사를 읽은 기억이 전혀 없다. 만약 누군가 강도를 만나거나, 살해당하거나, 사고로 죽거나, 집이 불타거나, 배가 난파당하거나, 증기선이 폭발하거나, 서부 철도 노선에서 소 한 마리가

기차에 치이거나, 미친개가 사살되거나, 겨울에 메뚜기 떼가 나타났다는 뉴스라면 두 번 읽을 가치가 없다. 한 번이면 족하다. 원칙만 알면 됐지, 무엇하러 수많은 사례와 그 적용에 신경을 쓰겠는가?

철학자에게 '뉴스'란 나이든 부인들이 차를 마시며 둘러 앉아 이리저리 끼워 맞추거나 읽는, 소위 말하는 한담에 지나지 않는다. 그러나 어떤 사람은 이런 소문거리에 목을 맨다. 듣기로는 얼마 전 어느 신문사에 새로 도착한 외국 소식을 알고자 사람들이 불시에 우르르 몰려들어 건물 유리창이 몇 장 깨져 나가기까지 했다고 한다. 그런데 그 소식이란 것이 기지가 뛰어난 사람이라면 12개월 전에, 아니 12년 전이라도 얼마든지 정확하게 작성할 수 있는 종류라고 나는 진지하게 생각한다.

스페인만 살펴봐도, 돈 카를로스와 인판타 공주[100], 또는 (내가 신문을 안 본 동안 이름이 바뀌었을지는 모르겠지만) 돈 페드로와 세비야와 그라나다[101] 등을 적당히 섞어 넣어 기사를 쓰거나, 딱히 쓸 내용이 없어서 투우에 관련된 글을 작성하면, 그것이야말로 스페인을 대표하는 내용이므로 신문의 같은 제목 아래 나온 간결하고 명료한 기사 못지않게 스페인의 정확한 실상을, 혹은 혼란상을 우리에게 확실히 짚어줄 터다. 영국도 가장 최근에 일어난 중요한 기삿거리라 할 만한 사건은 1649년의 혁명[102]뿐이다. 그러니 당신이 영국 평년기의 농작물 수

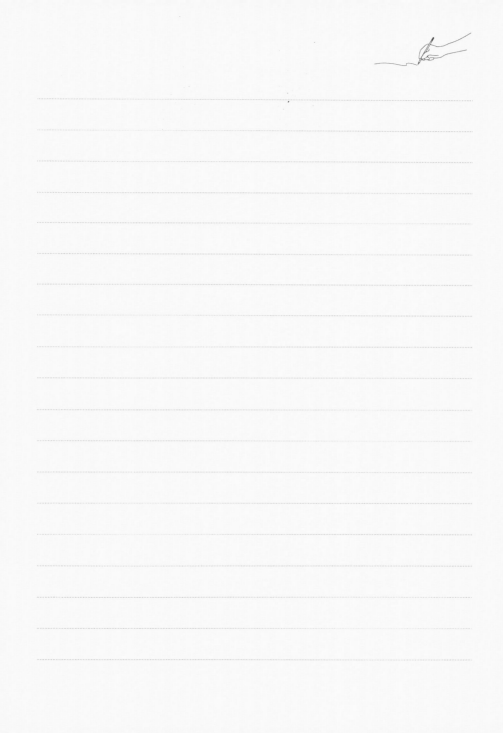

확량의 역사를 알고 싶거나 금전적인 목적으로 영국을 고찰하는 것이 아니라면, 그쪽 소식에는 관심을 기울일 필요가 없다. 신문을 거의 읽지 않는 한 사람으로서 판단하건대, 사실 외국에서 새로운 일은 거의 일어나지 않는다. 프랑스 혁명도 예외가 아니다.

새로운 소식이라니! 그보다는 세월이 지나도 결코 낡지 않는 소식을 배워 감이 훨씬 중요하다는 사실을 왜 모르는가! "중국 위나라의 고관 거백옥이 공자에게 사람을 보내 신변에 새로운 소식이 없는지 물었다. 그러자 공자가 사자를 가까이에 앉히고 다음과 같이 물었다. '그대의 주인은 어찌 지내시는가?' 사자가 공손히 대답했다. '주인께서는 자신의 허물을 줄여 보려 애쓰고 계시나 잘 되지는 않는 듯합니다.' 사자가 가고 난 후 공자가 말했다. '훌륭한 사자로다! 참으로 훌륭한 사자야!"[103]

교회의 목사도 한 주의 마지막인 휴식의 날, 졸린 농부를 앉혀 놓고 장황하게 지루한 설교를 늘어놓아 그의 귀를 괴롭혀서는 안 된다. 일요일은 고단한 한 주를 잘 끝맺는 날이지, 새로운 한 주를 용감하게 시작하는 날이 아니지 않은가. 그러니 차라리 천둥 같은 목소리로 이렇게 호통을 치는 게 낫다. "그만! 중지! 어찌 겉으로는 빠릿빠릿해 보이면서, 그리도 느린 게요?"

오늘날 사기와 기만은 가장 믿을 만한 진리로 존중받는 반면 진실

은 거짓으로 여겨진다. 인간이 진실만을 꾸준히 주목하고 기만당하지 않으려 애쓴다면, 삶은 우리가 오늘날 알고 있는 것과 비교해 봤을 때, 동화나 《아라비안나이트》에 나오는 이야기처럼 훨씬 흥미로운 것으로 변할 것이다. 우리가 필연적이고 반드시 존재할 권리가 있는 것만을 존중한다면, 음악과 시가 거리 곳곳에 울려 퍼질 것이다. 우리가 서두르지 않고 현명하게 처신할 때, 비로소 위대하고 가치 있는 것만이 영구히 절대적으로 존재한다는 사실을 인식하게 되고, 사소한 두려움이나 쾌락은 실재의 그림자에 지나지 않는다는 사실도 깨닫게 될 것이다. 이러한 사실은 들을 때마다 신이 나고 감탄을 자아내게 한다.

눈을 감아 버리거나 졸거나, 암묵적으로 보이는 것에 현혹당하면서, 인간은 쳇바퀴 돌듯 틀에 박힌 일상과 습관을 확립하고 공고히 다진다. 하지만 이러한 삶은 순전히 가공의 토대 위에 세워진 것이다. 놀이가 삶이나 다름없는 아이들은 어른보다 더 명확하게 삶의 진정한 법칙과 관계를 분간해 낸다. 어른들은 가치 있는 삶을 사는 데 실패했으면서도 자신이 경험이 많으니, 다시 말해 실패를 통해 쌓아 올린 연륜이 있으니 더 현명하다고 착각한다. 어느 힌두교 경전[104]에서 이런 글귀를 읽었다.

"옛날 옛적에, 갓난아기 때 도시에서 쫓겨나 나무꾼의 손에 길러진 왕자가 있었다. 왕자는 나무꾼의 손에서 자랐고, 그 상태로 어른이 되

었기에, 자신이 그동안 함께 살아온 미개한 부족 출신이라고 생각했다. 그러던 어느 날 왕의 신하 하나가 그를 발견하고 태생을 알려 주었다. 그는 지금껏 스스로에 대해 잘못 품고 있던 오해를 벗고 자신이 왕자라는 사실을 알았다. 마찬가지로 우리의 영혼도 현재 처해 있는 환경만 보고 자신의 본성을 오해한다. 그러다가 어느 거룩한 스승이 진실을 밝혀 주면, 그제야 자신이 브라흐마[105]임을 깨닫는다."

나는 뉴잉글랜드의 주민이 비천한 삶을 살아가는 이유는 사물의 표면을 꿰뚫어 보는 통찰력이 없기 때문이라고 생각한다. 우리는 '실재하는 듯 보이는 것'을 '실재'라고 믿어 버린다. 만약 어떤 사람이 이 마을을 통과해 지나가면서 오직 실재하는 것만 본다면, '밀댐'[106]을 어떻게 설명할까? 그가 마을을 통과하며 본 것을 말로 설명해도, 우리는 그가 설명하는 장소를 전혀 알아듣지 못할 수도 있다. 공회당, 재판소, 교도소, 상점, 주택, 이 모든 것을 바라보라. 그리고 진실의 눈으로 바라볼 때, 그것이 진정 어떻게 보이는지 말해 보라. 말하는 도중 모든 것이 산산이 부서져 버릴 것이다.

우리는 진리가 멀리 있다고 생각한다. 우주의 저쪽 변두리, 가장 멀리 떨어진 별 뒤쪽, 아담 시대의 이전 혹은 마지막 인간의 다음 시간에 있으리라 추측한다. 물론 영원 속에는 진실하고 숭고한 무언가가 있다. 그러나 이 모든 시간과 장소와 사건은 지금 여기에 있다. 신도

현재의 순간 속에서 지고하며, 모든 시대를 통틀어 지금이 가장 신성하다. 우리 역시 주변을 에워싼 진리를 끊임없이 들이마시고 그 안에 흠뻑 젖어 들어갈 때만 그 숭고하고 고귀한 모든 것을 이해할 수 있게 된다. 우주는 우리가 품은 생각에 한결같이 고분고분 대답해 준다. 우리가 빠르게 가든 느리게 가든 길은 늘 우리 앞에 놓여 있다. 그러니 앞으로는 삶을 구상하는 데 시간을 쓰자. 시인과 예술가는 아름답고 고상한 구상을 품으며 앞으로 나아갔으니, 적어도 후세의 누군가가 그것을 완성시켰다.

부디 하루라도 자연처럼 신중하게 삶을 살아보자. 한낱 철로 위에 떨어진 견과류 껍질이나 모기의 날개 때문에 탈선하는 기차가 되지는 말자. 아침에는 일찍이 눈을 뜨자마자, 아침 식사를 해도 좋으니 제발 수선 떠는 법 없이 점잖게 아침을 시작하자. 친구가 오면 오는 대로, 가면 가는 대로 두고, 종이 울려도, 아이들이 울어도 내버려 두자. 그렇게 하루를 보내자고 마음먹자. 왜 굳이 시대의 조류에 휩쓸려 떠내려가려 하는가? 정오의 얕은 여울에 자리 잡은, 정찬이라 부르는 끔찍한 급류와 소용돌이에 휩쓸려 압도당하지 말자. 이 위험만 견뎌 내면 나머지 길은 안전한 내리막이다. 그러니 율리시즈처럼 돛대에 몸을 묶고 긴장을 유지한 채 아침의 활력으로 계속 항해해 나가자. 기적이 울리면, 울리다 지쳐 목이 쉴 때까지 내버려 두자. 종이 울린다고 뛰어

갈 이유도 없다. 모든 것을 음악 소리로 들으면 어떤가.

이제 차분히 마음을 가라앉히고, 세상을 온통 뒤덮고 있는 충적지, 즉 견해와 편견, 전통과 망상과 겉모습이라는 진창에 깊숙이 발을 담그고 더듬어 보자. 파리와 런던, 보스턴과 콩코드를 지나고, 교회와 국가도 지나고, 시와 철학과 종교도 지나면 단단한 바닥과 바위에 이를 것이다. 그곳이 바로 실재이고 "맞아, 여기가 확실해!"라고 말할 수 있는 곳이다. 그곳에 도착했으면, 홍수와 서리와 불 아래로 '프앵 다퓌', 즉 거점을 마련하자. 거기에 성벽과 국가의 기초를 놓고, 안전하게 가로등을 설치하고, 측량기도 하나쯤 달자. 그리고 나일로미터가 아니라 리얼로미터[107]를 설치하자. 그러면 미래 세대도 거짓과 겉치레의 홍수가 때로 얼마나 깊게 진실을 묻어 버렸는지 알 수 있지 않겠는가.

사실과 정면으로 마주하면, 태양이 언월도(偃月刀)를 비추듯 진실이 양면에서 번쩍일 테고, 그 달콤한 칼날이 우리의 심장과 골수에 꽂히는 것을 느낄 것이다. 그리하면 우리는 행복하게 삶을 끝마치리라. 살아서든 죽어서든, 우리가 추구하는 것은 진실뿐이다. 우리가 정말로 죽어 간다면, 목구멍 안에서 숨이 끊어지는 소리를 들으며 사지가 차갑게 식는 것을 느끼자. 그러나 살아 있다면, 해야 할 일을 열심히 하자.

시간은 내가 낚싯줄을 드리운 강줄기에 다름 아니다. 나는 그 물을

들이킨다. 그러나 물을 마시는 동안 모래 바닥을 내려다보면서 그것이 얼마나 얕은지 알아차린다. 시간의 얕은 물살이 흘러가 버려도 영원은 그 자리에 남는다. 나는 더 깊이 들어가 물을 마시리라. 별이 조약돌처럼 깔린 하늘에서 고기를 낚으리라. 나는 수를 헤아릴 줄 모르고, 알파벳의 첫 글자도 모른다. 나는 태어나던 날만큼 슬기롭지 못함을 늘 한탄해 왔다. 지성은 커다란 칼이다. 만물의 비밀 속으로 깊숙이 들어가 그것을 식별하고 갈라낸다. 나는 필요 이상으로 내 손을 바쁘게 놀리지 않겠다. 내 머리가 손이자 발이다. 그 안에 내 최고의 자질이 압축돼 들어가 있다. 어떤 동물이 주둥이와 앞발로 굴을 파듯이, 나는 머리로 굴을 판다고 내 본능이 말해 준다. 이 머리로 나는 주변의 산들을 파고들어 볼까 한다. 이 근처 어딘가 금덩이가 넘쳐 나는 광맥이 있으리라. 그러니 점치는 막대[108]와 얇게 피어오르는 증기로 그것을 찾아내 보자. 바로 여기서 채굴을 시작하자.

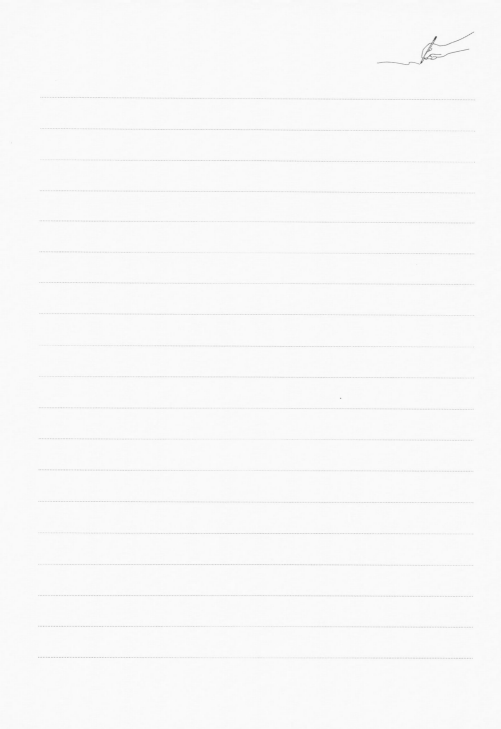

# 독서

    직업을 선택하는 데 조금만 더 신중했더라면, 인간은 모두 근본적으로 학생이나 관찰자가 되었을 터다. 누구나 인간의 본성과 운명에 관심이 많지 않은가. 우리가 자신이나 후손을 위해 재산을 축적하고, 가족이나 국가를 형성하고, 심지어 명성까지 얻는다 해도, 결국에는 모두가 죽을 목숨이다. 그러나 진실을 다룬다면 우리는 불멸의 생을 살 테고, 변화도 사고도 두려워할 필요가 없다. 고대 이집트와 인도의 철학자가 신의 조각상을 덮어 둔 베일의 한 귀퉁이를 들어 올렸고, 여전히 베일은 들어 올려진 채 흔들리고 있어서, 나는 당시의 철학자가 보았던 그 신선하고 찬란한 아름다움에서 눈을 떼지 못한다. 그날 그토록 담대했던 사람은 철학자 안에 있던 나였고, 지금 그 모습을 회

상하는 사람은 내 안에 있는 철학자다. 베일에는 먼지 한 톨 내려앉지 않았으니, 신상이 드러난 이후 시간도 흐르기를 멈췄기 때문이다. 우리가 진정으로 개선하고자 하는, 혹은 개선할 수 있는 그 시간은 과거도 현재도 미래도 아니다.

내 거처는 사색뿐 아니라, 진지한 독서를 하기에도 대학보다 훨씬 나았다. 흔히 볼 수 있는 순회도서관의 순회 구역에도 들어가 있지 않은 곳이었으나, 그곳에서 나는 세상을 돌아다니는 수많은 책, 즉 애초에 나무껍질에 적혔다가 지금은 때때로 아마지에 복사되어 읽히는 책에 그 어느 때보다도 크게 영향받았다. 시인 미르 카마르 우딘 마스트[109]는 이렇게 말했다. "나는 앉은 자리에서 영적 세상을 훑어 나갔다. 그것은 책이 줄 수 있는 이점이었다. 와인 한 잔에도 취기가 돌았다. 이 또한 심원한 교리라는 술을 마셨을 때 경험할 수 있는 기쁨이었다."

나는 여름 내내 호메로스의 《일리아스》를 책상 위에 올려 두었지만 이따금씩밖에 책장을 넘기지 못했다. 처음에는 집 짓는 일을 마무리하면서 콩밭을 가는 등 일이 끝이 없어서 글 읽는 시간을 더 늘린다는 것이 불가능했다. 그러나 앞으로는 얼마든지 책을 읽을 수 있으리라고 내 자신을 다독였다. 일하는 중에는 틈틈이 가벼운 여행 서적을 한두 권 읽었다. 그래 놓고 보니 내 자신에게 부끄러워 견딜 수가 없었다. 심지어는 도대체 내가 지금 어디 살고 있느냐고 자문하기까지 했다.

학생들은 호메로스나 아이스킬로스[110]를 그리스어로 읽어도 방탕과 사치에 빠질 위험이 없다. 책에 등장하는 영웅을 어느 정도는 본받을 테고, 또 아침 시간을 그 책을 읽는 데 할애하지 않겠는가. 사실 타락한 시대를 살아가는 사람은 영웅을 다루는 책을 이해할 수 없다. 모국어로 인쇄해 놓았어도 죽은 언어를 대하는 것이나 마찬가지일 터다. 그러니 우리는 지혜와 용기와 관용의 마음으로 일반적인 쓰임새를 넘어서는 폭넓은 의미를 추측해 가며 단어와 문장 하나하나의 의미를 열심히 찾으려 노력해야 한다.

오늘날 싼값에 많은 출판물이 쏟아져 나오고 번역물도 많아졌지만, 독자는 영웅을 그린 고대 작가들에게 조금도 가까이 다가서지 못한다. 그런 작가들은 여전히 외로워 보이고, 그들 작품에 인쇄된 글자는 매우 생소하고 신기해 보인다. 하지만 그럼에도 젊은 날의 소중한 시간을 바쳐 몇 자나마 고대 언어를 배우는 것은 충분히 가치 있는 일이다. 그 언어가 거리의 천박함을 딛고 일어설 암시와 자극이 되어 줄 것이기 때문이다. 농부가 귀동냥으로 주워들은 라틴어 몇 마디를 기억하고 암송한다면 그 역시도 헛되지 않은 일이다.

때로 사람들은 고전 연구가 좀 더 현대적이고 실용적인 학문에 차츰 길을 내주게 될 듯이 이야기한다. 그러나 탐구적인 학생은 어떤 언어로 쓰였든, 얼마나 오래전에 쓰였든 상관치 않고 늘 고전을 읽는다.

고전은 인류의 생각을 담은 가장 고귀한 기록이다. 그것이 아니라면 무엇이겠는가? 또한 고전은 썩지 않는 유일한 신탁이고, 델포이와 도도나[111]가 결코 제시한 적 없던, 가장 최근에 떠오른 질문의 답까지 알려 준다. 그러니 고전은 자연과 같다. 오래됐다고 해서 연구를 그만둘 수는 없는 법이다.

독서를 잘하는 것, 다시 말해 참다운 책을 참다운 정신으로 읽는 것은 고귀한 훈련이며, 오늘날 찬탄해 마지않는 그 어떤 훈련보다도 더욱 독자를 힘들게 한다. 그러니 운동선수처럼 오직 그 목적만을 위해 평생 꾸준히 훈련받아야 마땅하다. 책은 저자가 심혈을 기울여 조심스럽게 쓴 만큼 열심히 삼가는 마음으로 읽어야 한다. 책에 쓰인 민족의 언어를 말하는 것만으로는 부족하다. 입말과 글말, 즉 귀로 듣는 언어와 글로 읽는 언어 사이에는 상당한 거리가 있다. 입말은 흔히 일시적인 것으로, 하나의 소리, 말, 방언에 불과해 거의 짐승의 소리에 가깝기에 어머니에게서 무의식적으로 배운다. 허나 글말은 입말이 성숙해 가는 동안 경험이 쌓이며 정착하는 언어다. 입말이 어머니의 말이라면, 글말은 아버지의 말이라 하겠다. 단지 귀로만 듣고 흘려버리기에는 지극히 신중하게 선택된 중요한 말이다. 글말을 입으로 말하고자 한다면, 우리는 다시 태어나야 할 것이다.

중세에 그리스어와 라틴어를 오직 말할 줄만 알았던 민중은 태생

적인 한계 때문에 그 언어로 쓰인 뛰어난 작품을 읽지 못했다. 그것은 입말이 아니라, 엄선한 문학의 언어로 쓰였기 때문이다. 그들은 그리스나 로마의 좀 더 고상한 방언을 배우지 않았기에, 그 언어로 쓰인 작품은 휴지 조각이나 다름없었다. 대신 그들은 싸구려 동시대 문학을 더 귀하게 여겼다. 그러다가 유럽의 몇몇 국가가 그들만의 독특한 문자를 갖게 되었다. 완전하지는 않아도 번성하는 문학적 요구에 부응하기에는 충분했다. 그때부터 학문이 되살아났고, 학자들은 고대로부터 전해 온 고전이라는 보물을 찾아낼 수 있었다. 그리하여 로마와 그리스의 민중이 들을 수 없던 것을 오랜 세월이 지난 후 몇몇 학자들이 읽게 되었다. 지금도 몇 안 되는 학자만이 그것을 읽는다.

우리는 이따금 웅변가가 토해 내는 열변에 크게 감동하지만, 가장 고귀한 글말은 그런 덧없는 입말보다 훨씬 높고 먼 위치에 있다. 별을 품은 창공이 구름보다 멀리 있는 것과 마찬가지다. '거기'에 별이 있으니, 누군가는 읽을 수 있다. 천문학자들은 늘 별에 관해 이야기하고 관찰하지 않는가. 글말은 우리의 일상 대화나 입김처럼 증발하지 않는다. 강연장에서 웅변이라 불리는 것은 그저 수사학이라 칭하는 것일 때가 많다. 웅변가는 순간적인 영감에 따라 앞에 있는 군중, 그의 말을 들을 수 있는 사람에게 말한다. 그러나 더욱 고요한 삶을 살아가는 작가는 웅변가에게 영감을 주는 사건이나 군중을 만나면 오히려

산만해진다. 그는 인류의 지성과 감성에 호소하며, 상대를 불문하고 그를 이해해 주는 사람 모두에게 이야기한다.

알렉산더 대왕이 원정을 떠날 때 귀중품 궤짝에《일리아스》를 넣고 다녔다는 사실은 이미 널리 알려져 그리 놀랍지도 않다. 글로 쓰인 문헌은 가장 소중한 유산이다. 그 어떤 예술 작품보다 인간에게 더 친근하고 보편적이며, 삶 자체에 가장 가까이 다가선 예술이다. 그것은 모든 언어로 옮길 수 있고, 단순히 읽히는 데서 그치지 않고 모든 인간의 입술에서 숨결처럼 내뱉어진다. 화폭이나 대리석 위에 표현하기는 힘들지 모르나, 생명 그 자체의 숨결로는 조각될 수 있다. 고대 선인의 생각을 담은 상징이 현대를 살아가는 우리의 말이 된다. 2천 번의 여름은 그리스의 대리석상에 그랬듯, 기념비적인 그들의 문학에도 원숙한 황금빛 가을의 색조를 입혔다. 그리스 문학이 고요한 천상의 분위기를 지상 모든 곳에 전달해 시간에 따른 부식에서 스스로를 보호한 덕이다.

책은 세상의 소중한 재산이고 모든 세대와 민족에 속하는 유산이다. 가장 오래되고 뛰어난 책은 어느 오두막 선반에 놓이든 자연스럽고 당연해 보인다. 그런 책은 스스로 내세우는 대의 없이도 독자를 계몽하고 지탱해 준다. 그러니 기본 소양이 있는 독자라면 거부할 까닭이 없다. 그런 책의 저자는 어느 사회에 속하든 당연하고 거부할 수

없는 특권층을 이루어 인류에게 왕이나 황제보다도 더 큰 영향을 미친다.

일자무식에 거만하기까지 한 장사꾼이 열심히 근면하게 일해서 그토록 바라던 여유와 자립을 이루고, 부유한 상류 사회의 일원으로 인정받게 되면, 그는 너무나도 당연하게 더 높지만 아직은 범접할 수 없는 지식인의 사회로 눈길을 돌린다. 그리고 자신의 교양이 얼마나 부족한지, 또 가지고 있는 재산이 얼마나 허황되고 충분치 못한지 깨닫는다. 하지만 여기서 그치지 않고, 자신이 뼈아프게 깨달은 사실을 발판 삼아 자식들에게 풍부한 지적 소양을 쌓게 해 주겠다고 결심하고 그에 따르는 고통을 감수하기 시작하면, 그는 마침내 가문의 창시자가 된다.

고전을 원어로 읽지 못하는 사람은 인류 역사에 관해 충분히 배울 수 없다. 우리 문명 자체가 일종의 고전의 번역이라고 볼 수도 있겠지만, 사실 그 어떤 고전도 현대 언어로 쓰인 일이 없기 때문이다. 호메로스의 작품은 아직 영어로 인쇄된 일이 없다.[112] 아이스킬로스나 베르길리우스의 작품도 마찬가지다. 이들의 작품은 아침 그 자체만큼이나 고상하고 견고하며 아름답다. 우리가 후대 작가들의 재능에 대해 뭐라고 말하든, 고전 작가의 정교하고 아름답고 완성적인 솜씨와 문학에 바친 평생의 영웅적 노고를 떠올려 보면, 둘은 전혀 비견할 상대

가 되지 않는다다. 평생 고전이라고는 읽어 본 일도 없는 자들이 고전을 잊어야 한다고 주장한다. 고전을 정성껏 읽어 그 진가를 알아차릴 정도의 학문적 소양과 재능을 갖추게 되었을 때, 그때 고전을 잊어도 늦지 않다. 우리가 고전이라고 부르는 유산과 고전보다도 훨씬 더 유서 깊고 전통적이면서도 덜 알려진 여러 민족의 경전이 한층 더 높이 쌓일 때, 바티칸 궁전에 《베다》나 《젠드 아베스타》[113], 성경, 거기에 호메로스와 단테와 셰익스피어의 문학 작품이 채워질 때, 그리고 다가올 미래의 세기가 지속적으로 그들의 전리품을 세상이라는 광장에 쌓아 놓을 때, 그 시대는 실로 풍요로워질 터다. 그렇게 쌓아 올린 유산 옆에서 우리는 마침내 하늘에 오를 희망을 품게 되리라.

인류는 아직 위대한 시인의 작품을 읽은 적이 없다. 위대한 시인만이 자신의 시를 읽을 수 있기 때문이다. 행여 대중이 위대한 시를 읽었다 해도, 그저 별을 읽듯, 그것도 천문학이 아니라 점성술로 읽어 왔을 뿐이다. 대부분의 사람은 어떻게 해서든 편해 볼 요량으로 읽기를 배운다. 장부를 적고 거래에서 속지 않으려고 셈을 배우는 것이나 마찬가지다. 고귀한 지적 운동으로써의 읽기는 거의, 혹은 전혀 모른다. 하지만 그런 고차원의 읽기야말로 진정한 의미의 독서다. 그런 독서는 사치품처럼 우리를 달래거나 고귀한 재능이 잠들게 하지 않는다. 오히려 까치발로 선 듯 바짝 긴장하게 만들고 가장 기민하게 깨어 있

는 시간을 바치게끔 이끌어 간다.

나는 누구라도 글을 배웠다면, 최고의 문학 작품을 읽어야 한다고 생각한다. 교실 맨 앞줄에 앉아 알파벳이나 단음절 단어만 반복해 배우는 4, 5학년 아이들처럼 인생의 가장 낮은 맨 앞줄에 앉아 평생을 지내서야 쓰겠는가. 대부분의 사람은 글자를 읽을 줄 아는 것만으로, 혹은 남이 읽어 주는 글을 듣는 것만으로 만족하며, 단 한 권의 좋은 책(성경)에 담긴 지혜에 자신을 내맡겨 버린다. 그러고는 남은 생애 내내 소위 가벼운 읽을거리나 뒤적거리며 자신의 재능을 낭비하는 무기력한 삶을 살아간다.

우리 마을의 순회도서관에 여러 권으로 묶인 《리틀 리딩(Little Reading)》[114]이라는 제목의 책이 있다. 처음에 나는 그것이 들어 보지 못한 어느 마을의 이름인 줄 알았다. 세상에는 이런 책을 찾아 읽는 사람도 있는 법이다. 고기와 채소로 잔뜩 배를 불린 후에도, 여전히 아무거나 먹어 치워 소화시키는 가마우지나 타조와 다를 바가 없다. 그들은 무엇이든지 버리는 것이 아까울 뿐이다. 여물이나 다름없는 이런 책을 만들어 내는 사람이 있다면, 그들은 그 여물을 읽어 치우는 기계다. 그들은 제블론과 세프로니아[115]의 소설을 9천 번째 읽으며, 두 연인이 세상 누구도 경험해 보지 못한 깊은 사랑을 나누었으나 결코 순탄하지 않은 과정이었다느니, 어쨌거나 잘 나가다 장애를 만나 비

틀거렸지만 다시 일어나 앞으로 나아갔다느니 하며 법석을 떤다. 또는 어떤 가엾고 운 나쁜 남자가 교회 첨탑에 올라간 이야기를 읽으며, 애초에 거기에 올라가지 말았어야 했다고 한탄을 한다. 그러면 신이 난 소설가는 종을 울려 온 세상 사람이 첨탑 아래 모이게 하고는 이야기한다. "이런 세상에! 그가 어떻게 내려왔나 들어보세요!"

오래전 인간이 영웅의 존재를 하늘의 별자리로 은유했듯이, 오늘날의 소설 왕국에 등장하는 야심만만한 주인공들은 인간 풍향계로 변신시켜 녹슬 때까지 제자리에서 빙글빙글 돌게 만들면 어떨까 싶다. 그러면 지상으로 내려와 못된 장난으로 정직한 인간을 괴롭히는 일이 더는 없지 않겠는가. 다음번에 그 소설가가 종을 친다면, 나는 마을회관이 다 불타 없어진다 해도 미동조차 하지 않을 작정이다. "《티틀 톨 탄(Title-Tol-Tan)》의 유명 작가가 쓴 중세를 배경으로 한 로맨스 소설 《살금살금 폴짝 뛰어넘기(The Skip of the Tip-Toe-Hop)》가 매달 연재 형식으로 발간될 예정입니다! 주문이 폭주하고 있어 혼잡이 예상되니, 서두르십시오." 이런 광고에 눈에 불을 켜고 앉아 바짝 긴장한 채 원시적인 호기심으로 읽어 내려가는 사람들이 있다. 그들의 모래 주머니는 지치지도 않기에 그 주름을 예리하게 다듬을 필요도 없다.[116] 네 살짜리 어린아이가 의자에 자리 잡고 앉아, 2센트를 주고 산 금박 표지의 《신데렐라》를 열심히 읽는 것과 무엇이 다르겠는가. 그런 책

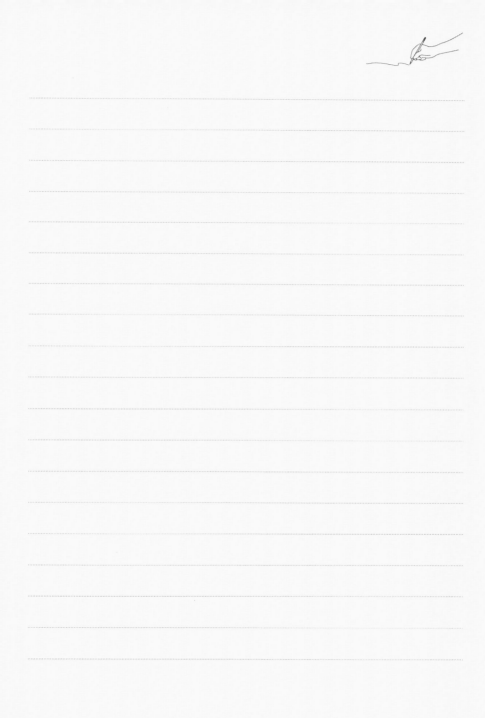

은 아무리 읽어 봐야 발음이나 어투, 강조하는 기법 등에 아무런 발전을 이루지 못할 뿐 아니라, 교훈을 끌어내거나 끼워 넣는 기술도 연마할 수 없다. 오히려 시력이 나빠지고, 순환계에도 문제가 생기며, 지적 능력도 전반적으로 위축되거나 아예 붕괴되어 버린다. 이런 생강 빵 종류가 순수한 밀이나 옥수수로 만든 빵보다 매일 더 많이 모든 집의 오븐에서 구워지고 있고, 상점들에도 널려 있는 실정이다.

훌륭한 독자로 보여지는 사람조차 좋은 책을 읽지 않는다. 그렇다면 이곳 콩코드의 문화 수준은 어느 정도일까? 이 마을에는 극히 예외적인 경우를 제외하고는 누구나 읽고 철자까지 댈 수 있는 언어인, 영어로 쓴 문학 중에서 가장 뛰어나거나 그에 못지않은 작품을 찾아 읽는 사람이 거의 없다. 비단 이곳만의 문제는 아니겠지만, 어쨌든 이 고장에서는 대학을 나온 사람도, 또 소위 배웠다는 사람들도 영문학의 고전에 대해 거의, 또는 전혀 아는 바가 없다. 인류의 기록된 지혜라 할 수 있는 고전과 여러 경전은, 알고자 하면 누구라도 쉽게 접근할 수 있는데, 그런 노력은 참으로 미약하기만 하다.

내가 아는 한 중년의 나무꾼은 프랑스어 신문을 구독한다. 뉴스 때문이 아니라(그는 자신은 그런 것을 초월했다고 말했다.) 자기가 캐나다 출생이어서 "프랑스어를 계속 익히기 위해서"라고 말했다. 당신이 이 세상에서 할 수 있는 최고의 일이 무엇이겠느냐고 묻자, 그는 프랑스

어 외에도 영어를 계속 공부해 실력을 키우고 싶다고 대답했다. 이것이 바로 대학 교육을 받은 사람이 일반적으로 하거나, 하기를 열망하는 일이다. 그들은 오직 그 목적으로 영어 신문을 구독한다.

누군가 어쩌면 영문학 중 최고의 작품이라 할 만한 책을 지금 막 읽었다고 해 보자. 그 책에 관해 대화를 나눌 동료나 지인을 몇이나 찾을 수 있을까? 일자무식인 사람까지도 찬사를 들어본 적이 있는 그리스 고전이나 라틴 고전을 원어로 읽었다고 해도 마찬가지다. 보나마나 작품에 관해 토론할 만한 사람을 찾지 못해서 그저 입을 꾹 다물고 있어야 할 것이다. 실은 이 나라의 대학 교수들 중에는, 그리스어를 배우는 어려움을 극복했다 하더라도, 그리스 시인의 기지와 어려운 시에 통달한 후 그 지식을 신중하고 영웅적인 독자에게 나눠 줄 만큼 너그러운 사람은 거의 없다. 인류의 성서라 할 만한 신성한 경전에 관해서도 별로 다르지 않다. 이 마을의 어느 누가 그런 책의 제목이라도 내게 댈 수 있겠는가? 대부분의 사람은 경전이라면 전 세계에 유대 경전 하나만 있는 줄 안다.

저쪽으로 돌아가면 1달러짜리 은화를 주울 수 있다고 말해 준다면, 사람들은 아무리 먼 길이라도 마다 않고 돌아갈 것이다. 그러나 여기, 고대의 가장 현명한 이가 말하고, 그 후 모든 시대의 현명한 이들이 그 가치를 단언해 온 황금의 말이 있음에도, 우리는 학교에서 초급 독

본이나 교과서 같은 쉬운 책만 배우고, 졸업한 후에는 청소년이나 초보자용인 《리틀 리딩》이나 여타의 이야기책만 뒤적거린다. 때문에 우리의 독서와 대화와 사고는 소인족이나 난쟁이의 키만큼이나 수준이 낮다.

나는 콩코드의 토양이 배출해 낸 사람들보다 훨씬 현명한 이들과 친분을 쌓아 가길 열망한다. 그들의 이름이 여기서는 거의 알려져 있지 않다 해도 상관없다. 혹시 내가 플라톤의 이름을 들어봤지만, 그의 책은 읽어 보지도 못한 게 아닐까? 만에 하나라도 그렇다면 나는 플라톤이 우리 마을 사람인데도 그를 한 번도 만나지 않았거나, 그가 바로 옆집에 사는데도 그의 말소리를 듣지 못했거나, 그의 말이 전하는 지혜에 전혀 귀를 기울이지 않았다는 말이나 같다. 실상은 어떨까? 영원불멸의 지혜를 담은 플라톤의 《대화편》이 바로 옆 선반에 놓여 있지만, 나는 그 책을 거의 들춰 보지도 않는다. 우리는 천박하고 비루하며 무지하게 살아간다. 그 점에 있어서는 고백하건대 나 역시, 글을 전혀 읽지 못하는 사람의 무지함, 혹은 어린애나 지능이 낮은 사람이 읽을 만한 책만 찾아 읽는 사람의 무지함과 별 차이가 없다. 우리는 고대의 위인들만큼 훌륭해져야겠지만, 그러려면 그들이 얼마나 훌륭했는지부터 먼저 알아야 하지 않겠는가. 우리는 박샛과-인간[117] 종족이라서, 일간신문의 칼럼 이상은 날아오르지 못한다.

모든 책이 다 그 책을 읽는 사람들만큼 따분하지는 않다. 세상에는 우리의 상황을 정확히 표현하는 말이 있을지도 모른다. 만약 우리가 그 말을 경청하고 이해한다면, 아침이나 봄보다 우리의 삶에 더욱 유익하게 작용할 테고, 사물의 새로운 측면을 우리에게 보여줄 수도 있을 터다. 세상에는 한 권의 책에 감명받아 삶의 새로운 국면을 맞이했던 사람이 수 없이 많다. 인간이 이루어 낸 기적을 설명해 주고 새로운 기적을 드러내 보여줄 책이 우리를 위해 존재할지도 모른다. 지금은 말로 표현할 수 없는 것이 어딘가에는 표현되어 있을지도 모른다. 우리를 불안하게 하고, 당혹하게 하고, 혼란스럽게 하는 질문이 지금껏 모든 현명한 이에게도 던져졌다, 하나도 빠짐없이. 그리고 모두가 그 질문에 답을 해 왔다. 각자의 능력에 따라, 글과 삶으로.

뿐만 아니라, 지혜가 쌓여감에 따라 우리는 너그러움도 함께 배운다. 나는 콩코드 교외의 한 농장에서 인부로 일하는 고독한 농부를 알고 있는데, 그는 그것이 사실이 아니라고 생각한다. 그는 특이한 종교적 체험을 통해 다시 태어난 사람이어서, 인간은 신앙이 이끄는 대로 엄숙한 침묵을 수행하며 배타적인 삶을 살아야 한다고 믿는다. 그러나 수천 년 전에 조로아스터[118] 역시 같은 길을 걷고 같은 체험을 했는데, 그는 현명했기에 그 경험이 보편적인 것임을 깨달았고, 그에 따라 이웃을 대했다. 심지어 종교까지 창시하고 확립했다. 그 농부가 겸허

한 자세로 조로아스터와 예수 그리스도와 이야기 나누게 하자. 그래서 '우리 교회'라는 좁은 틀을 넘어서게 하자.

우리는 19세기를 살면서 어느 나라보다 빠르게 발전해 간다고 자랑스러워한다. 그러나 우리 마을이 그 문화 발전에 공헌한 일은 거의 없음을 생각해 보자. 나는 마을 사람들에게 아첨할 생각도, 그들에게 아첨 받을 생각도 없다. 그래 봐야 서로 아무런 발전도 이루지 못할 게 뻔하기 때문이다. 우리는 자극받아야 한다. 황소처럼 매를 맞고서라도 빠르게 앞으로 나가야 한다.

우리는 어린아이를 위한 초등교육 제도는 비교적 잘 운영하고 있다. 그러나 겨울철에는, 절반도 차지 않는 문화 강좌나 최근에 주정부의 제안으로 생긴 보잘것없는 도서관을 제외하고는 성인을 위한 교육 시설이 전혀 없다. 또한 우리는 정신의 자양분보다 육체의 자양분을 보충하거나 통증을 치료하는 데 더 많은 돈을 쓴다. 하지만 어른이 되었다고 해서 배움을 그치게 해서는 안 된다. 마을이 대학이 되어야 하고, 연장자는 대학의 선임연구원이 되어, 여유롭게(그들이 정말로 유복한 상황이라면) 평생 교양을 쌓아갈 수 있게 해줄 때가 된 것이다. 세계의 대학이 파리 대학 하나와 옥스퍼드 대학 하나에만 국한될 필요가 있을까? 학생들이 마을에서 기거하며 콩코드의 하늘 아래서 교양과목을 공부할 수는 없을까? 아벨라르[119] 같은 학자에게 강의를 의뢰할

수도 있지 않을까? 안타깝게도 우리는 가축을 돌보거나 가게를 지켜야 한다는 구실로 너무 오랫동안 학교를 멀리했다. 그러니 슬프게도 교육이 등한시될 수밖에 없었다.

이 나라에서 마을은 어찌 보면 유럽의 귀족이 하는 역할을 대신해야만 한다. 예술의 후견인이 되어야 한다는 뜻이다. 재력은 충분하지 않은가. 그러니 아량과 교양만 갖추면 된다. 마을은 농부나 상인이 가치 있다 하는 일에는 많은 재정을 쓰지만, 지적인 사람들이 훨씬 가치 있는 곳에 돈을 쓰자고 제안하면 너무 이상적인 얘기라고 일축해 버린다. 이 마을은 운이 좋은 건지 정치 덕분인지, 마을회관 건축에 1만 7천 달러를 쏟아부었다. 하지만 마을회관이라는 껍질 안에 집어넣을 진짜 알맹이, 즉 '살아 있는 지혜'를 쌓아 올리는 데는 앞으로 백 년이 지난대도 그만큼의 돈을 들이지 않을 것이다. 매년 겨울철 문화 강좌를 유지하기 위해 출자하는 125달러의 기금이 마을에서 거둬들이는 같은 금액의 그 어떤 기금보다 가치 있게 쓰인다.

왜 우리는 19세기를 살면서도 19세기가 제공하는 이점을 즐기려 하지 않을까? 우리의 삶이 이토록 편협할 필요가 있을까? 기왕 신문을 읽을 바에야 보스턴의 한담거리나 다루는 종류는 치워 두고 세계에서 가장 훌륭한 신문을 직접 받아 보면 어떨까? 뉴잉글랜드에서 발간되는 아무 가치 없는 〈중립적 가정〉[120]을 젖 먹듯 빨아 먹거나《올

리브 가지(Olive-Branches)》[121]를 풀 뜯듯 뜯어 먹지는 말자. 모든 박식한 학회의 보고서를 받아 보고, 그들이 무엇을 알고 있는지 살펴보자. 우리가 읽을 책을 왜 하퍼 앤드 브라더스 출판사나 레딩 앤드 컴퍼니 서점이 고르도록 내버려 두는가? 세련된 취향의 귀족이 자신의 교양을 쌓는 데 도움이 되는 온갖 것, 즉 재능, 학문, 기지, 책, 그림, 조각, 음악, 철학적 도구 등을 그러모으듯이, 우리 마을도 그렇게 하자. 청교도 조상들이 처음 이곳에 도착해 황량한 바위 위에서 추운 겨울을 나며 교육자 한 명, 목사 한 명, 교회지기 한 명, 교구 도서관 하나, 마을 행정위원 세 명만을 두었다고 해서, 우리도 그렇게 해야 할 필요는 없지 않은가. 게다가 단체로 행동하는 것이 우리의 제도 정신에도 잘 맞는다. 사실 우리의 형편이 유럽의 귀족들보다 훨씬 번성하고 있기에, 나는 우리의 재산도 그들보다 많으리라 확신한다.

그러니 뉴잉글랜드에서 세계의 현인들을 초빙해 우리를 가르치게 하고, 그동안 마을에서 돌아가며 그들에게 숙식을 제공한다면, 우리 지역은 지방의 한계를 벗어날 수 있다. 그것이 바로 우리가 바라는 성인을 위한 학교다. 귀족 대신에, 고귀한 사람들이 사는 마을을 건설하자. 필요하다면 강에 다리 하나를 덜 놓고 조금 멀리 돌아가는 한이 있더라도, 우리를 에워싼 무지의 검은 심연을 건너게 해줄 구름다리 하나라도 놓아 보자.

# 소리들

그러나 아무리 엄선해서 고른 고전이라도 우리가 늘 책만 끼고 산다면, 그 역시도 하나의 방언이자 지방어에 지나지 않는 특정 언어로만 쓰여 있기에, 모든 사물과 사건을 비유 없이 표현하는 언어, 그 자체로 풍부하고 표준이 되는 어떤 언어를 잊어버릴 위험이 있다. 그 언어로 표현되는 것은 많이 발표되기는 하지만 거의 인쇄되지 않는다. 덧문을 없애면 덧문 사이로 비춰 들던 햇살의 기억도 함께 사라지는 것과 같다.

늘 방심하지 않는 태도를 연마하는 것만큼 좋은 방법이나 훈련은 세상 어디에도 없다. 반드시 봐야 할 것을 늘 눈여겨보는 훈련을 하라. 제아무리 잘 선택한 역사, 철학, 시 강의도, 혹은 뛰어난 사회나 동

경할 만한 삶의 방식도 그것을 대신할 수 없다. 단순한 독자나 학생이 되는 대신 보는 이가 되어야 한다. 운명을 읽고, 앞에 놓인 것을 바라본 후, 미래로 걸어 들어가자.

숲에서 지낸 첫 여름에 나는 책을 읽지 못했다. 콩밭에 김을 매야 했기 때문이다. 아니, 그보다 나은 일을 할 때도 많았다. 손으로 하든 머리로 하든, 그 어떤 일로도 활짝 피어난 현재라는 시간을 희생하고 싶지 않은 순간들이 있었다. 나는 삶에 넓은 여백을 두고 싶다. 따라서 가끔은 여름 아침의 일상이 된 목욕을 하고, 햇살이 잘 드는 문간에 앉아 해 뜰 녘부터 정오까지 몽상에 빠져들었다. 소나무와 호두나무와 옻나무 사이에서 방해하는 이 없는 고독과 정적 속에 앉아 있었다. 새들은 집 주변에서 노래하거나 집 안팎을 소리 없이 날아다녔다. 해가 서쪽 창가로 기울고 멀리 대로를 지나는 여행자의 마차 소리가 들려오면, 그제야 나는 시간이 한참 흘렀음을 깨달았다.

그런 계절에 나는 밤새 쑥쑥 자라는 옥수수처럼 영글어 갔다. 그런 시간은 몸으로 하는 어떤 노동보다도 소중했다. 수당으로 치자면 기본급에서 공제된 것이 아니라, 원래 지급되는 수당을 훨씬 웃도는 특별 수당 같았다. 나는 동양 사람이 무위하며 명상에 잠기는 이유를 깨달았다. 대체로 나는 시간이 어떻게 흘러가는지 신경 쓰지 않았다. 낮 시간은 마치 내 일손을 덜어 주기라도 하듯 흘러갔다. 아침이구나 싶

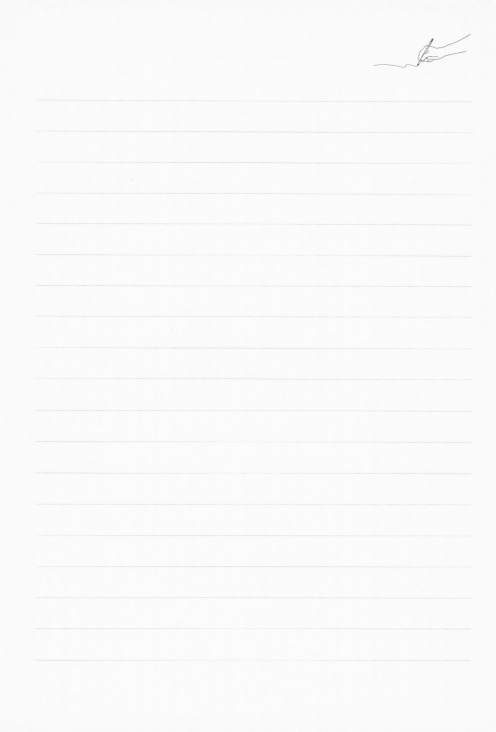

으면, 어느새 저녁이었다. 그렇다고 딱히 해 놓은 일도 없었다. 새처럼 노래 부르는 대신, 나는 끊임없이 밀려드는 내 행운에 조용히 미소 지었다. 참새가 문 앞의 호두나무에 앉아 지저귈 때면, 나는 빙그레 웃음 지었다. 아니, 새가 내 보금자리에서 흘러나오는 소리를 들을까 봐 억지로 웃음을 참았다고 해야 옳을지도 모르겠다. 내 하루하루는 이교도 신의 이름이 붙은 일주일의 요일[122]이 아니었고, 시간이라는 단위로 나뉘어 시계의 째깍거리는 소리에 조바심 내는 나날도 아니었다. 나는 푸리족 인디언처럼 살았다. "그들은 어제와 오늘과 내일을 한 단어로 말한다. 다만 어제를 말할 때 뒤쪽을 가리키고, 내일은 앞쪽, 지금 지나가는 날인 오늘은 머리 위쪽을 가리켜서 차이를 나타낸다."[123]

이웃 사람들의 눈에 이런 내 삶은 몹시 게을러 보였으리라. 그러나 새와 꽃이 나를 평가했다면, 내 삶도 결코 부족해 보이지 않았을 터다. 인간이 자신의 내면에서 삶의 동기를 찾아야 한다는 점은 불변의 진리다. 자연의 나날은 매우 평온하여, 인간의 게으름을 꾸짖는 법이 없다.

사교계나 극장에서 즐거움을 찾는 사람들과 비교하면, 내 삶의 방식에는 적어도 한 가지 이점이 있다. 삶 자체가 내게는 즐거움이고, 삶도 스스로 새로워지기를 멈춘 적이 없다는 점이다. 수많은 장면으로 구성되어 끝없이 이어지는 한 편의 드라마와 같았다. 지금껏 배워 왔

던 마지막이자 최선의 방식으로 한결같이 삶을 살아가고 꾸려 간다면, 어찌 잠시라도 권태로울 새가 있겠는가. 타고난 능력을 충실히 따라 산다면, 우리는 매시간 새로운 전망을 보게 될 터다.

내게는 집안일도 유쾌한 놀이였다. 마룻바닥이 더럽다 싶으면, 일찍 일어나 가구를 문밖 잔디 위로 모두 들어냈다. 침대와 침대 틀은 한꺼번에 옮겼다. 그러고는 마루에 물을 끼얹었고 호수에서 퍼 온 하얀 모래를 뿌린 다음, 바닥이 깨끗하고 하얘질 때까지 빗자루로 북북 문질렀다. 마을 사람들이 아침을 다 먹을 때쯤이면, 집 안은 이미 충분히 말라 얼마든지 안으로 들어가 방해받지 않고 명상을 할 수 있었다.

집 안 가구가 집시의 짐 꾸러미처럼 작은 무더기로 전부 풀밭에 나앉아 있는 모습을 보면 기분이 좋았다. 위에 책과 펜과 잉크가 그대로 놓인 세발탁자가 소나무와 호두나무 사이에 서 있는 모습도 보기 좋았다. 가구들도 밖에 나오니 좋은 모양이었다. 안으로 다시 들어가고 싶지 않은 듯 보였다. 때로 나는 그 위에 차양을 치고 그늘 아래 앉고 싶은 유혹을 느꼈다. 가구 위로 태양이 내리쬐는 모습을 바라보거나 그 사이로 바람이 지나는 소리를 듣는 것도 소중하게 느껴졌다. 집 안에서 친숙해진 물건도 밖에 내놓으니 색다르게 보였다. 곁의 나뭇가지에 새 한 마리가 앉았고, 탁자 밑에는 쑥이 자라며, 검은딸기 넝쿨이 탁자 다리를 감아 돈다. 솔방울, 가시 돋친 밤송이 껍질, 딸기 잎사귀

등도 여기저기 흩어져 있다. 마치 그 형상들이 탁자나 의자나 침대 틀에 새겨진 듯 보이기도 한다. 생각해 보면 가구도 한때는 이들 가운데 있던 나무 아니던가.

내 집은 커다란 숲이 막 끝나는 지점인 언덕 기슭에 자리 잡고 있었고, 송진을 채취할 수 있는 소나무와 호두나무로 구성된 어린 숲으로 둘러싸여 있었다. 집에서 호수까지는 언덕을 내려가는 좁은 오솔길로 약 30미터 정도 되었다. 집 앞 뜰에는 딸기, 검은딸기, 쑥, 물레나물, 메역취, 떡갈나무 관목, 모래벚나무, 월귤나무, 땅콩(ground-nut) 등이 자랐다. 5월 말이 가까워 오면, 벚나무의 짧은 줄기 주위에 우산 모양의 섬세한 꽃들이 원통형으로 흐드러지게 피어 오솔길 양쪽을 장식했다. 또 가을이 되면 그 줄기에 굵직하고 보기 좋은 버찌가 주렁주렁 달려 나뭇가지가 그 무게를 이기지 못해 사방으로 화환처럼 둥글게 휘었다. 사실 맛은 그다지 좋지 않았지만, 나는 자연에 바치는 헌사로 그 열매를 맛보곤 했다.

옻나무도 내가 만들어 놓은 둑 높이를 넘어 집 주변으로 무성하게 자랐다. 첫 계절에만 벌써 1.5미터를 훌쩍 넘어 2미터에 육박할 정도로 컸다. 넓은 깃털 모양의 열대성 잎사귀는 낯선 모양이기는 해도 보고 있으면 기분이 좋았다. 죽은 듯 보이던 마른 줄기에서 늦은 봄 커다란 새순이 불쑥 돋아나더니, 마법처럼 우아한 초록빛의 부드러운

가지로 자라났다. 가지의 직경이 2.5센티미터는 돼 보였다. 그렇게 막 무가내로 자라 연약한 관절에 부담을 지운 까닭인지, 가끔 창가에 앉아 있으면 싱싱하고 여린 가지가 뚝 꺾여 부채처럼 땅에 떨어지는 소리가 들리곤 했다. 바람 한 점 불지 않아도 자신의 무게를 견디지 못한 까닭이었다. 8월이 되면, 그동안 꽃을 활짝 피워 수많은 야생벌의 공격을 받아야 했던 커다란 딸기 덩굴이 점차 밝은 우단 같은 진홍색을 띠기 시작했다. 그리고 역시 딸기 무게에 그 부드러운 가지를 부러뜨리곤 했다.

여름날 오후, 창가에 앉아 있자니 매 몇 마리가 내 개간지 위를 빙빙 도는 모습이 보인다. 멧비둘기는 두세 마리씩 짝을 지어 질주하듯이 내 시야를 가로질러 날아가거나, 집 뒤편 스트로브잣나무 가지에 조바심 내며 앉아서 허공에 대고 소리를 지른다. 물수리가 거울 같은 호수 표면에 잔물결을 일으키며 물고기를 잡아채 하늘로 솟구친다. 밍크는 집 앞 늪에서 살금살금 기어 나와 물가에서 개구리를 잡고, 사초는 이리저리 옮겨 앉는 쌀먹이새의 무게에 눌려 휘어진다. 그리고 나는 30분 동안 보스턴에서 시골로 여행객을 실어 나르는 기차의 덜컹이는 소리를 듣고 있는 중이다. 그것은 한순간 잠잠해졌다가, 얼마 후면 자고새의 심장 소리처럼 되살아나곤 했다.

그러니 나는 일전에 들은 어느 사연 속의 소년만큼 세상과 단절돼 살아가는 것은 아니었다. 그 아이는 우리 마을 동쪽의 한 농장에 일꾼으로 보내졌으나 얼마 지나지 않아 도망쳐서 초라한 몰골로 향수병까지 걸린 채 집으로 되돌아갔다고 한다. 그러면서 그곳처럼 따분하고 외진 장소는 본 적이 없다고 말했다는 것이다. 사람들은 모두 도회지로 떠났고, 기적 소리조차도 들을 수 없었다 한다. 나는 지금도 매사추세츠에 그런 장소가 있다는 사실이 믿기지 않는다.

"실은 우리 마을이
철로 위를 쏜살같이 지나는 기차의 종착지가 되었다네.
평화로운 들판 위로 그 달래는 듯한 소리가 들려오는 - 콩코드."[124]

피치버그 철로는 내 집에서 남쪽으로 500미터쯤 떨어진 지점에서 호수를 끼고 달린다. 마을에 갈 때 나는 보통 철로가 놓인 그 둑길을 따라 걷는다. 그러니 어찌 보면 철로가 나를 사회와 연결시켜 준다고 하겠다. 화물열차를 타고 그 철도 노선의 양끝을 왕복하는 사람들은 마치 오랜 지인이라도 본 듯이 내게 인사를 한다. 하도 자주 철로 변에서 목격하니까, 나를 철로회사 직원인 줄 아는 것이다. 그런데 어찌 보면 정말 그렇다고도 하겠다. 내게 지구 궤도의 어딘가를 수리하라

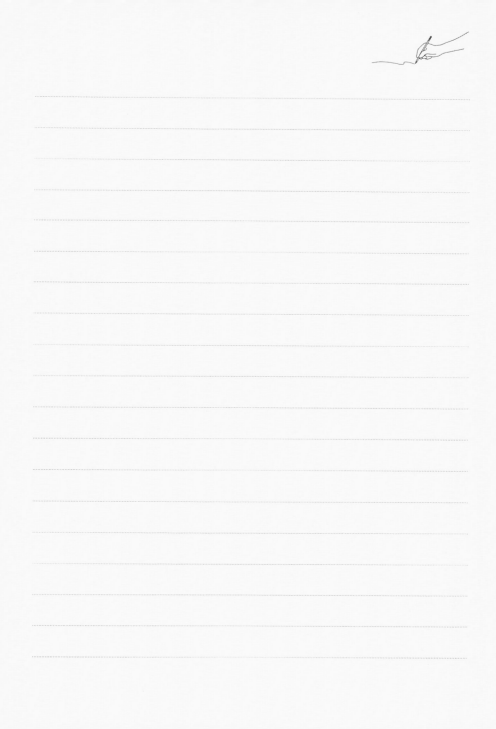

고 한다면 기꺼이 그리할 테니 말이다.

기관차의 기적 소리는 여름 겨울 가리지 않고, 마치 어느 농부의 안뜰 위를 나는 매의 울음소리처럼 내가 사는 숲을 관통해 들어온다. 부산한 도시 상인이 마을의 경계 안으로 도착하고 있다는 알림이다. 그 반대편에서 울리는 기적은 용감한 시골 장사꾼의 도착을 알리는 소리다. 둘이 한 지평선 아래로 가까워지는 동안, 양쪽의 기차는 서로를 향해 길을 비키라고 경고의 기적을 울려 대는데, 때로 그 소리는 마을 안쪽까지 퍼진다. "자, 여기 식료품이 왔소이다, 시골 양반. 댁들 먹을 식량이 왔어요!" 농사를 짓는 사람이라도 이런 외침을 듣고 "그런 거 필요 없소."라고 소리칠 만큼 자급자족하는 사람은 하나도 없다. 그러니 시골 사람을 싣고 온 기차는 "자, 여기 물건 값 받으시오."라고 기적을 울린다. 기차는 파성퇴[125]처럼 생긴 긴 목재와 성벽 안에 사는 지치고 무거운 짐을 진 사람들 모두가 앉기에도 충분한 의자를 싣고 도시의 성벽을 향해 시속 30킬로미터로 달려간다. 그처럼 커다란 나무를 베어 내는 예의를 보이면서 시골은 도시에 의자를 건네준다. 토종 월귤나무로 가득하던 언덕은 모두 발가벗겨지고, 초원에 사방 널려 있던 덩굴 월귤도 갈퀴에 긁혀 전부 도시로 보내진다. 목화는 도시로 올라가고, 옷감은 시골로 내려간다. 견직물은 올라가면, 모직물은 내려간다. 그리고 책은 도시로 올라가지만, 책을 쓰는 저자는 시골로 내

려간다.

차량을 여러 칸 매달고 행성처럼 움직이는 기관차(아니, 보는 사람은 그 기차의 궤도가 순환곡선으로 보이지 않으니, 그 속력과 방향으로 달려서 기차가 되돌아올지 알 수 없기에 혜성처럼 움직인다고 말하는 편이 더 맞겠다.)가 증기 구름을 깃발처럼 휘날리며 뒤쪽 하늘에 황금빛과 은빛의 화환을 남기고, 혹은 수많은 솜털 구름을 태양 쪽으로 환히 펼치듯 내보이고는, 마치 구름을 만들어 내며 방랑 중인 반신(半神)처럼 머지않아 해 지는 하늘을 자기의 제복 삼아 걸친다. 이 철마가 콧김을 천둥처럼 내뿜어 산에 메아리를 울리고 발굽으로 대지를 뒤흔들고 콧구멍으로 내뿜는 불과 연기를 볼 때면, 나는 지구가 마침내 그 위에서 살아도 좋을 가치가 있는 종족을 만났다는 생각이 든다.(새로운 신화 속에 어떤 날개 달린 말과 불을 내뿜는 용이 등장하게 될지는 나도 모르겠다.) 모든 것이 보이는 그대로이고, 인간이 고귀한 목적을 위하여 자연의 힘을 부리는 것이라면 얼마나 좋을까! 기관차 위로 뿜어 나오는 구름이 영웅적인 행동으로 흘린 땀이라면, 농부의 들판 위에 떠 있는 구름처럼 자비로운 것이라면, 자연의 힘과 자연 그 자체도 기쁘게 인간의 사명에 동참해 그것을 수행해 나가지 않겠는가.

아침 열차가 지나는 모습을 나는 일출을 바라볼 때와 마찬가지의 심정으로 바라본다. 해 뜨는 시간만큼 규칙적인 것도 없으니 말이다.

기차가 보스턴으로 향하는 동안 연기의 구름은 뒤에 길게 늘어지면서 점점 더 높이 하늘로 올라가, 마치 천상의 기차처럼 잠시 태양을 가리고 멀리 있는 내 밭에 그림자를 드리운다. 그에 비하면 지상에 바짝 붙어 달리는 기차는 창촉의 미늘에 지나지 않으리라.

철마의 마부는 말을 먹이고 안장을 채우고자 이 겨울 아침에도 산중에 사위어 가는 별빛을 보며 일찍이 일어난다. 철마에 생명의 열기를 불어넣어 출발 준비를 시키려는 목적으로 불 역시 일찍 지펴진다. 아침 일찍 시작되는 이 일이 그만큼 순박하기도 하다면 얼마나 좋겠는가! 눈이 깊이 쌓인 날이면, 마부는 철마에 눈 신을 신기고 거대한 쟁기로 산에서 해안까지 고랑을 판다. 그러면 열차 칸들은 말을 뒤따르는 파종기처럼 씨앗 대신에 분주한 인간과 이리저리 떠도는 상품을 시골 마을에 뿌려 준다. 온종일 이 화마(火馬)는 전국을 날아다니고, 오직 주인을 쉬게 할 때만 잠시 멈출 뿐이다.

나는 화마가 한밤중에 숲속 어느 외진 골짜기에서 얼음과 눈으로 무장한 자연의 힘과 대결하느라 발굽 소리를 높이고 반항적인 콧김을 내뿜는 소리에 잠에서 깰 때가 있다. 그런 날이면 화마는 새벽 별이 뜰 때야 비로소 마구간에 돌아가서는 잠은커녕 잠시 쉬지도 못하고 다시 하루의 여정에 오른다. 저녁나절 우연히 화마가 마구간에서 그날 쓰고 남은 힘을 발산하는 소리를 듣기도 하는데, 그것은 단 몇 시

간이라도 잠을 자면서 신경을 안정시키고, 간과 뇌를 차게 식히려는 의도인 듯하다. 오랜 시간 지칠 새도 없이 계속되는 이 일이, 역시 그만큼 영웅적이고 당당하기도 하면 얼마나 좋겠는가!

한때는 낮에도 사냥꾼이 겨우 드나들던 마을 변두리의 인적 드문 숲속을 기차가 객실에 환히 불을 밝힌 채, 타고 있는 승객도 모르는 사이, 칠흑 같은 밤을 뚫고 깊숙이 달려간다. 그러다 어느 순간, 인파가 붐비는 마을이나 도시의 밝은 역사에 멈추는가 하면, 다음 순간에는 디즈멀 대습지[126]를 지나며 부엉이와 여우를 놀라게 한다. 기차의 도착과 출발은 이제 마을의 하루에서 중요한 기준점이 되었다. 정확한 시간에 규칙적으로 오갈 뿐 아니라 기적 소리도 멀리까지 들려서, 농부는 그 소리에 시계를 맞춘다. 잘 정비된 제도 하나가 온 나라를 관리하게 된 셈이다.

철도가 발명된 덕에 사람들의 시간관념도 다소 향상되지 않았을까? 과거의 역마차 역보다 오늘날의 기차역에서 사람들이 더 빨리 말하고 생각하지는 않을까?[127] 기차역의 분위기에는 우리를 열광시키는 무언가가 있다. 나도 그것이 일궈 낸 여러 기적에 놀라움을 금치 못한다. 평소 내가 '저 사람은 철도처럼 빠른 운송 수단으로는 결코 보스턴에 가지 않겠지.'라고 확신했던 동네 사람들마저 역의 종이 울리면 그곳에 모습을 드러낸다. 이제 어떤 일을 '철도식으로' 한다는 말

이 유행어가 되었다. 어떤 권력이 자신의 앞길을 방해하지 말라고 여러 번 진지하게 경고할 때는 그 말에 귀를 기울일 필요가 있다. 그러나 기차는 사람들이 모여 있어도 소요 단속 포고문을 읽어 주려고 멈춰 서지 않고, 군중의 머리 위로 발포를 하지도 않는다. 우리는 결코 옆으로 비켜서지 않는 아트로포스 여신[128](기관차에 이 이름을 붙여도 좋지 않겠는가.) 같은 운명을 만들었다. 우리는 이 화살이 정확히 몇 시 몇 분에 나침반이 가리키는 어느 지점으로 발사될지 잘 안다. 그러나 기차는 인간사를 방해하지 않고, 아이들은 반대편 철로 위를 걸어 학교에 간다. 우리는 기차 덕분에 더 안정적으로 살아간다. 모두가 빌헬름 텔의 아들이 되도록 훈련받는 셈이다. 공중에 보이지 않는 화살이 그득하다. 당신 자신의 길을 제외한 모든 길이 숙명의 길이다. 그러니 자신의 길을 벗어나지 마라.

내게 상업이 매력적으로 보이는 이유는 진취성과 용기 때문이다. 상업은 두 손을 모아 쥐고 제우스에게 기도하지 않는다. 나는 상인들이 나름의 용기와 만족을 품고 장사에 나서 스스로가 생각한 이상으로 많은 일을 해내는 모습을 본다. 어쩌면 의도했던 것보다 훨씬 잘해낼지도 모른다. 나는 부에나비스타[129] 최전선에서 반 시간을 견뎌낸 영웅적 행위보다, 제설차를 겨울 숙소로 삼아 살아가는 사람들의 꾸준하고 낙천적인 용기에 훨씬 크게 감동한다. 그들은 나폴레옹이

가장 드문 용기라고 말했던 '새벽 3시의 용기'를 보여 준다. 일찍 잠자리에 들지 않고 눈보라가 잠잠해지거나, 철마의 근육이 얼어붙을 때에만 비로소 잠을 청하는 용기를 보인다는 뜻이다.

폭설이 여전히 맹위를 떨치며 사람들의 피를 얼리는 오늘 아침에도 나는 기관차에서 종소리가 얼어붙은 숨결 같은 짙은 안개를 뚫고 둔탁하게 퍼져 나오는 것을 듣는다. 그 소리는 기차가 뉴잉글랜드 북동 지역을 집어삼킨 폭설에도 불구하고 오랜 지연 없이 들어오고 있음을 알려 준다. 그러면 온몸에 눈과 서리를 뒤집어쓴 채 우주의 변두리를 차지하고 있는 시에라네바다 산맥의 큰 바위들처럼 발토판[130] 위로 머리를 내민 제설 인부들의 모습이 보인다. 발토판은 데이지 꽃과 들쥐의 보금자리를 피해 가며 눈을 치운다.

상업은 예상과는 달리 자신감 넘치고 평온하며, 기민하고 모험적이고 지칠 줄 모른다. 또한 여타의 허황한 사업이나 감상적인 실험보다 그 방법 면에서 자연스럽기에 두드러진 성공을 거두었다. 화물열차가 덜컹거리며 옆으로 지나갈 때면, 나는 기분도 상쾌해지고 너그러워진다. 보스턴의 롱워프 부두에서 버몬트 주의 챔플레인 호수까지 그 냄새를 폴폴 날리며 달려가는 화물열차는 외국의 도시와 산호초, 인도양, 열대의 기후, 그리고 광활한 지구를 떠오르게 한다. 내년 여름에 수많은 뉴잉글랜드 사람의 담황색 머리칼을 덮을 모자가 될 종려나무

잎, 마닐라 삼, 코코넛 껍질, 낡은 잡동사니, 마대 자루, 고철, 녹슨 못 등을 보면, 나는 마치 세계 시민이라도 된 듯한 기분을 느낀다.

화물칸에 실려 가는 해진 돛들은 곧 종이로 재생되어 인쇄된 책의 형태로 새로이 태어날 테지만, 내 눈에는 지금의 모습이 훨씬 읽기도 쉽고 흥미롭다. 돛이 겪어 온 폭풍의 역사를 그 찢긴 자국보다 더 생생히 그려 낼 이가 있기는 하겠는가? 이 돛들은 더는 손볼 필요 없이 바로 인쇄가 가능한 교정쇄나 다름없다.

여기, 메인 주의 숲에서 베어 낸 통나무가 실려 간다. 지난 홍수 때 바다로 떠내려가지 않고 남은 것이다. 당시 떠내려가거나 쪼개진 나무가 있어서 목재 값이 1천 달러당 4달러가 올랐다. 소나무, 가문비나무, 삼나무 등의 목재에 1등급, 2등급, 3등급, 4등급으로 각각 등급이 매겨져 있다. 얼마 전만 해도 다 같이 곰과 사슴과 순록의 머리 위에서 하나의 등급으로 흔들리던 나무들이다. 다음에는 토마스톤 산에서 가져온 최상급 석회가 지나간다. 언덕 사이로 멀리 지나가서야 소석회로 변할 것이다. 이번에는 색도 질도 각양각색인 누더기 화물이 지나간다. 무명과 아마포가 형편없는 상태까지 닳은 것으로 옷의 마지막 종착지이자, 밀워키[131]가 아니면 아무도 거들떠보지도 않을 문양의 천이다. 그래도 영국과 프랑스와 미국에서 생산되어 한때는 그 화려한 색조를 뽐내던 날염 천, 깅엄, 모슬린 등이 유행과 빈부에 상관없

358

이 모든 지역에서 수거되었다. 이제 곧 한 가지 색, 혹은 명암만 달리한 몇 가지 색의 종이로 다시 태어날 테고, 그 종이에 상류층이든 하류층이든 상관없이 모든 진정한 인생 이야기가 사실에 근거해 기록될 터다.

문이 닫힌 칸에서는 뉴잉글랜드의 주요 상업적 냄새라 할 수 있는 절인 생선 내가 풀풀 풍겨 난다. 그랜드뱅크스의 대어장과 어업을 떠올리게 하는 냄새다. 그 무엇으로도 결코 썩게 만들 수 없는, 이 세상을 위해 철저하게 보존된, 그리하여 수양에 매진하는 성인조차도 군침을 삼키고야 말, 소금에 절인 생선을 보지 못한 사람이 있을까? 절인 생선으로 우리는 거리를 쓸거나 포장할 수 있고 불쏘시개를 쪼갤수도 있다. 마부는 그 뒤에 숨어 태양, 바람, 비로부터 자기 자신과 짐을 보호할 수 있다. 어느 콩코드 상인이 한때 그랬듯이, 가게 개업을할 때, 문 옆에 절인 생선을 매달아 간판을 대신할 수도 있다. 그렇게 세월이 흘러가다 보면 언젠가는 가장 오래된 단골손님도 그것이 동물인지 식물인지 광물인지 알아보지 못할 테지만, 그래도 여전히 눈송이처럼 깨끗해서 냄비에 넣고 끓이면, 토요일 저녁에 훌륭한 회갈색생선 요리를 내놓을 수 있다.

다음은 스페인산 소가죽이다. 꼬리의 모양이 황소가 살아서 스페니시 메인[132]의 대초원을 마음껏 뛰어다니던 때와 같은 각도로 여전히

위로 휘어져 있다. 이는 일종의 고집스러움의 전형으로, 타고난 악덕을 바로잡는 일이 얼마나 힘들고 절망적인지 제대로 보여 준다. 솔직히 말해서, 나는 인간의 타고난 성품이 좋은 쪽으로든 나쁜 쪽으로든 간에 시간이 지난다고 조금이라도 바뀌게 되리라 기대하지 않는다. 동양 사람은 이렇게 말한다. "개 꼬리를 따뜻하게 데워 누른 다음 끈으로 묶어 둘 수는 있다. 그러나 12년 동안 그 일을 반복해도, 끈을 풀면 꼬리는 늘 원래의 형태로 돌아간다." 꼬리들이 보여 주는 완고함을 효과적으로 치료할 유일한 방법은, 꼬리를 아교로 만드는 것이다. 흔히 아교 만드는 데 꼬리를 끓여 쓴다고 하니, 그렇게 하면 붙여 놓은 곳에 그대로 달려 있지 않겠는가.

이번에는 당밀, 혹은 브랜디가 든 커다란 통이 간다. 버몬트 주 커팅스빌에 사는 존 스미스 씨가 받을 물건이다. 그는 그린 산맥 지대에 사는 상인으로 그의 개간지 근처에서 농사를 짓는 마을 사람들을 위해 물건을 수입한다. 어쩌면 지금은 옥상 출입문 근처에 서서 얼마 전 해안에 도착한 화물이 자신의 물건 가격에 얼마나 영향을 미칠지 생각하고 있을지 모르겠다. 그러면서 아침 이전에만 벌써 스무 번쯤 얘기했던, 다음 기차로 최고의 상품이 도착하게 되리라는 말을 고객들에게 다시 하고 있을 것이다. 그것은 〈커팅스빌 타임스〉에서 광고하는 물건이기도 하다.

이런 물건이 상행선으로 운반되는가 하면, 하행선으로는 또 다른 물건이 배달된다. '쉬익' 소리에 깜짝 놀라 책에서 눈을 들면, 멀리 북쪽 산악지대에서 베어 낸 키 큰 소나무가 그린 산맥과 코네티컷 주를 넘어 날아와서는 10분도 안 되어 마을 중심부를 통과하고, 눈 깜짝할 새 사라진다. 이제 그것은,

"어느 거대한 함선의
돛대가 되리라."[133]

자, 들어 보라! 저기 가축을 실은 열차가 온다. 천 개의 언덕에서 풀을 뜯던 가축들, 그러니까 우리의 양과 마구간의 말과 외양간의 젖소들이, 막대를 손에 든 가축 상인들과 양 떼 한가운데 있는 목동들을 태우고 온다. 산중의 목초지를 제외한 모든 것이 9월 광풍에 산에서 날리는 낙엽처럼 밀려온다. 송아지와 양 울음소리, 황소가 서로 밀치는 소리가 대기를 가득 메우니, 마치 목초지 계곡이 곁을 지나는 듯하다. 선두에 선 양이 목에 달린 방울을 울리면, 산은 숫양처럼 뛰어오르고 작은 언덕은 어린 양처럼 폴짝거린다. 가축 상인이 탄 열차 한 칸이 기차 중간에 끼어 있다. 이제 그들도 소와 같은 처지다. 아무짝에도 쓸모없는 막대기만 무슨 계급장인 양 하릴없이 꼭 쥐고 앉아 있다.

그런데 가축을 몰던 개들은 지금 어디 있을까? 개들에게는 가축이 떼 지어 도망친 것이나 다를 바 없다. 그렇다면 개들은 당황하고 있을 것이다. 냄새를 쫓아야 할 대상이 없다. 피터보로 산 뒤에서 개 짖는 소리가 들리는 듯하다. 그린 산맥 서쪽 기슭을 헐떡이며 오르는 소리 같기도 하다. 개들은 가축의 도살 장면을 보지 않으리라. 허나 그들의 일거리도 이제 사라지고 없다. 충성심과 총명함도 표준 이하로 떨어졌다. 개들은 수치심을 느끼며 슬금슬금 집으로 돌아가거나, 야생으로 돌아가 늑대나 여우와 한데 몰려다닐지도 모르겠다. 이렇게 목장의 삶을 실은 기차가 바람처럼 곁을 스쳐 멀어져 간다. 그러나 종이 울리면, 나는 얼른 선로에서 벗어나 기차가 지나도록 길을 내 주어야 한다.


내게 철로란 무엇일까?
그것이 어디서 끝나는지
나는 결코 보러 가지 않으리라.
철로는 몇몇 골짜기를 메우고
제비를 위해 둑을 쌓으며
모래 바람을 휘날리고
검은딸기를 자라게 한다.

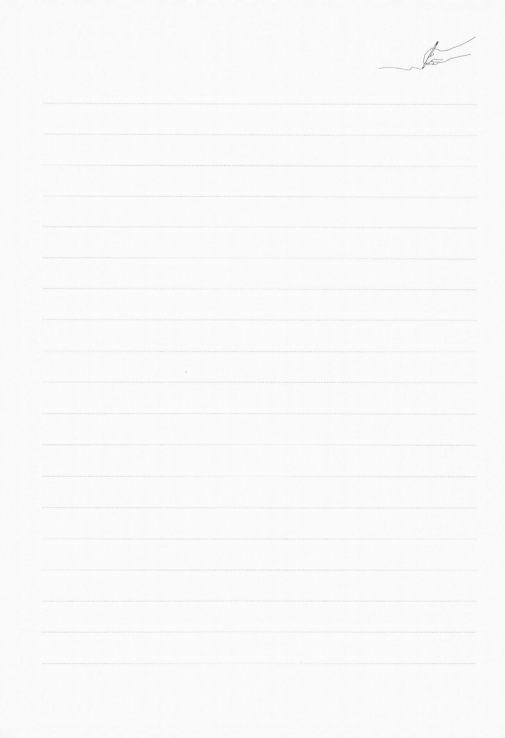

그러나 나는 숲속에 난 짐수렛길을 건너듯 철로를 건넌다. 기차의 연기와 증기와 기적 소리에 눈이 멀고 귀가 멀지는 않을 것이다.

이제 기차는 지나가고, 부산하던 세상도 그와 함께 지나가 버렸다. 호수의 물고기도 더는 기차의 덜컹거림을 느끼지 않으리라. 그러니 그 어느 때보다 외로움이 밀려든다. 남아 있는 기나긴 오후 내내, 나의 명상은 그 무엇에도 방해받지 않는다. 오직 멀리 떨어진 대로를 지나는 마차 한 대나 가축이 끄는 수레가 덜컹이며 지나는 희미한 소리만 들려올 뿐이다.

가끔 일요일이면 종소리가 들렸다. 바람이 적당히 불어올 때 링컨, 액턴, 베드퍼드, 콩코드에서 날아오는 그 소리는 희미하고 달콤했으며, 야생의 세계에 들어설 가치가 있는 자연의 선율처럼 들렸다. 또한 숲 너머의 아주 먼 곳에서 울려오는 까닭에, 지평선으로 보이는 가시 같은 솔잎을 하프의 현처럼 켜기라도 하는 듯 특별한 진동이 느껴졌다. 소리가 닿을 수 있는 최대한의 거리에서 오는 소리는 모두 우주의 수금에서 울리는 진동처럼 변한다. 멀리 있는 산등성이가 중간에 머무는 대기로 인해 담청색을 띠어 더욱 신비로워 보이는 이치나 같다.

이 종소리의 선율은 공기에 의해 팽팽해졌고, 솔잎을 비롯한 숲의 모든 잎사귀와 이야기를 나눈 데다가, 자연이 붙잡아 조율한 후 계곡

에서 계곡으로 메아리치게 만든 것이다. 어느 정도는 메아리도 독창적인 소리라서, 그 점이 바로 메아리의 마법 같은 매력이다. 메아리는 되울릴 가치가 있는 것만 반복해 들려줄 뿐 아니라, 부분적으로는 숲의 목소리 그 자체다. 즉, 숲속 요정이 똑같이 지저귀는 소리이자 노래다.

저녁나절 숲 너머 먼 지평선에서 들려오는 소의 울음소리는 감미롭고 운율적이다. 처음에 나는 그 소리를 산과 골짜기를 헤매 다니며 가끔씩 내게 세레나데를 불러 주던 어느 음유시인의 목소리로 착각했다. 계속 듣다가 소가 부르는 값싸고 자연적인 음악이라는 사실을 알고는 조금 실망했지만, 불쾌하지는 않았다. 내가 음유시인의 노래가 소의 노래와 비슷하다고 말한 것은, 비꼬자는 의미가 아니라 오히려 그 젊은이들의 노래에 감사의 마음을 전하려는 것이다. 둘 다 자연이 내는 소리라는 뜻이다.

여름철 어느 시기쯤에는 저녁 열차가 지나간 직후인 7시 반만 되면 쏙독새가 문 앞의 나무 그루터기나 대들보에 앉아 반 시간가량 저녁 기도를 읊어 댔다. 저녁마다 해가 지고 채 5분이 지나지 않아 거의 시계처럼 정확히 노래를 시작한다. 덕분에 나는 쏙독새의 습성을 알게 되는 매우 소중한 기회를 얻었다. 가끔은 네다섯 마리가 숲의 각기 다른 자리에서 한꺼번에 울었는데, 우연찮게도 돌림노래를 하듯이 각

기 한 소절씩 늦게 울었다. 나는 매우 가까이 앉아 있었기에 각 소절을 노래하는 소리뿐 아니라, 종종 거미줄에 걸린 파리가 내는 듯한 독특한 윙윙거림도 들었는데, 파리 소리와 다른 건 몸집이 좀 더 크니까 소리도 컸다는 점이다. 가끔 숲에 들어갔을 때 쏙독새가 내 몸에 줄로 묶여 있기라도 하듯 1미터도 안 되는 거리에서 뱅뱅 도는 일이 있었다. 아마도 내가 알을 낳은 둥지 근처에 너무 가까이 간 탓인 듯했다. 쏙독새는 밤새도록 일정한 간격으로 울었고, 동트기 바로 직전이나 그 무렵에 다시 그 어느 때보다도 듣기 좋게 울었다.

다른 새들이 조용해지면 부엉이가 그 노래를 이어받아, 곡하는 여인네처럼 부엉부엉 태곳적 울음을 울었다. 그들의 음산한 울음에 실로 벤 존슨[134]의 작품 속 대사가 떠올랐다. "요망한 한밤중의 마녀들 같으니!" 그들의 울음소리는 시인들이 정직하고 투박하게 부엉부엉 노래하는 소리가 아니라, 장난기를 싹 거두고 무덤 앞에서 가장 엄숙하게 부르는 소곡이며, 동반 자살한 두 연인이 지옥의 숲에서 숭고한 사랑의 고통과 기쁨을 돌이켜 보며 서로에게 건네는 위안이다. 그럼에도 나는 숲 언저리에서 떨리는 목소리로 통곡하고 애절하게 응답하는 부엉이의 울음소리가 좋다. 마치 노래란 음악의 어둡고 슬픈 일면이자 후회와 탄식의 감정도 기꺼이 표현한다는 듯했기에, 때로 그들의 목소리에서도 음악과 새들의 노랫소리가 떠올랐기 때문이다.

부엉이는 정령이다. 한때는 인간의 형상을 하고 있었으나, 밤마다 지상을 걸으며 어둠의 악행을 저지른 탓에, 이제는 그 죄의 현장에서 통곡의 노래와 비가(悲歌)를 부르며 속죄하는 추락한 영혼이자 의기소침하고 우울한 예감이다. 부엉이는 모든 생명체가 함께 살아가는 대자연이 얼마나 다양하고 대단한 능력을 품고 있는지 우리가 새로이 느낄 수 있도록 해 준다. 부엉이 한 마리가 호수 이쪽 편에서 "아아아아아, 차라리 태어나지 말 것을!"이라고 탄식하며 부단한 절망의 몸짓으로 회색 떡갈나무 위에 만들어 놓은 새 둥지 위를 빙빙 돌아 난다. 그러면 호수 건너편에서 다른 부엉이가 떨리는 목소리로 진지하게 "…… 태어나지 말 것을!"이라고 응답한다. 그러면 다시 링컨 숲에서 "…… 말 것을!"이라는 희미한 메아리가 들려온다.

부엉이는 한밤에 내 오두막 앞에서도 노래했다. 가까이서 들으니 자연 속에서 들을 수 있는 가장 우울한 소리라는 생각이 들 정도다. 마치 자연이 죽어 가는 인간의 신음 소리를 부엉이의 울음소리로 정형화시켜 자신의 합창단 속에서 영원히 울리도록 만든 것 같다. 다시 말해, 모든 희망을 뒤로한 채 죽음을 맞이한 어느 가여운 인간이 남긴 미약한 흔적으로, 지옥의 어두운 골짜기에 들어서면서 짐승처럼 울부짖지만 여전히 인간의 흐느낌이 남아 있는 것 같다. 목구멍을 울리는 그르렁거리는 선율 때문에 흐느낌이 더 끔찍하게 들린다.(내가 그

소리를 흉내 내려면 '글'소리가 먼저 나온다.) 모든 건전하고 대담한 생각을 끈적거리고 곰팡내가 날 때까지 억눌러 온 인간의 마음의 소리다. 시체를 뜯어 먹는 악귀와 백치와 미친 듯한 울부짖음이 떠오른다. 그러나 지금은 먼 숲에서 부엉이 한 마리가 참으로 운율적인 노래로 응답하고 있다. "부엉 부엉 부엉 부엉." 사실 부엉이 우는 소리는 낮이든 밤이든 여름이든 겨울이든 간에 내게는 늘 즐거운 연상을 불러일으키는 원천이다.

나는 세상에 부엉이가 있어서 기쁘다. 부엉이가 인간을 위해 어리석고 미치광이 같은 부엉부엉 울음을 울도록 하자. 그것은 한낮에도 빛이 들지 않는 늪지대나 황혼 녘의 숲에 더할 나위 없이 어울리는 소리, 인간이 아직 그 존재도 인식하지 못한 미답의 광활한 자연의 존재를 떠올리게 하는 소리다. 부엉이는 누구나 거쳐 가게 될 황량한 황혼과 아직 그 해답을 구하지 못한 사념의 상징이다. 온종일 해가 어느 야생 늪지 위를 비췄다. 가문비나무 한 그루가 이끼를 잔뜩 뒤집어 쓴 채 서 있고, 그 위를 작은 매들이 선회한다. 박새는 상록수 사이에서 지저귀고, 꿩과 토끼는 그 밑을 살금살금 움직인다. 그러나 이제 훨씬 음산하고 이곳에 잘 어울리는 날이 밝아 오면, 다른 종의 생명체가 그곳에서 자연의 의미를 드러내기 위해 깨어나리라.

저녁 늦은 시간이면 멀리서 짐마차가 덜컹이며 다리를 건너는 소리

(밤이면 그 어느 소리보다도 멀리까지 울리는 소음)가 들렸다. 가끔은 먼 외양간 앞뜰에서 암소가 홀로 서글프게 우는 소리나 개 짖는 소리도 들을 수 있었다. 그동안 호숫가는 온통 황소개구리의 울음소리 천지였다. 황소개구리들은 아직도 뉘우치지 못하고 이 지옥의 호숫가(개구리들이 수초가 거의 없는 월든 호수에 지천이라는 의미로 쓴 비유일 뿐이니, 월든 호수의 요정이 부디 용서해 주길 바란다.)에서 돌림노래를 부르려 하는 그 옛날 술꾼이나 주당의 억센 영혼 같았다. 목소리는 점차 거칠어지고 침울할 정도로 엄숙하게 변해 오히려 즐거운 분위기를 조롱하는 듯이 되어 버리고, 술은 그 향을 잃어 단지 배만 채우는 액체가 되어 버렸음에도, 개구리들은 예전 잔칫상 앞에서 따르던 흥겨운 격식을 다시 한 번 재현하고자 하는 듯했다. 그러나 과거의 기억을 달래 줄 달콤한 취기는 오르지 않고, 물을 잔뜩 머금은 포만감과 팽창감만 느껴질 뿐이다.

　의장 격인 황소개구리가 침 흘리는 어린 자식의 냅킨 대신 사용하는 하트 모양의 잎사귀 위에 턱을 괴고 있다가, 이 북쪽 물가에서 한때는 경멸해 마지않던 물을 한 모금 쭉 들이켜고 갑자기 "개구울 개구울 개구울"하고 울면서 잔을 돌린다. 그러자 곧 멀리 떨어진 후미진 만에서 똑같은 암호가 물을 따라 들려온다. 서열로 보나 허리둘레로 보나 두 번째 가는 개구리가 제 몫으로 그어진 선까지 물을 마셨다

는 신호다. 잔이 호숫가를 한 바퀴 돌고 나면, 의식을 진행한 개구리는 만족스러운 듯이 "개구울" 하고 운다. 그러면 모두가 자기 차례를 기다려 같은 소리를 반복하는데, 가장 홀쭉하고 물을 흘리며 배가 축 늘어진 개구리에 이르러서야 끝난다. 이때 실수란 있을 수 없다. 그 후 술잔은 다시 돌고 돌기 시작해, 태양이 아침 안개를 거두어 갈 때까지 계속된다. 그때쯤 되면 의장 개구리만 호수 바닥으로 떨어지지 않고, 때때로 "개구울" 하고 헛되이 울어 보고 대답을 기다리지만 아무도 응답하지 않는다.

수탉의 울음소리를 내 개간지에서 들은 적이 있는지는 확실히 모르겠다. 그러나 노래하는 새를 키우듯 그 노랫소리를 들어 볼 요량으로 수평아리를 키워 볼까 생각했다. 한때는 인도의 야생 꿩이었던 수탉의 울음소리는 확실히 독특한 면이 있기 때문이다. 닭을 길들이지 않고 자연 상태에서 자랄 수 있도록 한다면, 모르긴 해도 그 울음소리가 머지않아 근처 숲에서 기러기의 끼룩 소리나 부엉이의 부엉부엉 소리를 능가하는 가장 유명한 소리가 될 터다. 게다가 수탉이 나팔을 내려놓고 쉴 때는, 암탉이 꼬꼬댁 소리로 메워 주지 않겠는가! 굳이 달걀과 닭다리를 언급하지 않더라도, 인류가 이 새를 가축의 대열에 집어넣은 것은 전혀 놀랄 일이 아니라 하겠다.

어느 겨울 아침, 닭들이 무리 지어 살던, 그들의 고향이라 할 만한

숲속을 걷다가 야생 수평아리가 나무 위에 앉아 우는 모습을 본다고 생각해 보자. 맑고 날카로운 그 소리가 다른 새들의 미약한 울음소리를 압도하며 수 킬로미터까지 울려 퍼질 것이다! 그 소리에 여러 민족이 바짝 경계하리라. 그 소리를 듣고도 어느 누가 아침 일찍 일어나지 않겠는가? 다음 날에는 더 일찍 일어나고, 그렇게 평생 일찍 일어나서, 마침내는 말이 필요 없을 만큼 건강하고 부유하고 현명해지지 않을까? 세계의 시인들이 자국의 노래 잘 부르는 토종 새와 함께 이 외생 새의 노래를 찬양해 왔다. 용감한 수탉은 어떤 풍토에서도 살 수 있다. 그는 토종 새들보다 더 토박이 기질이다. 수탉은 늘 건강하고 폐도 튼튼하며 기개도 결코 시들지 않는다. 태평양과 대서양을 항해하는 선원들조차 수탉의 울음소리에 잠을 깬다.

그러나 그 날카로운 울음소리가 내 잠을 깨운 일은 한 번도 없다. 나는 개나 고양이, 소, 돼지뿐 아니라, 닭도 기르지 않았다. 그러니 내 집에는 가정적인 소리가 결여됐다고 말할 수도 있을 듯하다. 듣고 있으면 위안이 되는 우유 젓는 소리도, 물레 돌아가는 소리도, 찻주전자가 노래하듯 끓는 소리도, 냄비에서 김빠지는 소리도, 아이들의 우는 소리도 들리지 않았다. 사고방식이 구태의연한 사람이라면, 권태로움에 미쳐 버리거나 그 전에 죽어 버렸을지도 모른다. 심지어 벽에 쥐도 살지 않았다. 굶어 죽었거나, 애초에 들어와 살 생각을 하지 않았을 것

이다. 오직 지붕 위와 마루 밑에 다람쥐들이 있었고, 대들보에는 쏙독새, 창문 아래서는 큰 어치가 울었다. 집 밑에는 산토끼나 우드척이 살았고, 집 뒤에는 신대륙소쩍새나 수리부엉이, 호수 위에는 기러기와 물새 떼가 있었으며, 밤에만 우는 여우도 있었다. 그러나 농장 주변을 나는 온순한 종달새나 꾀꼬리는 내 개간지에 전혀 모습을 드러내지 않았다.[135]

　마당에 큰 소리로 우는 수평아리도, 꼬꼬댁거리는 암탉도 없었다. 아니, 아예 마당 자체가 없었다. 그러나 울타리를 치지 않은 자연이 바로 문틀 앞까지 미쳐 있었다. 어린 숲이 창문 바로 밑에서 자라나고, 야생 옻나무와 검은딸기 넝쿨이 지하실 안으로 뻗어 나갔다. 빽빽이 자라는 튼튼한 리기다소나무가 지붕널에 닿아 삐걱거렸고, 그 뿌리는 집 아래쪽으로 깊이 뻗어 나갔다. 내 집에는 돌풍이 분다고 날아가 버릴 석탄 통도 차양도 없었다. 대신 집 뒤의 소나무가 부러지거나 뿌리째 뽑혀 땔감이 되어 주었다. 폭설이 내려도 앞마당까지 이어지는 길이 막힐 일은 없었다. 아니, 아예 대문이니 문이니 하는, 문명 세계로 통하는 길 자체가 없지 않았는가!

# 고독

참으로 즐거운 저녁이다. 온몸이 하나의 감각이 되어 모든 땀구멍으로 기쁨을 들이마신다. 나는 자연 속으로 들어가 그 일부가 되어 묘한 자유를 느끼며 돌아다닌다. 구름이 끼고 바람도 불어 서늘했지만, 나는 셔츠 차림으로 돌투성이 호숫가를 걸어 다닌다. 특별히 눈길을 끄는 것은 없지만, 이상스레 모든 자연 현상이 더 없이 친근하게 느껴진다. 황소개구리의 요란스러운 울음이 밤으로 이끌고, 쏙독새의 노래가 수면 위로 잔물결을 일으키는 바람을 타고 들려온다. 바람에 흔들리는 오리나무와 포플러 잎사귀와 하나가 된 듯한 느낌에 거의 숨이 멎을 것만 같다. 하지만 호수나 마찬가지로, 내 마음은 잔물결만 일뿐 거칠어지지는 않는다. 저녁 바람에 일어나는 이 잔물결은 고요히

빛을 반사하는 수면처럼 폭풍우와는 거리가 멀다.

이제 어둠이 완전히 내렸지만, 바람은 여전히 숲에서 포효하며 불고, 물결도 계속 밀려오고, 어떤 동물은 그 노랫가락으로 다른 동물의 마음을 달래 준다. 완전한 휴식이란 없다. 야생 동물은 이제부터 먹이를 찾아야 하기에 쉴 수가 없다. 여우와 스컹크와 토끼 등이 겁도 없이 들판과 숲을 헤매 다닌다. 그들은 자연의 야경꾼이며, 활기찬 생명의 나날을 이어 주는 고리다.

외출했다 집에 돌아오면, 나는 손님들이 찾아왔다가 두고 간 명함을 발견한다. 한 묶음의 꽃다발이나 상록수 가지를 엮어 만든 화환, 또는 노란색 호두나무 잎이나 나뭇조각에 연필로 이름을 적은 것일 때도 있다. 어쩌다가 숲에 들르는 사람들은 걸어오는 동안에 숲에 속한 이런저런 조각들을 손에 쥐고 만지작거리다가 고의든 실수든 내 집에 두고 간다. 버드나무 가지의 껍질을 벗겨 고리 모양으로 엮은 것이 탁자 위에 놓여 있기도 했다.

나는 굽은 가지나 잔디, 신발 자국 등을 보고 누가 다녀갔는지 대번에 알아낼 수 있다. 보통은 사소한 흔적, 즉 꽃 한 송이나 한 움큼 뽑혀 있는 풀(800미터쯤 떨어진 철로 변에 떨어져 있어도), 공기 중에 오래 남아 떠도는 시가나 파이프 담배의 냄새로도 손님의 성별과 나이, 인품 등을 대충 짐작한다. 실은 담배 냄새만 맡고 300미터나 떨어진 대로

에 여행객이 지나고 있다는 사실을 알아맞힌 적이 여러 번이다.

우리 주변에는 보통 너른 공간이 있다. 지평선이 팔꿈치에 닿을 만큼 가까이 있은 적은 없다. 울창한 숲이나 호수가 바로 문밖에 닿아 있도록 내버려 두지 않는다. 늘 베어 내고 전용하고 울타리를 친다. 자연에게서 빼앗아 우리에게 익숙하고 친숙하게 만들어 버린다. 그럼에도 내가 남들이 방치해 놓은 이 인적 드문 숲속의 광활한 대지까지 들어와서 홀로 사는 이유는 무엇일까? 내 집은 가장 가까운 이웃도 1.5킬로미터 이상 떨어져 있고, 언덕 꼭대기에 올라서지 않는 한 주변 800미터 이내에서 집 한 채 볼 수 없다. 숲이 경계 지은 지평선을 혼자 독차지하고 산다. 한쪽으로는 철로가 호수를 감아 돌며 지나는 풍경이 멀리 보이고, 다른 쪽으로는 숲길을 따라가는 울타리가 보인다.

그러나 대개의 경우 내가 사는 곳은 대초원만큼이나 적막하다. 뉴잉글랜드임에도 아시아나 아프리카 같다. 말하자면, 나만의 해와 달과 별을 가지고, 나만의 작은 세상을 살아가는 것이다. 밤에는 집 앞을 지나거나 문을 두드리는 나그네 하나 없으니, 마치 내가 세상 최초의 인간이거나 마지막 인간이라도 된 듯한 기분이 든다. 봄이면 간혹 메기를 잡으려고 밤낚시를 오는 마을 사람이 있는데(그들은 어둠을 미끼로 삼아서 자신들 내면의 '월든 호수'에서 더 많이 낚았다.) 대개 빈 바구니로 돌아가며 "세계를 어둠과 나에게"[136] 남겨 놓았다. 그래서 밤의 칠

흑 같은 핵(核)은 이웃의 어느 인간에 의해서도 결코 더러워지지 않았다. 나는 인간이 지금도 어느 정도는 어둠을 두려워한다고 생각한다. 마녀들은 다 교수형에 처해졌고, 기독교와 양초가 보급된 지 오래되었음에도 말이다.

그러나 때로 나는 가장 달콤하고 다정하며, 가장 순수하고 격려해 주는 사귐은 자연의 대상 속에서 찾을 수 있다는 사실을 경험으로 깨우쳤다. 가엾게도 인간을 혐오하는 사람이나 극도로 우울한 사람들조차 자연 속에서라면 얼마든지 교제 상대를 찾을 수 있다. 자연 한가운데 살면서 자신의 감각을 차분히 유지하는 사람에게는 어두운 비애가 찾아올 겨를이 없다. 폭풍우도 찾아오지 않는다. 건강하고 순수한 사람의 귀에는 폭풍우도 바람의 신 아이올로스가 연주하는 음악으로 들릴 뿐이다. 소박하고 용감한 사람을 천박하고 슬픈 사람이 되라고 강요할 권리를 가진 존재는 세상 어디에도 없다. 내가 사계절과 우정을 나누며 즐기는 동안에는 그 무엇도 내게 삶을 짐스럽게 만들지 못한다. 오늘 내 콩밭을 적시면서 나를 집 안에 머물도록 잡아 두는 저 부드러운 빗방울은 전혀 지루하거나 우울하지 않다. 아니, 오히려 내게 좋은 일을 해 주고 있다. 비 때문에 콩밭을 맬 수는 없지만, 비는 호미질보다 훨씬 그 가치가 크다. 행여 땅속에 심어 놓은 씨앗이 썩고 저지대에서 감자 농사를 망칠 만큼 비가 계속 내린다 해도, 여전히 고

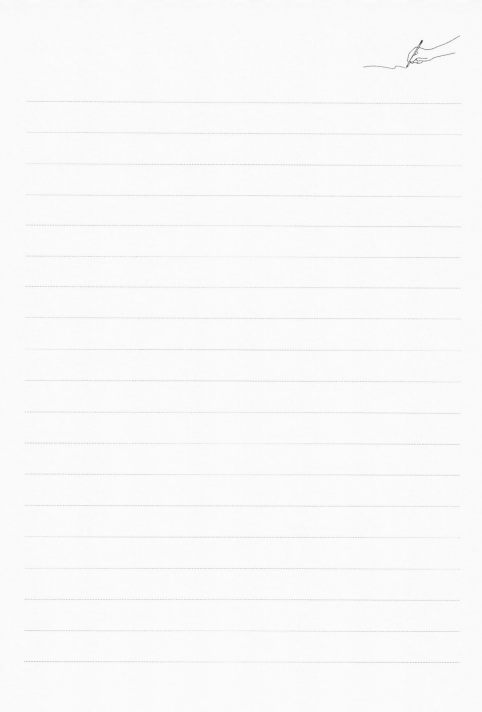

지대의 풀밭에는 좋을 것이며, 풀에게 좋다면야 나에게도 좋지 않겠는가.

가끔 다른 사람과 내 처지를 비교해 보면, 내가 분에 넘치게 신의 사랑을 받는 것은 아닐까 싶다. 마치 내가 동료 농부들은 갖지 못한 권한이나 보증서를 가지고 있어서 특별히 지도와 보호를 받는다는 느낌이다. 나는 지금 스스로의 비위를 맞추는 것이 아니다. 오히려 신들이 내 비위를 맞추는 듯한 생각이 든다. 물론 그런 일이 가능하기는 한지 모르겠지만 말이다. 나는 외로움이라고는 느껴 본 적이 없고, 고독감에 우울했던 적도 없다. 그러나 숲으로 들어온 지 몇 주 지난 시점에 단 한 번, 꼭 한 시간 동안, 고요하고 건강한 삶을 살아가는 데 이웃 사람의 존재가 꼭 필요한 것은 아니라는 생각에 회의를 품었던 적은 있다. 혼자라는 사실이 별로 기분 좋지 않았다. 그러나 동시에 나는 당시 내 기분이 약간 정상적이지 않다는 사실도 의식했고, 곧 평소의 기분을 회복하리라는 사실도 예견할 수 있었다.

조용히 비가 내리는 가운데 이런 생각에 빠져 있자니, 자연 속에, 후드득 떨어지는 빗방울 속에, 집 주변을 에워싼 모든 소리와 풍경 속에, 실로 달콤하고 너그러운 우정이 존재하고 있음을 갑자기 확신했다. 그것은 나를 지탱하는 대기처럼 무한하고 말로는 설명할 수 없는 친근한 감정이었다. 인간을 이웃으로 두면 얻을 수 있으리라 생각되

던 이점들이 다 하찮아졌다. 그 이후로 나는 이웃이 있었으면 하는 생각을 다시는 하지 않았다. 자그마한 솔잎 하나하나가 공감으로 확장되고 부풀어 올라 내게 친구가 되어 주었다. 나는 사람들이 흔히 황량하고 쓸쓸하다고 말하는 장소에서조차 내게 친근한 어떤 것이 존재함을 확실히 느꼈다. 피를 나눈 친족처럼, 혹은 인간적으로 느껴지는 것도, 반드시 인간이거나 이웃 사람일 필요가 없었다. 이제 내게는 그 어떤 장소도 낯설게 느껴지지 않으리라.

> "애도는 슬퍼하는 자들의 목숨을 앗아 가니
> 산 자의 땅에서 그들이 지낼 날도 얼마 남지 않았느니라.
> 아름다운 토스카의 딸이여!"[137]

내가 가장 좋아하는 시간대는 봄이나 가을에 긴 폭우가 내리는 동안이다. 그런 날이면 나는 오전 오후 할 것 없이 집 안에 틀어박혀 쉼 없이 휘몰아치는 비바람의 포효와 채찍질 소리에 귀를 기울이며 마음을 달랬다. 그러다가 이른 황혼에 기나긴 밤이 찾아오면 상념이 뿌리를 내리고 그 나래를 펼쳤다. 마을에 북동풍의 폭우가 휘몰아쳐서 하녀들이 빗자루와 양동이를 손에 든 채 문간에 서서 집 안에 물이 차는 것을 막으려 할 때, 나는 사방으로 비가 들이치는 내 작은 집에서 문

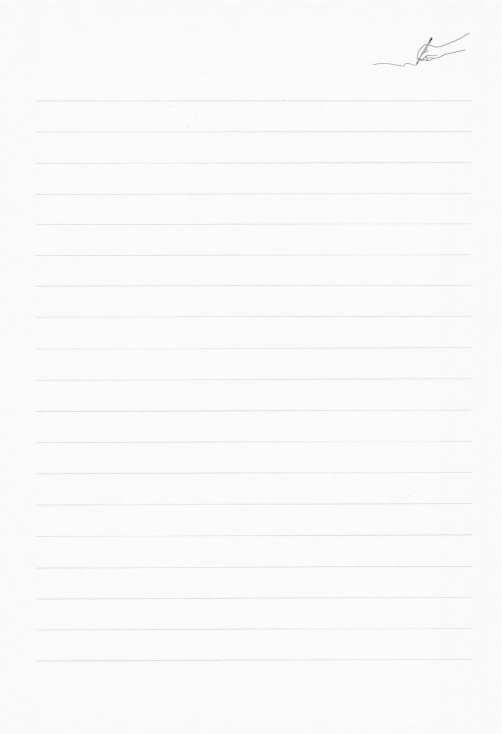

을 닫고 들어 앉아 집이 주는 안락함을 한껏 누렸다.

천둥과 비바람이 심하게 몰아치던 어느 날, 번개가 호수 건너편의 커다란 리기다소나무를 내리쳐서 마치 지팡이에 홈을 파듯 나무 꼭대기에서 바닥까지, 3센티미터 깊이에 폭이 10센티미터가 넘는 홈을 자를 대고 그린 듯이 또렷하게 파 놓았다. 얼마 전 그 나무 옆을 다시 지나다가, 나는 8년 전 무해한 하늘에서 엄청난 불가항력의 번갯불이 내리쳤던 자국이 여전히 선명하게 남아 있는 모습을 올려다보며 경외감을 느꼈다.

지인들은 자주 이런 말을 해 왔다. "거기 살면 무척이나 외롭겠군. 눈비가 오는 날이나 밤에는 특히 사람이 그립겠어." 그들에게 이렇게 대답해 주고 싶다. "우리가 사는 이 지구 전체도 우주에서는 한 점에 불과하다네. 저기 멀리 있는 별에서 가장 멀리 떨어져 사는 두 거주민 사이의 거리가 얼마쯤 된다고 생각하나? 저 별의 폭은 인간이 만든 도구로는 도저히 측정할 수도 없을 텐데 말이야. 내가 왜 외로워야 하지? 지구도 은하수 안에 있지 않은가? 자네의 질문은 내게 그리 중요한 것도 아니네. 인간을 그의 동료 인간들에게서 떨어뜨려 고독하게 만드는 공간은 어떤 종류의 공간일 것 같은가? 나는 두 사람이 아무리 부지런히 다리를 움직여도 마음까지 가까워지지는 않는다는 사실을 잘 알고 있네. 우리가 무엇에 가장 가까이 살고 싶어 하는지, 자네

혹시 아나? 기차역이나 우체국, 마을회관, 학교, 식료품점, 비컨힐[138], 파이브포인츠[139]처럼 인파가 몰리는 곳은 아닐 게야. 지금까지의 경험에 비추어 보면, 물가에서 자라는 버드나무가 물이 흐르는 쪽으로 뿌리를 뻗어 가듯 우리도 생명이 분출되어 나오는 곳, 즉 영원히 샘솟는 생명의 원천 가까이 살고 싶을 거라네. 물론 본성에 따라 다르겠지만, 현명한 사람이라면 바로 거기가 지하 저장고를 팔 장소가 아니겠나."

어느 날 저녁, 나는 월든 거리에서 이웃 사람 한 명을 마주쳤다. '상당한 재산'을 축적했다고 알려진 사람이었는데, 나는 '상당한' 재산이 얼마나 되는지 한 번도 제대로 본 적은 없었다. 그는 소 두 마리를 끌고 시장에 가던 길이었는데, 나를 보더니 어떻게 안락한 삶을 살아가는 데 필요한 그 많은 것을 포기할 수 있느냐고 물었다. 나는 그런 내 삶에 그런대로 만족하며 산다고 대답했고, 물론 그건 농담이 아니었다. 그러고 나서 나는 집으로 돌아와 잠자리에 들었고, 그는 어둠과 진흙길을 헤치고 브라이턴인지 브라이트타운(Bright-town)인지로 계속 걸어갔다.[140] 아마도 그는 다음 날 아침에야 그곳에 도착했으리라.

망자가 잠을 깨거나 다시 살아날 가능성이 조금이라도 있다면, 언제나 어디냐는 별로 중요하지 않다. 그런 일이 일어날 만한 장소는 늘 한결같고, 우리의 감각을 말로 형언할 수 없을 만큼 즐겁게 한다. 대체로 우리는 동떨어지고 일시적인 상황을 '기회'라고 본다. 하지만 그것

은 사실 우리를 산만하게 만드는 주범이다. 모든 사물을 존재하게 하는 힘은 항상 가장 가까이 있다. 우리 바로 '곁'에서 웅대한 법칙이 끊임없이 실행되고 있다. 우리 바로 '곁'에, 우리가 고용해서 즐겨 대화하는 일꾼이 아니라, 우리의 존재 자체를 창조한 일꾼이 있다.

"천지의 오묘한 힘은 이 얼마나 방대하고 심오한 영향을 미치는가!"

"우리는 그 힘을 보려 하나 우리 눈에 보이지 않고, 들으려 하나 들리지 않는다. 그 힘은 사물의 본질과 동일하여, 사물에서 분리해 낼 수 없다."

"그 힘의 작용으로 온 우주에 속한 인간은 마음을 정화하고 성스럽게 하며, 예복을 갖추어 조상에게 제물을 바치고 공물을 봉납한다. 그것은 오묘한 지성의 바다다. 천지에 널려 있고, 우리 위에 있으며, 좌우에도 있다. 우리를 온통 에워싸고 있다."[141]

인간은 누구라도 내가 큰 관심을 두고 있는 어떤 실험의 피험자들이다. 상황이 이러하니, 쓸데없이 한데 모여 쑥덕공론을 펴는 대신, 우리 자신의 생각이 스스로를 기운 나게 하도록 힘을 쓸 수는 없을까? 공자는 진심에서 우러나서 이렇게 말했다.

"덕이 있는 사람은 (결코 버림받은 고아처럼) 외롭지 않다. 그 곁에는 반드시 이웃이 있다."[142]

사색을 통해 우리는 건전한 의미에서 우리 자신을 벗어날 수 있다.

의식적으로 애쓴다면 행위와 그 결과에 초연할 수도 있다. 그렇게 되면 좋은 일이든 나쁜 일이든, 만사가 우리 곁을 급류처럼 흘러가 버린다. 우리는 자연에 철저히 몰입해 있지는 않다. 나는 개울물에 떠가는 나무토막일 수도, 하늘에서 그것을 내려다보는 인드라[143]일 수도 있다. 또한 연극 공연에는 감동받으면서도, 내 개인사와 훨씬 관련이 많아 보이는 실제 사건에는 무덤덤할 수도 있다.

나는 나 자신을 인간적 실체로만 알 뿐이다. 그러니까, 사고와 감정이 일어나는 배경으로서 말이다. 그런데 남은 물론이고 나 자신에게서도 한 발 물러나 초연할 수 있는 어떤 이중성을 느낀다. 내가 얼마나 강렬한 경험을 하든, 그 경험에 참여하는 나와 그것을 판단하는 내가 있는 것이다. 판단하는 나는 그저 관객의 입장으로, 전혀 경험을 공유하지 않고 메모만 한다. '나'라기보다는 차라리 '너'에 가깝다. 그래서 삶이라는 연극이 끝나면, 관객은 그게 비극이었어도 그저 제 갈 길로 가 버린다. 관객에게야 그저 한 편의 허구일 뿐이니까. 이러한 이중성이 스스로를 하찮은 이웃이나 친구로 만들어 버리는 것일 게다.

나는 대부분의 시간을 홀로 보내는 것이 바람직하다고 생각한다. 교제는 아무리 좋은 사람들과 어울린다고 해도 사람을 곧 지치고 산만하게 만들어 버린다. 나는 혼자 있는 게 좋다. 고독만큼 함께하기 좋은 벗을 아직은 만나 보지 못했다. 대체로 우리는 방 안에 홀로 머물

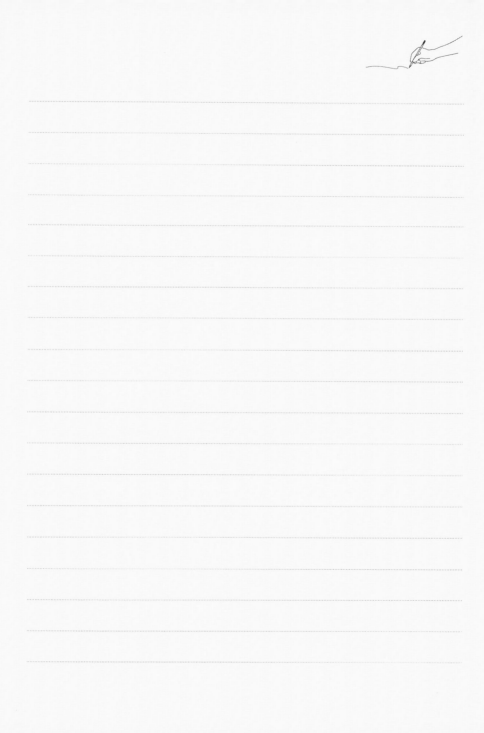

때보다 밖에 나가 사람들과 어울릴 때 더 외로움을 느낀다. 사색하거나 일하는 사람은 늘 혼자다. 그런 사람을 굳이 끌어내지 말자. 고독의 정도는 인간과 인간 사이를 메우고 있는 공간의 거리로는 측정할 수 없다. 케임브리지 대학이라는 그 북새통 속에서도 정말 열심히 공부하는 학생은 사막에서 수도하는 이슬람의 탁발승만큼이나 고독하다.

농부는 종일 홀로 들판에서 김을 매거나 숲에서 나무를 베면서도 일에 몰두하는 덕에 전혀 외로움을 느끼지 않는다. 그러나 밤에 집으로 돌아가면, 생각이 많아지는 탓에 기분 전환 삼아 '사람들을 만나러' 밖으로 나가야만 한다. 그것을 종일 혼자 있었던 것에 대한 보상이라 생각한다. 그래서 농부는 어떻게 학생은 밤낮 가리지 않고 집 안에 홀로 앉아 있으면서도 권태를 느끼기는커녕 '우울증'에도 걸리지 않는지 궁금해한다. 그는 학생이 집 안에 있더라도 여전히 농부처럼 '그의' 밭에서 일하고, '그의' 나무를 베며, 그런 다음에는 농부와 마찬가지로 휴식과 어울릴 사람들을 찾아 나서는데, 훨씬 압축된 형태로 추구할 뿐이라는 사실을 이해하지 못한다.

인간의 교제는 일반적으로 너무 천박하다. 다들 너무 자주 만나는 탓에, 서로에게서 새로운 가치를 얻을 여유가 없다. 하루 세끼 밥 먹을 때 만나서 우리 자신이라는 곰팡이 핀 오래된 치즈를 서로에게 권한다. 이렇게 자주 만나도 그럭저럭 참을 만해서 서로에게 전쟁을 선

포하는 일이 없도록 하려면, 예의와 정중함이라 불리는 일련의 규칙을 세워 놓아야 한다. 우체국에서 만났다 싶으면, 친목회에서도 만나고, 또 밤마다 화롯가에서도 만나지 않는가. 그러다 보니 관계가 너무 돈독한 탓에 서로의 앞길을 막아서기도 하고, 서로의 발에 걸려 넘어지기도 한다. 장담컨대, 지금보다 조금 덜 만나도 중요하고 진심 어린 대화를 나누는 데 아무런 지장이 없다. 공장에서 일하는 저 소녀들을 보자. 그들은 꿈속에서조차 결코 외로울 수가 없다. 내가 사는 곳처럼 500평쯤에 한 명씩 살아간다면 좋지 않겠는가. 인간의 가치는 손으로 만져 볼 수 있는 피부에 있지 않다.

숲에서 길을 잃어 굶주림과 탈진으로 나무 밑에서 죽어 가던 어떤 남자의 이야기를 들은 일이 있다. 그는 몸도 쇠약해진 터에 병적인 상상력마저 기승을 부려 온갖 괴기스러운 환영에 둘러싸이게 됐고, 그것이 실재라고 믿기까지 했던 탓에 외로움을 느낄 겨를이 없었다고 한다. 우리는 육체와 정신이 건강하고 힘이 넘치니, 지금과 비슷하지만 훨씬 정상적이고 자연스러운 교제를 통해서도 지속적으로 기운을 얻고, 우리가 결코 혼자가 아님을 알아갈 수도 있을 터다.

내 집에는 참으로 많은 친구가 있다. 아무도 찾지 않는 아침나절이면 특히 더 붐빈다. 내 상황을 제대로 전하고자 몇 가지 비유를 들어 보겠다. 호수에 살며 떠들썩하게 웃어 젖히는 물새나 월든 호수 자체

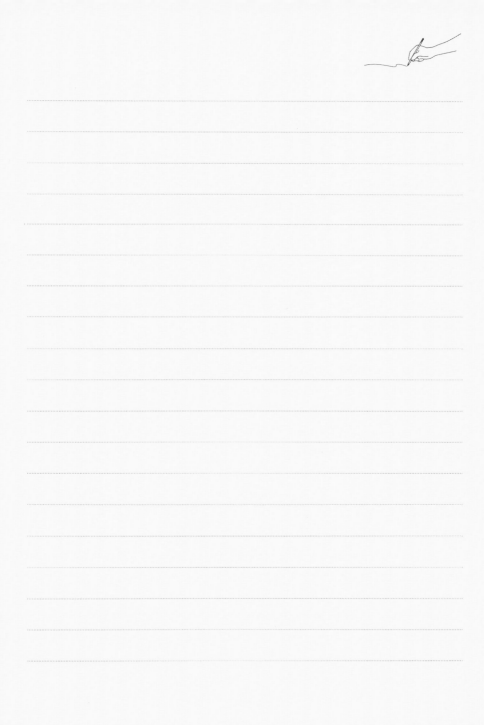

가 외롭지 않듯이, 나도 외롭지 않다. 저 외로운 호수에게 어떤 친구가 있겠는가? 그럼에도 호수는 그 담청색 물속에 푸른 악마가 아닌, 푸른 천사를 품고 있다. 태양은 혼자다. 안개가 자욱한 날이면 간혹 태양이 두 개처럼 보이기도 하지만, 나는 하나가 가짜라는 사실을 안다. 하느님 역시 홀로다. 그러나 악마는 결코 혼자인 법이 없다. 늘 떼를 지어 돌아다닌다. 한마디로 악마는 군대다. 초원에 핀 멀런, 민들레, 콩잎, 괭이밥, 혹은 띠호박벌이 외롭지 않듯, 나도 외롭지 않다. 밀브룩[144]이나 풍향계, 북극성, 남풍, 4월의 소나기, 1월의 해동, 새로 지은 집에 자리 잡은 첫 번째 거미가 외롭지 않듯, 나도 외롭지 않다.

숲에 흰 눈이 펑펑 내리고 거센 바람이 휘몰아치는 긴 겨울밤이면, 가끔씩 나를 찾는 손님이 있다. 그는 과거부터 살아온 정착민으로 호수의 원래 주인이며, 전하는 바에 따르면 그가 월든 호수를 파서 바닥에 돌을 던져 넣고 그 주변에 소나무를 심었다고 한다. 그는 나에게 과거의 이야기와 새로운 영원에 관한 이야기를 들려준다. 우리는 사과나 과일 주스 없이도 사교의 기쁨과 사물에 관한 유쾌한 관점을 나누며 즐거운 저녁 시간을 보낸다. 그 친구는 현명할 뿐 아니라 농담도 잘하니 내가 어찌 좋아하지 않을 수 있겠는가. 그는 고프나 월리[145]보다도 더 은밀하게 숨어 살았기에 모두 그가 죽었다고 생각했으나, 어디에 묻혔는지는 물으면 아무도 대답하지 못한다.

한 나이 지긋한 부인 역시 내 이웃에 살고 있지만, 다른 사람의 눈에는 보이지 않는다. 때로 나는 그녀의 향기로운 약초밭을 한가히 거니는 것을 좋아하는데, 가끔 약초도 캐고, 그녀가 들려주는 우화도 듣는다. 그 부인은 비할 데 없는 비옥함이라는 천부적 재능을 타고났을 뿐 아니라[146], 그 기억력은 신화 이전 시대까지 거슬러 올라간다. 그녀가 아직 어렸을 때 모든 사건이 일어났기에, 내게 모든 전설의 기원과 그것이 어디에 근거하는지까지 말해 줄 수 있다. 혈색 좋고 기력도 좋은 이 부인은 어떤 날씨, 어떤 계절에도 즐거이 지내기에, 보나마나 자식들보다도 오래 살 것 같다.

태양과 바람과 비, 또는 여름과 겨울 같은 자연은 말할 수 없이 순수하고 너그러워서 우리에게 아낌없이 건강과 기쁨을 베푼다. 그리고 인류에게 품은 동정심 또한 한이 없어서, 만약 어떤 이가 슬퍼할 만한 이유로 슬퍼한다면, 온 자연이 그에게 영향을 받아서, 태양 빛은 사그라지고 바람은 인간처럼 탄식하며 구름은 눈물처럼 비를 내리고 숲은 한여름에도 그 잎을 떨어뜨리고 상복을 입을 것이다. 그러니 내가 어찌 대지와 친분을 나누지 않을 수 있겠는가? 나 역시도 한편으로는 잎사귀이자 식물이 아니겠는가?

우리를 건강하고 평온하고 만족스럽게 만들어 줄 묘약은 무엇일까? 그것은 나나 그대의 증조부가 아니라 증조모인 자연이 빚은 세상

에 널리 퍼져 있는 식물과 채소라는 약일진대, 그것으로 자연의 여신은 한결같은 젊음을 유지해 왔고, 그 많은 파 노인[147]보다도 장수했으며, 그 썩어 가는 채소 덕에 얻은 비옥함으로 건강을 이어 나갔다.

내게 있어 만병통치약이란 돌팔이 의사가 저승의 아케론 강물과 사해의 물을 섞어 만들었다며 병에 담아 가지고 다니는 액체가 아니다. 그는 길고 야트막한 검은 배처럼 생긴 마차에 그 물약을 싣고 다닌다. 보나마나 병을 운반하려고 일부러 만든 마차이리라. 차라리 내게 희석하지 않은 아침 공기 한 모금을 달라. 그것이 내게는 만병통치약이다. 아, 아침 공기! 인간이 하루의 샘솟는 원천인 새벽 공기를 마시지 않으려 한다면, 그것을 병에 담아 가게에서 팔기라도 해야 하지 않겠는가. 이 세상에서 아침 시간을 구독할 예매권을 잃어버린 사람들을 위해서라도 그리해야 할 터다. 그러나 기억해야 할 것은, 아침 공기는 아무리 서늘한 지하실에 보관하더라도 결코 정오까지 머물지 못하고, 그 전에 병마개를 밀어젖힌 채 새벽의 여신이 남겨 놓은 발자취를 따라가 버린다는 사실이다.

나는 약초를 다루는 아스클레피오스(의술의 신)의 딸이자, 한 손에 뱀을 들고 다른 손에 그 뱀이 마실 물잔을 든 모습의 조각상으로 그려지는 히게이아(건강의 여신)의 숭배자는 아니다. 오히려 기혼 여성을 수호하는 헤라 여신과 야생 상추의 딸로, 신과 인간에게 젊음을 되찾

아 주는 능력을 가졌고, 제우스에게 술잔을 올리는 모습으로 묘사되는 헤베(젊음의 여신)의 숭배자다. 그녀야말로 지구 위를 걸었던 가장 완벽하고 건강하며 강인한 젊은 여성이었으니, 그녀가 지나는 곳에는 늘 봄이 찾아왔다.

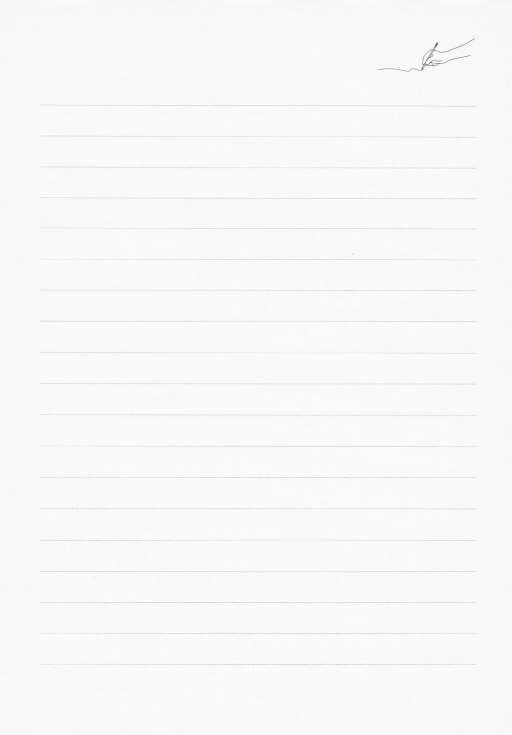

# 방문객들

　나도 대부분의 사람들처럼 남들과의 교제를 즐긴다. 그래서 내 삶 속으로 들어오는 열정적인 사람에게는 거머리처럼 들러붙어 떨어지지 않을 각오도 되어 있다. 나는 천성이 은자는 아니고, 볼일이 있어 술집에 간다면 그 어떤 끈질긴 단골손님보다 더 오래 앉아 있을 수도 있다.

　내 집에는 의자가 셋 있다. 하나는 고독을, 둘은 우정을, 셋은 사교를 위한 것이다. 예기치 않게 손님들이 단체로 우르르 몰려와도 의자 셋밖에는 내놓을 것이 없지만, 대개는 서 있으면서 공간을 효율적으로 쓴다. 자그마한 집에 얼마나 많은 남녀가 들어설 수 있는지 알면 놀랄 것이다. 한 번은 스물다섯 내지 서른 명의 영혼을 그 육신과 함

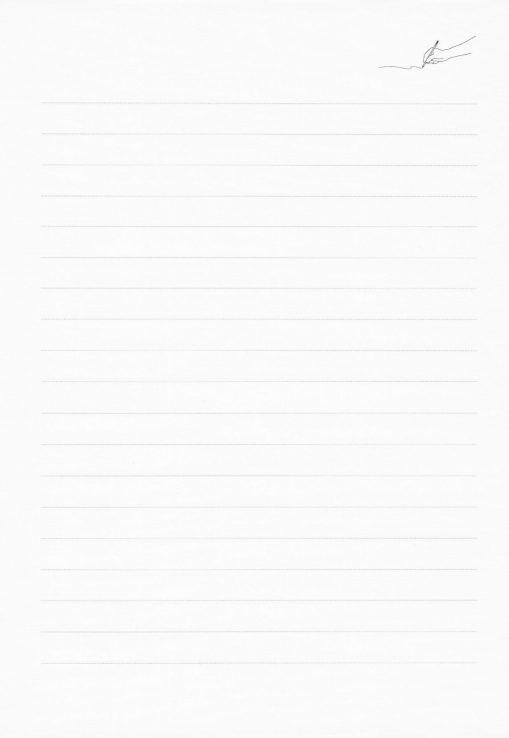

께 내 지붕 아래 맞아들였는데, 우리는 서로에게 그토록 가까이 서 있다는 사실을 자주 까먹고 있다가 헤어졌다.

공용 주택이든 사택이든 간에, 우리의 집들은 대부분 셀 수 없이 많은 방과 거대한 홀, 포도주 및 평화 시에 비축하는 생필품들을 두는 지하실 등을 갖췄는데, 거기 거주하는 인원에 비해 지나치게 크다고 느낀다. 너무나 크고 웅장해서, 거주민이 오히려 그 집을 좀먹는 해충처럼 보인다. 전령이 트레몬트나 애스터, 미들섹스 하우스 같은 호텔 앞에서 소환장을 낭독할 때, 투숙객들이 서 있어야 할 광장 위로 우스꽝스럽게 생긴 생쥐 한 마리만 기어 나오고, 그마저도 곧바로 보도 사이의 구멍으로 슬금슬금 다시 기어 들어가는 장면을 보면 기가 찬다.

내가 작은 집에 살아서 가끔 경험하는 불편 하나는, 손님과 마주 앉아 거창한 단어들을 쓰며 심오한 사상에 관해 대화를 나눌 때 우리 사이에 충분한 거리를 두기가 힘들다는 점이다. 우리는 생각이 정해진 항구로 들어가기 전에, 항해 준비를 마치고 시험 삼아 항로 한두 개쯤 돌아볼 만한 공간을 원한다. 생각의 탄환은 상하좌우 요동을 극복하며 날아가서 마지막 안정 궤도에 들어가 상대방의 귀에 안착해야 한다. 그렇지 않으면 상대의 머리를 뚫고 다시 밖으로 나갈 수 있다.

문장들도 펼쳐서 세우려면 띄엄띄엄 공간을 두어야 한다. 개인 간에도 국가들처럼 널찍하고 자연스러운 경계뿐 아니라 상당한 넓이의 중

립지대가 필요하다. 언젠가 나는 호수를 사이에 두고 서서 한 친구와 대화를 주고받는 꽤나 독특한 호사를 누렸다. 내 집에서는 서로 너무 가까이서 대화를 나누느라 제대로 경청할 수가 없었다. 상대가 귀 기울일 만큼 낮게 이야기할 수가 없는 것이다. 잔잔한 수면에 돌 두 개를 너무 가까이 던지면 두 파문이 서로를 방해하는 것과 같은 이치다.

그저 큰 소리로 장황하게 떠들어 대는 것을 좋아하는 사람들이라면, 바싹 붙어 서서 볼에 서로의 숨결이 느껴져도 개의치 않을 터다. 그러나 삼가는 태도로 사려 깊게 말하는 사람이라면, 서로의 동물적 열기와 습기가 증발해 날아갈 수 있도록 멀리 떨어져 있고 싶어 한다. 서로의 마음속에 있되 밖으로 소리 내 말하지 않거나 말할 필요도 없는 것까지 나누는 가장 친밀한 교제를 원한다면, 반드시 침묵을 지켜야 할 뿐 아니라, 서로의 목소리를 도저히 들을 수 없을 만큼 물리적으로도 멀리 떨어져 있어야 한다. 이런 기준에서 보자면, 말은 듣는 데 어려움이 있는 사람들의 편의를 위한 것인 듯하다. 그러나 세상에는 고함을 질러도 전달할 수 없는 섬세한 것들이 수도 없이 많다. 대화가 고상하고 장중한 분위기로 흘러가기 시작하면, 우리는 조금씩 의자를 뒤로 밀어 마침내는 벽에 가서 붙을 지경이 됐는데, 앞서도 언급했듯이 내 방에서는 그래도 공간이 충분치 않았다.

그러나 내 '최고의' 방, 늘 손님을 맞을 준비가 되어 있는 응접실, 바

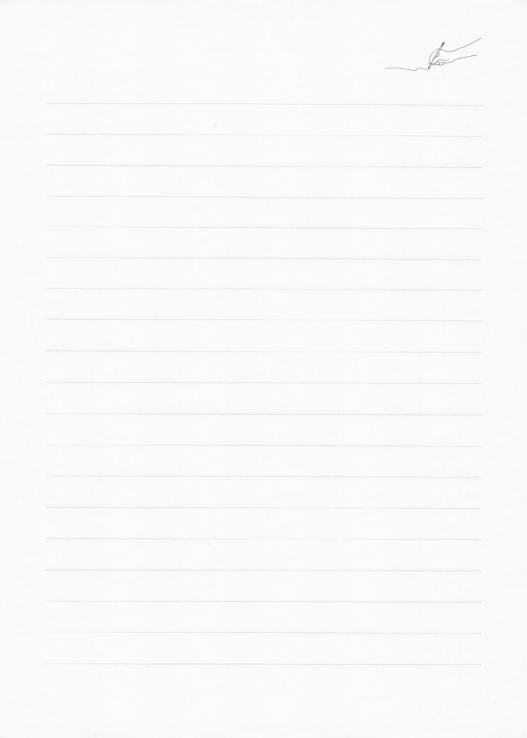

닥에 거의 햇빛이 들지 않는 그곳은, 집 뒤의 소나무 숲이었다. 여름날 귀한 손님이 오면 나는 그리로 안내했다. 값을 헤아릴 수 없을 만큼 소중한 하인이 바닥을 쓸고 가구의 먼지를 털었으며 주변도 깨끗이 정리해 두었다.

손님이 한 명이면, 그는 종종 내 소박한 식사에 함께했다. 속성 푸딩[148]을 젓거나 잿더미 속에서 빵 한 덩이가 부풀어 익어 가는 모습을 지켜보는 일은 대화를 전혀 방해하지 않았다. 그러나 손님이 스무 명쯤 와서 집 안에 앉아 있으면, 빵이 두 사람 몫밖에 없기도 했지만, 마치 먹는 일이 잊혀진 습관이라도 된다는 듯이 아무도 식사 얘기를 꺼내지 않았다. 그렇게 우리는 자연스럽게 금식을 실천했지만, 그것이 손님 접대에 반하는 행위라고 느끼는 사람은 없었다. 오히려 가장 적절하고 사려 깊은 방침이라 여겼다. 육체적으로 기력이 떨어지고 쇠하는 것도, 평소라면 자주 회복시켜 줘야 할 텐데도 이때는 기적적으로 늦춰지는 듯 보였고, 활력도 굳건히 버텨 주었다. 스무 명이 아니라 천 명도 접대할 수 있을 듯했다. 행여 내 집에 찾아와 나를 만나고도 실망하거나 배가 고파 돌아간 사람이 있다면, 내가 그 심정에 공감했었다는 사실만은 믿어 주기 바란다.

대부분의 주부들은 회의적이겠지만, 지금보다 새롭고 더 나은 관행을 만드는 일은 무척 쉽다. 손님에게 대접하는 식사에 자신의 평판

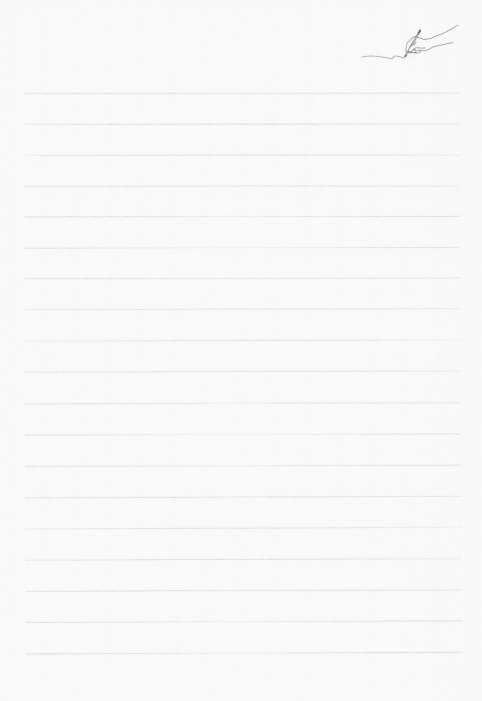

을 내걸 필요는 없다. 나는 누군가의 집을 방문할 때 케르베로스[149]를 만나는 상황만큼이나 꺼려지는 것이 있다면, 바로 초대자가 나를 접대하겠다고 줄줄이 내오는 음식이다. '다시는 내게 이런 수고를 시키지 말라'고, 에둘러서 정중하게 하는 부탁으로 보인다. 그래서 그런 곳에는 다시 방문하지 않을 작정이다. 나는 어느 손님이 명함 대신 노란 호두나무 잎에 적어 두고 간, 스펜서의 시를 내 오두막의 표어로 삼았다는 사실이 매우 자랑스럽다.

"그곳에 도착해서, 그들이 그 자그마한 집을 채우지만
환대하는 이 없으니, 아무도 환대를 바라지 않는다.
휴식이 향연이고, 모든 것이 그들의 뜻대로다.
고귀한 마음에 가장 큰 만족이 깃들지니."[150]

후에 플리머스 식민지의 총독이 되었던 에드워드 윈슬로[151]가 동료한 명과 매사소이트 추장[152]을 방문한 일이 있었다. 숲을 통과해 걸어야 했기에 그곳에 도착했을 때는 매우 피곤하고 배가 고팠다. 그러나 추장의 환대는 받았지만 식사 이야기는 그날 내내 듣지 못했다. 그는 이렇게 기록했다. "밤이 되자 추장은 아내와 함께 쓰는 자신의 침상에 우리가 함께 눕도록 했다. 추장 부부가 한쪽 구석에 눕고 우리가 다른

구석에 누웠다. 침대라고 해 봐야 바닥에서 30센티미터 정도 띄워 놓은 판자 위에 얇은 돗자리를 깐 것이었다. 추장의 부하 둘이 잘 곳이 없었는지 우리 옆으로 기어 들어왔다. 덕분에 여행보다 잠자리가 더 피곤했다."

이튿날 오후 1시쯤 매사소이트 추장은 직접 활을 쏘아 잡은 생선 두 마리를 가져왔다. 잉어보다 세 배는 컸다. "그것이 끓는 동안 적어도 마흔 명쯤 되는 부족민이 대기하다가 함께 나눠 먹었다. 이 식사가 이틀 밤과 하루 낮 동안 우리가 먹은 전부였다. 우리가 꿩 한 마리를 사 왔기에 망정이지, 아니었으면 여행 내내 굶었을 터였다." 제대로 먹지도 못하고 "원주민의 야만스러운 노래 때문에(그들은 노래를 부르며 잠드는 습관이 있었다.)" 잠도 제대로 잘 수가 없었기에, 두 사람은 정신이 이상해질까 두렵기도 하고, 또 집에 도착하려면 기력이 남아 있을 때 가야 하기에 그곳을 떠나왔다고 한다.

잠자리라면 그들이 형편없는 대접을 받기는 했지만, 원주민의 입장에서는 의심의 여지없이 최고의 경의를 표한 것이다. 그러나 식사에 관해서는 인디언도 그 이상은 더 잘해 줄 수 없었다는 사실을 나는 이해한다. 자기들도 먹을 것이 없었던 탓이다. 게다가 손님들에게 사과의 변명을 늘어놔 봐야 그것이 음식을 대신할 수 없다는 사실 정도는 충분히 알 정도로 현명했다. 그래서 그들은 허리띠를 바짝 졸라매고

식사에 관해서는 아무 말도 하지 않았던 것이다. 윈슬로가 그들을 다시 방문했을 때는 먹을 것이 풍부한 시기였던 터라 음식 대접에 부족함이 없었다.

사람은 어디에 살든 사람과 마주치지 않고 살아갈 수가 없다. 나는 숲에서 사는 기간에 내 생애 그 어느 때보다도 더 많은 방문객을 맞았다. 손님이 제법 찾아왔다는 뜻이다. 나는 그들을 그 어느 곳에서보다 훨씬 호의적인 환경에서 맞았다. 그런데 사소한 일로 찾아오는 사람은 거의 없었다. 마을에서 멀리 떨어져 사니까 방문객이 걸러진 모양이다. 나는 거대한 바다 한가운데 떠 있는 고독이라는 섬 안으로 깊숙이 들어와 있었다. 그리로 교제의 강물이 흘러들었고, 내가 가장 필요로 하던 고운 침전물만 주위에 쌓여 갔다. 게다가 바다 저편에 아직 탐사되지 않고 개척되지도 않은 대륙이 존재한다는 증거가 간혹 떠내려 왔다.

오늘 아침 내 집에 찾아온 사람은 호메로스의 작품 속 등장인물 혹은 파플라고니아 사람[153] 같은 이였다. (그는 자신에게 매우 잘 어울리면서 시적인 이름을 가졌는데, 여기에 밝힐 수 없어 애석할 따름이다.) 캐나다 태생의 나무꾼이자 기둥 만드는 기술자였는데, 하루에 50개의 기둥에 구멍을 팔 수 있었다. 그는 전날 저녁 식사로 자기 개가 잡아온 우드척을 요리해 먹었다고 했다. 그도 호메로스에 대해 들어봤다면서 이

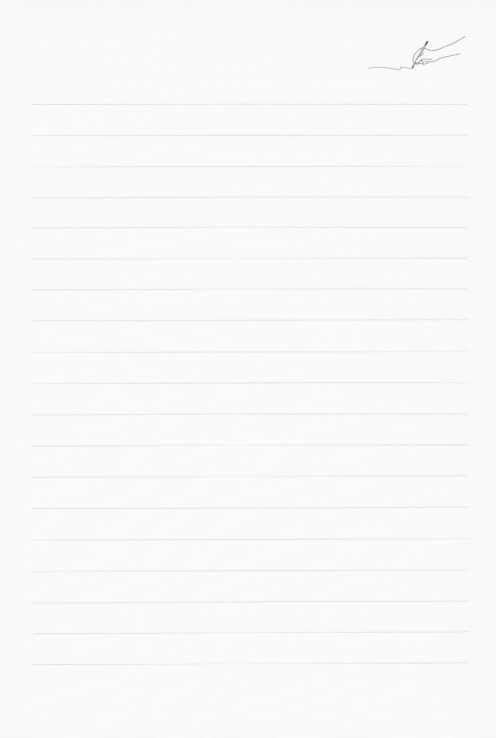

렇게 말했다. "만약 책이 없다면 비오는 날 할 일이 없을 겁니다." 그
렇지만 나는 그가 여러 번의 우기를 거치는 동안에도 책 한 권을 제대
로 다 읽지는 못했으리라 짐작한다. 그는 고향에 있을 때 그리스어를
읽을 줄 아는 교구 신부에게 호메로스의 시를 읽는 법을 배웠다고 했
으나, 지금 나는 그가 책을 들고 있으면 내용을 번역해 주고 있다. 아
킬레우스가 파트로클로스의 슬픈 안색을 질책하는 부분이다.

"왜 눈물짓고 있는가, 파트클로스여. 꼭 어린 계집애 같지 않은가?
혹시 프시아에서 온 소식을 혼자 들은 것인가?
악토르의 아들 메노이티우스가 아직 살아 있고
아이아코스의 아들 펠레우스도 미르미돈 사람들 사이에 살아 있다
고들 하더군.
둘 중 하나라도 죽었다면, 우리가 크게 슬퍼해야겠지."[154]

그는 "이거 정말 좋은데요." 하고 말한다. 그는 이 일요일 아침나절,
어느 환자를 위해 채집한 흰떡갈나무 껍질 큰 다발을 옆구리에 끼고
온 참이다. "주일에 이런 책을 읽어도 해될 건 없겠지요." 비록 책의
내용은 이해하지 못해도, 그에게 호메로스는 위대한 작가였다. 이 나
무꾼보다 더 소박하고 자연친화적인 사람이 또 있을까. 전 세계에 암

울한 도덕적 그림자를 던지는 악덕과 질병도 그에게는 아무런 영향을 미치지 않는 듯했다.

나이가 스물여덟쯤 된 그는 12년 전에 캐나다의 부모님 집을 떠나 미국으로 왔다. 그리고 언젠가는 고향 땅에 농장을 마련할 생각으로 돈을 벌고 있었다. 외모는 무척이나 험하게 생겼고, 체격은 단단한데 행동은 좀 굼떴다. 그러나 태도는 점잖았다. 햇볕에 그을린 목은 굵직했고, 검은 머리는 부스스했으며, 푸른 눈은 흐릿하고 졸려 보였지만 그래도 이따금씩 반짝이며 감정을 표현했다. 그는 납작한 회색 천 모자를 쓰고 우중충한 색깔의 양모처럼 보이는 외투와 소가죽 장화 차림이었다.

그는 고기를 엄청나게 먹어 댔다. 그리고 여름 내내 나무를 벴는데, 보통 내 집 앞을 지나 3킬로미터쯤 떨어진 일터까지 양철통에 도시락을 싸 가지고 다녔다. 차게 식은 고기(대개는 우드척 고기)와 커피였는데, 커피는 돌로 만든 병에 담아 허리띠에 매달고 다녔고 가끔은 내게도 한 모금 권했다. 그는 아침 일찍 내 콩밭을 가로질러 갔는데, 여느 미국인들처럼 조바심을 내거나 서두르는 기색이 없었다. 몸이 상할 정도로 일하지도 않았다. 입에 풀칠할 정도만 벌어도 개의치 않았다. 길을 가다 기르는 개가 우드척이라도 잡는 날이면, 도시락을 수풀 속에 던져두고 2킬로미터도 넘는 길을 되돌아가서 고기를 손질해 하숙

집 지하 저장고에 넣어 두고 왔다. 그러나 그 전에 30분쯤 '밤까지 호수에 담가 두는 게 더 낫지 않을까' 궁리해 보곤 했다. 그런 문제를 골똘히 생각해 보는 것을 워낙 좋아했다. 아침에 내 집 앞을 지날 때면 이런 말을 하기도 했다.

"저 산비둘기 떼 좀 보세요! 매일 일해야 하는 처지만 아니면, 사냥을 해서 고기를 마음껏 구할 텐데. 산비둘기, 우드척, 산토끼, 꿩, 말만 하세요! 하루만 사냥해도 일주일분은 잡는다고요."

그는 나무꾼으로서 솜씨가 좋았고, 간혹 그 솜씨를 멋지게 과시했다. 나무를 자를 때는 지면에 가깝게 바투 잘라 냈다. 그러면 후에 주변의 새순이 훨씬 왕성하게 자라고, 썰매도 나무 둥치에 걸리지 않고 미끄러져 내려간다. 장작 더미를 받쳐 두는 통나무도 그대로 내버려 두지 않고, 얇게 벗겨 내거나 쪼개서 훗날 필요하면 손으로도 꺾어 쓸 수 있게 해 두었다.

내가 그에게 관심이 간 이유는, 조용하고 고독하게 지내면서도 참으로 행복해 보였기 때문이다. 만족스러운 쾌활함이 그의 눈에서 샘처럼 흘러 넘쳤다. 그의 기쁨은 순수했다. 때로 나는 숲에서 나무를 베고 있는 그와 마주쳤는데, 그때마다 그는 표현할 수 없을 만큼 만족스러운 웃음소리로 나를 맞았고, 영어를 할 줄 알면서도 캐나다식 프랑스어로 인사말을 건넸다. 내가 다가가면, 그는 하던 일을 멈추고 기쁨

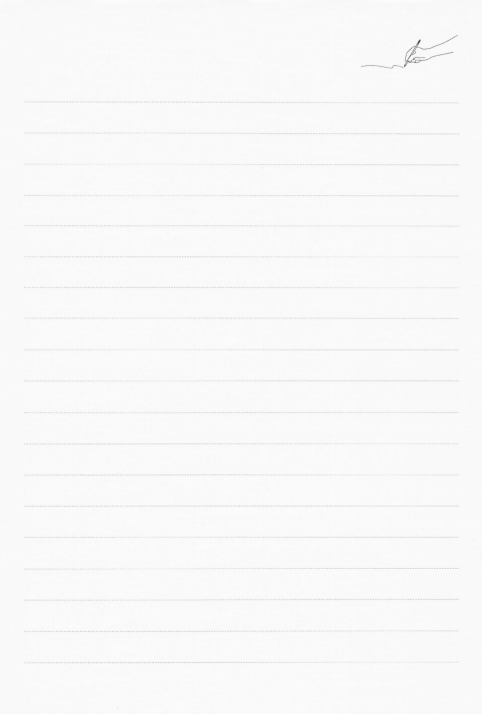

을 억누르지 못하겠다는 듯 자신이 베어 놓은 소나무 곁에 벌렁 드러
누웠다. 그러고는 소나무 속껍질을 벗겨 돌돌 말아서 웃으며 이야기
를 나누는 동안 질겅질겅 씹었다. 그에게서는 동물 같은 활기가 흘러
넘쳤다. 간혹 뭐가 됐든 재미있는 일화라도 생각나면 웃다가 쓰러져
바닥을 데굴데굴 굴렀다. 또 주변의 나무를 둘러보며 이렇게 소리 지
르기도 했다. "아! 정말이지, 나무 베는 일만큼 즐거운 것도 없다니까
요. 이보다 더 재미있는 일은 바라지도 않아요."  ·

　때로 한가할 때면, 그는 작은 권총 한 자루를 쥐고 온종일 숲을 헤
매 돌아다니며, 일정한 간격을 두고 자신에게 바치는 축포를 쏘며 즐
거워했다. 겨울에는 모닥불을 피워 두고 점심 먹을 시간에 맞춰 커피
주전자를 데웠다. 그가 점심을 먹으려고 통나무에 걸터앉으면, 가끔
박새가 몰려와 그의 팔에 올라앉았고, 손가락으로 감자를 집어 주면
쪼아 먹기도 했다. 그러면 그는 "요 작은 녀석들이 주변에 있어서 참
좋다니까요."라고 말했다.

　내면만 살핀다면, 그는 동물적인 면이 주로 발달돼 있었다. 육체적
인 지구력과 만족감 면에서는 소나무와 바위의 사촌 격이라 할 만했
다. 한번은 온종일 일하고 나면 밤에 피곤하지 않느냐고 물었더니 매
우 진지하고 심각한 표정으로 이렇게 대답했다. "천만에요. 평생 피곤
이라고는 느껴 본 일이 없어요." 하지만 그의 내면에 있는 지적인 부

분, 소위 정신적인 인간은 갓난아기와 마찬가지로 잠들어 있었다. 그는 가톨릭 사제가 원주민을 가르칠 때 이용하는 순진무구하고 비효율적인 방법으로 교육받았다. 그런 식으로 배워서는 결코 사물을 자각하는 수준에 도달할 수 없다. 그저 상대를 신뢰하고 존경하는 법만 배울 뿐이다. 따라서 세월이 흘러도 아이가 어른으로 성장하지 못하고, 어린아이로만 남아 있다. 자연은 그를 창조할 때 강인한 육신과 만족을 그의 몫으로 떼어 주면서, 존경과 신뢰라는 기둥으로 사방을 받쳐서 칠십 평생을 어린아이로 살아갈 수 있도록 해 준 것이다.

그는 참으로 순수하고 단순하기까지 해서 도무지 아무에게도 소개할 수가 없다. 우드척을 이웃 사람에게 소개할 수 없는 이치나 마찬가지다. 그러니까, 내가 그랬듯이 이웃 사람도 스스로 그가 어떤 사람인지 알아 가야만 한다. 그는 자기의 역할 이외에는 그 어느 역할도 하지 않으려 한다. 사람들이 그에게 일감을 주고 품삯을 치러 먹고 입을 수 있게 해 주었으나, 그는 다른 사람과 의견을 나누는 법이 없었다. 그는 실로 단순하고 타고나길 겸허해서(아무것도 열망하지 않는 이를 겸허하다고 한다면), 겸허함이라는 기질이 도드라지는 장점으로 보이지도 않았고 스스로도 깨닫지 못했다. 그는 자기보다 현명한 사람은 신처럼 대했다. 만약 그에게 현자가 오고 있다고 말해 주면, 그런 대단한 사람은 자기같이 하찮은 사람에게는 아무런 볼일이 없을 텐데, 그건

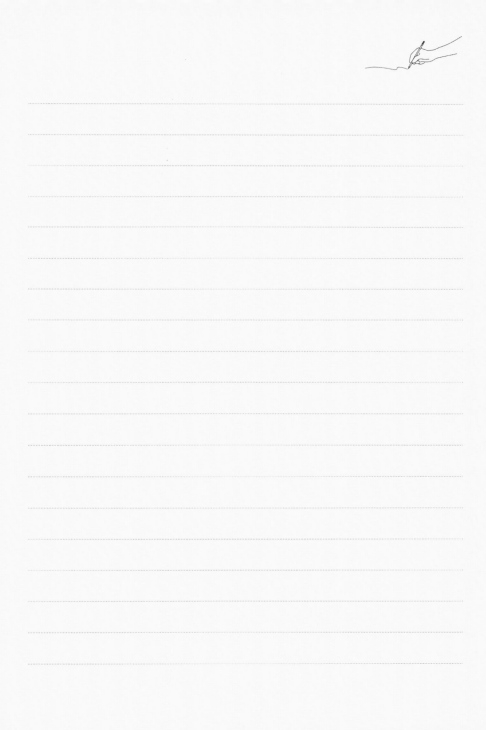

다 자기 책임이니 자신을 그냥 무시하라는 듯이 행동할 것이다.

그는 생전 칭찬이라고는 들어 본 일이 없다. 또한 작가나 설교자를 특히 존경했다. 그들이 하는 일을 기적처럼 여길 정도였다. 내가 글을 많이 쓴다고 하니, 그냥 종이에 글씨를 쓴다는 의미로 받아들이고 오랫동안 그렇게 생각하기까지 했을 정도다. 그 역시도 글씨는 꽤 잘 썼기 때문이다. 가끔 나는 대로변에 쌓인 눈 위에 그가 자신의 고향 교구의 이름을 적절한 강세 부호까지 곁들여 불어로 정갈히 적어 놓은 것을 보고는 그가 그 길로 지나갔음을 알아보곤 했다. 나는 그에게 생각하는 바를 글로 써 보고 싶다는 생각을 혹시라도 해 봤느냐고 물었다. 그는 글을 모르는 사람들을 위해 편지를 읽거나 써 준 적은 있지만, 생각하는 바를 써 보고 싶다는 생각은 해 본 적이 없다고 대답했다. "아니요, 그건 못할 것 같아요. 무슨 말로 시작해야 할지도 모르겠는데, 그걸 생각하다가는 지레 죽고 말걸요. 게다가 철자까지 신경 써야 하잖아요!"

언젠가 저명하고 똑똑한 사회개혁가가 그에게 세상이 바뀌기를 바라지 않느냐고 물었다고 한다. 그는 당시 그런 문제가 세간의 화젯거리였다는 사실을 전혀 모른 채, 놀라서 껄껄거리며, 캐나다 억양으로 이렇게 대답했다고 한다. "아니요, 난 지금도 충분히 좋아요." 만약 어느 철학자가 그를 만나 이런저런 이야기를 나누었더라면 의외로 많은

것을 배웠으리라. 잘 모르는 사람의 눈에는, 그는 대체로 무식해 보인다. 그러나 나는 가끔 그의 내면에서 전에는 한 번도 본 적이 없는 인간을 발견한다. 나는 그가 셰익스피어만큼이나 현명한지, 혹은 무지한 어린아이나 마찬가지인지 모르겠다. 섬세한 시인의 의식을 보이는 자인지, 그저 어리석은 자인지 도통 모르겠다. 어느 마을 사람은 그가 꼭 맞는 작은 모자를 쓰고 혼자 휘파람을 불면서 한가로이 마을을 지나는 모습을 보고 있노라면, 신분을 가장하고 돌아다니는 왕자가 떠오른다고 말했다.

그가 가진 책은 연감과 산술 책이 전부였는데, 그는 산술에 상당히 뛰어나기도 했다. 연감 책은 그에게 일종의 백과사전이었다. 그는 연감에 인간의 모든 지식이 압축돼 들어가 있다고 생각했고, 사실 어느 정도까지는 그렇기도 했다. 나는 당시의 여러 개혁에 관해 그에게 이런저런 질문을 했다. 그러면 그는 참으로 단순하고도 실용적인 관점에서 자신의 견해를 말했다. 그런 얘기를 전에 들어 본 적도 없었을 테지만 전혀 개의치 않았다. 내가 "자네는 공장 없이도 살 수 있겠는가?"라고 물으면, "지금 입은 옷이 버몬트 지역에서 가내수공업으로 짠 회색 천으로 지은 건데, 입을 만해요."라는 대답이 돌아왔다. "차나 커피가 없다면 어쩌겠는가? 물 말고 이 나라에 마실 만한 다른 것이 있겠는가?"라는 질문에는 "솔송나무 잎을 물에 담가 마셔 본 적이 있

444

는데, 더울 때는 그게 물보다 낫더라고요."라고 대답했다.

　내가 돈 없이도 살 수 있겠느냐고 물었을 때는, 내게 돈이 얼마나 편리한지 설명하기까지 했다. 그런데 그 설명은 화폐제의 기원에 관한 가장 철학적인 해석과 일치하고, 라틴어로 '돈'을 의미하는 '페쿠니아'라는 단어의 어원과도 일치했다. 이를테면 그의 재산이 소 한 마리뿐일 때, 상점에서 바늘과 실을 사고 싶다고 바늘과 실 값에 해당하는 만큼만 소를 저당 잡힐 수가 없고, 할 수 있다 해도 매번 구입할 물건이 있을 때마다 그리 하기란 불편하기 그지없다는 것이다. 그는 여러 제도를 그 어떤 철학자보다 훌륭히 옹호할 수 있었다. 자신과 관련지어 설명함으로써, 그 제도가 널리 행해지는 진짜 이유를 제시할 뿐 아니라, 괜히 다른 이유를 찾는답시고 고민하는 일도 없었기 때문이다.

　어느 날인가, 플라톤이 인간을 '깃털 없는 두 발 동물'이라 정의했더니 누군가 깃털을 뽑은 수탉을 들어 보이며 '플라톤의 인간'이라고 했다는 이야기를 들려주었다. 그랬더니 그는 인간과 닭은 무릎이 서로 반대 방향으로 굽는다며, 그게 중요한 차이점이라고 말했다. 그는 가끔 이렇게 소리 지르기도 했다. "난 얘기 나누는 게 정말 좋아요! 아, 정말이지, 온종일이라도 떠들 수 있을 것 같다니까요!" 언젠가 여러 달 만에 그를 만났을 때, 나는 여름 동안 뭐 새롭게 떠올린 생각이라도 있는지 물었다. 그는 이렇게 대답했다. "생각이라뇨. 나처럼 일

에 치어 사는 사람은, 평소 하던 생각이나마 잊어버리지 않으면 다행인걸요. 만약 함께 밭을 매던 사람이 밭매기 경주를 하자고 하면, 내 생각은 거기에 온통 매달릴 거예요. 잡초 뽑는 생각만 할 거라는 거죠." 이렇게 오래간만에 만나는 경우에는 그가 먼저 내 일에 무슨 진척이라도 있는지 물어 오기도 했다.

어느 겨울날 나는 그에게 늘 자신에게 만족하고 사는지 물었다. 바깥세상의 사제를 대신하는 자기 내면의 사제가 존재한다는 사실과, 더 높은 차원에 놓인 삶의 목적도 있다는 사실을 그에게 알려 주고 싶어서였다. "만족이라!" 그는 탄성을 내지르더니 "누구는 이거에 만족하면, 또 누구는 저거에 만족하는 법이죠. 뭐, 부족한 게 없는 사람이야, 온종일 화로 앞에 앉아 밥만 배불리 먹어도 충분히 만족할 테고요. 내, 참!"이라고 대답했다. 그러나 아무리 이런저런 수를 써 보아도, 그가 사물을 정신적인 관점으로 바라보게끔 이끌 수는 없었다. 그가 이해하는 가장 고차원적 개념은, 동물도 충분히 이해할 만큼 간단한 편의성 정도였다. 물론 사실상 대부분의 인간도 많이 다르지는 않을 터다. 삶의 방식을 좀 개선해 보면 어떻겠느냐고 물으면, 전혀 애석해하는 기색 없이, 그러기에는 너무 늦었다고 대답할 뿐이었다. 그러나 그는 정직과 여러 미덕의 가치만은 철저히 믿었다.

나는 그의 내면에 독창성이, 미흡하나마 확고하게 존재함을 느꼈

다. 가끔은 그가 독자적으로 사고하며 나름의 의견을 표현하는 모습도 목격했다. 하지만 거의 보기 힘든 현상이라서, 그 장면만 목격할 수 있다면 나는 언제든 천 리 길이라도 달려갔을 것이다. 사회의 온갖 제도가 다시 창조되는 장면을 목격하는 것이나 다를 바 없을 테니 말이다. 비록 많이 주저하고 때로는 명확히 표현하는 데 실패했지만, 그는 언제든 남들 앞에 펼쳐 보일 사상을 품고 있었다. 그러나 그 사상이라는 것이, 그냥 학식만 쌓은 사람의 단순한 사상보다는 유망하지만, 무척이나 원시적이고 동물적인 삶에 푹 젖어 있는 상태에서 나오는 것이라서, 누군가에게 전달할 수 있을 만큼 무르익은 경우는 드물었다.

그의 존재는 사회의 밑바닥 계층에도 얼마든지 뛰어난 사람이 있을 수 있음을 암시했다. 그들은 평생 가난하고 무식한 상태를 벗어나지 못한다 하더라도, 늘 독자적인 견해를 품고 살아가며, 자신이 세상 모든 것을 다 안다는 듯 잘난 척하지 않는다. 또한 겉으로는 어둡고 혼탁해 보일지라도 월든 호수만큼이나 한없이 깊은 속내를 품고 있다.

많은 나그네가 나를 만나 내 오두막 안을 들여다보고 싶은 마음에, 일부러 길을 돌아와서는 찾아온 구실이랍시고 물을 한 잔 청하고는 했다. 그러면 나는 손가락으로 호수를 가리키며 그 물을 그냥 마신다고 대답하고는, 바가지를 빌려 주겠다고 제안했다. 나는 마을에서 멀

리 떨어져 살았지만, 매년 4월 초순이면 모두가 연례 행사처럼 바쁘게 이 집 저 집 돌아다니는데 내 집만 제외시켜 달랄 수는 없는 노릇이었다.

간혹 방문객 중에는 좀 특이한 사람이 끼어 있기도 했다. 하지만 그 와중에도 나는 내 몫의 행운을 찾아 챙겼다. 구빈원 같은 곳에서 지내는 약간 지능이 모자라는 사람들이 찾아오는 경우가 있었다. 그러면 나는 그들이 온갖 지혜를 짜내서 마음에 품은 생각을 모두 털어놓도록 백방으로 도왔다. 그런 경우 나는 '지혜' 자체를 우리 대화의 주제로 삼았고, 그 보상을 받기도 했다. 몇몇은 소위 말하는 빈민 '감독관'이나 마을의 행정위원보다도 훨씬 현명해서, 이제 그들이 '감독'하는 역할로 바뀌어야 하지 않을까 하는 생각도 들었다. 즉, 지혜에 관한 한, 지능이 좀 모자라는 사람이라 해도 성한 사람이나 별 차이 없다는 사실을 알게 되었다.

특히 어느 날, 남에게 해 끼칠 줄도 모르고 지능도 떨어지는 가난한 남자가 나를 찾아와서는 나와 같은 식으로 살아보고 싶다는 소망을 털어놓은 일이 있다. 전에 나도 그가 다른 사람들과 함께 들판에 놓인 곡식 부대 위에서 앉았다 일어났다 하며 소 떼는 물론이고 자기 자신도 길을 잃지 않도록 망을 보고 있는 모습을 목격한 일이 있다. 울타리가 할 일을 대신하고 있었던 것이다. 그는 지나치게 겸손한 것인지,

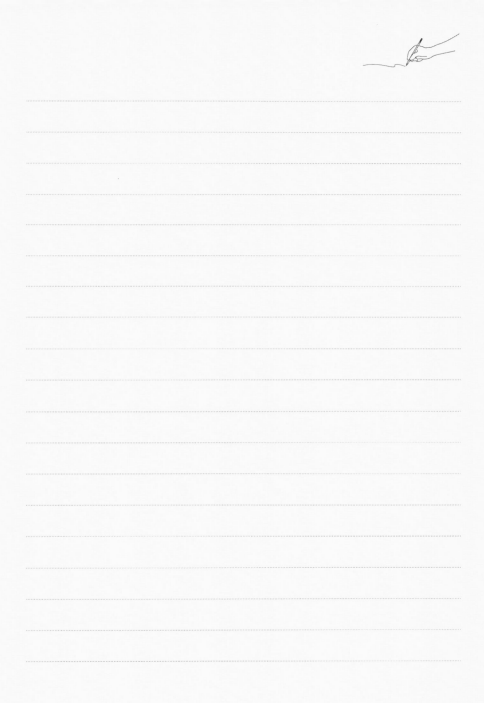

아니면 아예 겸손함의 경지에는 미치지도 못한 것인지는 모르겠지만, 궁극의 단순함과 솔직함으로 자신은 "지능에 결함이 있다."고 말했다. 정말로 그렇게 말했다. 신이 자신을 그렇게 만들기는 했지만, 그래도 다른 사람과 마찬가지로 자신을 돌봐 주고 계신다고 생각하기도 했다.

"계속 이랬어요. 어릴 때부터 내내요. 머리가 나빴어요. 다른 애들과는 달랐어요. 머리가 약해요. 하늘의 뜻이래요."

이렇게 말하며, 자기 말의 진실성을 입증하기라도 하듯 그가 내 앞에 서 있었다. 내게 그의 존재는 형이상학적인 수수께끼였다. 나는 이처럼 희망에 들뜬 마음으로 동료 인간을 만나 본 적이 없었다. 그가 하는 말은 모두 지극히 소박하고 성실하며 진실했다. 너무 진실해서, 그가 자신을 낮출수록 더욱 숭고해 보였다. 사실 처음에는 눈치채지 못했지만, 그것은 현명한 처신의 결과였다. 이 가난하고 지능이 낮은 가엾은 이가 다져 놓은 진실과 솔직함을 기반으로 삼아 출발한다면, 우리의 교제는 현인들 간의 교류를 훨씬 능가하는 훌륭한 것이 되리라.

대체로 마을에서는 빈민이라 여겨지지 않지만, 빈민으로 대접받아야 마땅한 사람들이 찾아올 때가 있었다. 어느 모로 보나 이 세상에서 가장 가난한 자들이었다. 그들은 환대가 아닌, 구제를 받으려는 손님들이다. 따라서 어떻게든 도움을 받으려 할 뿐 아니라, 자신들은 결코

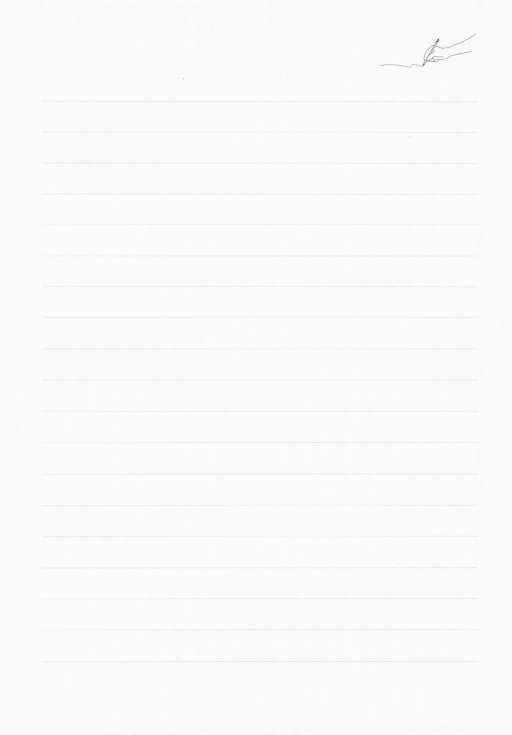

자립할 생각이 없다는 결심 한 가지만은 미리 상대에게 적극적으로 알리려 한다. 나는 방문객이 세상에서 가장 왕성한 식욕을 자랑해도 상관없지만(대체 어디서 그런 식욕을 얻었는지는 모르겠으나), 실제로 거의 아사할 지경이 되어 찾아오는 일은 없었으면 한다. 자선의 대상이 될 정도면 손님이라 할 수 없지 않은가. 간혹 어떤 이는 내가 하던 일로 돌아가 그의 질문에 점차 냉담하게 대꾸하는데도, 돌아갈 때가 됐다는 사실을 전혀 깨닫지 못했다.

사람들의 이동이 잦은 계절이면, 지적 수준도 제각각인 사람들이 나를 찾아왔다. 간혹 주체하기 힘들 만큼 지능이 뛰어난 이도 있었고, 농장에서 도망쳐 나왔지만 여전히 농장에서의 습관이 몸에 배어 있는 노예들도 있었다. 그들은 우화에 등장하는 여우[155]처럼 자신을 뒤쫓아 오는 사냥개 짖는 소리가 들리지 않나 해서, 때로 가만히 귀를 기울였다. 그럴 때 간청하는 듯한 눈빛으로 나를 바라봤는데, 마치 이렇게 말하는 듯했다.

"오, 기독교인이여, 나를 돌려보내시렵니까?"[156]

이 중에는 내가 북극성을 따라 계속 도망갈 수 있도록 도와준 진짜 도망 노예도 한 명 있었다. 병아리 한 마리를 데리고 다니는 닭처럼

오직 한 가지 생각만 하는 사람도 있었는데, 그나마도 병아리가 아니라 오리 새끼였다! 오만 가지 생각으로 머리가 늘 헝클어진 사람도 있었다. 한 마리 벌레를 쫓아다니는 백 마리의 병아리를 돌봐야 하는 암탉 같았다. 그런 닭은 어쩔 수 없이 매일 스무 마리 정도를 아침 이슬 속에 잃어버리니 새끼를 찾겠다고 깃털은 다 빠지고 꼴은 지저분하기 이를 데 없어지는 것이다. 양다리 대신 사상으로 돌아다니는 일종의 지적인 지네 같은 사람도 있었는데, 그런 자를 보면 온몸에 벌레가 기어다니듯 소름이 돋았다. 누군가 화이트 산맥에 가면 그러듯이 방문객들의 이름을 적을 방명록을 하나 비치하면 어떻겠느냐고 제안했지만, 다행히도 나는 기억력이 좋아 그런 것은 필요치 않았다.

이렇게 방문객들을 맞다 보면 그들의 기이한 특징을 알아차리지 않을 수 없었다. 어린애들이나 젊은 여성은 숲에 들어오는 것을 좋아하는 듯했다. 그들은 호수를 들여다보고 꽃들을 유심히 살피기도 하면서 시간을 유용하게 썼다. 그런데 장사치, 심지어 농부들조차 오직 고독한 삶이나 일거리, 그리고 이런저런 것에서 멀찍이 떨어져 사는 내 고독한 삶에만 관심이 있었다. 말로는 가끔 숲을 거니는 것도 좋아한다고 했지만, 결코 그렇지 않다는 건 불을 보듯 뻔했다.

돈을 벌어 생계를 책임지는 데만 온통 시간을 쓰느라 안절부절못하고 속박된 삶을 살아가는 사람들. 자기가 신을 독차지하기라도 한 듯

이 신에 대해서만 이야기하며 남의 의견 따위는 안중에도 없는 목사들. 의사나 변호사, 내가 집을 비울 때 몰래 들어와 찬장이며 침대를 엿보는 부산한 아낙네들(대체 아무개 부인은 내 이불보가 깨끗하지 않다는 걸 어떻게 알았을까?), 젊음을 포기하고 전문직이라는 잘 닦인 길을 따라 가는 것이 안전하다고 결론 내린 젊은이들, 이들 모두가 한입처럼 말하곤 했다. 내 처지로는 좋은 일을 할 수 없다고! 저런, 그게 문제였군!

나이나 성별에 관계없이, 노인, 병자, 겁쟁이들은 병이나 갑작스런 사고, 혹은 죽음만 생각했다. 그들에게 삶이란 위험으로 가득 찬 것이다. (하지만 위험에 대해 생각하지 않는데도 위험이 존재할까?) 따라서 그들은 사람이 신중하다면 의사 B가 즉시 달려올 수 있는 안전한 장소에서 절대 벗어나서는 안 된다고 생각했다. 그들에게 마을(community)은 말 그대로 '공동-방위체(com-munity)', 즉 공동으로 방어하는 동맹이었기에, 약상자 없이는 윌큘도 따러 가지 않을 것이 보나마나 뻔하다. 그러나 인간이 살아 있는 한, 죽을 위험도 늘 함께하는 법. 물론 처음부터 죽은 듯이 살아간다면야 당연히 죽을 위험도 그만큼 적어지겠지만, 인간은 앉아 있어도 달릴 때만큼 위험하기는 마찬가지다.

마지막으로 자칭 개혁가들만큼 지겨운 인간들도 없다. 그들은 내가

늘 다음과 같은 노래만 부른다고 생각한다.

이것은 내가 지은 집.
이 자는 내가 지은 집에 사는 남자.[157]

개혁가들은 이 노래에 다음 행도 있다는 사실을 모른다.

저들은 내가 지은 집에 사는 이를
근심하게 만드는 자들이라네.

나는 닭을 기르지 않기에, 닭을 노리는 매는 두렵지 않다. 하지만 인간을 노리는 인간은 좀 무섭다. 그런 자들과는 달리 반가운 방문객도 있었다. 딸기를 따러 오는 아이들, 깨끗하게 손질한 셔츠를 입고 일요일 아침 산책을 나오는 철로 인부들, 어부와 사냥꾼, 시인, 철학자, 한마디로 자유를 찾아 마을을 등지고 숲으로 들어서는 순례자는 언제든 반가운 마음으로 맞이하곤 했다. "어서 오세요, 잉글랜드 분들!"[158] 어서 오세요, 잉글랜드 분들!" 그들과는 이미 오래전부터 친분을 나눠 왔기 때문이다.

# 콩밭


그러는 사이, 모두 이으면 길이가 11킬로미터가 넘는 밭이랑의 콩들이 참을성 있게 김매기를 기다리고 있었다. 가장 먼저 심은 이랑의 콩은 마지막 이랑을 심기도 전에 이미 한참 자라 있었다. 그러니 괭이질을 더는 미룰 수가 없었다. 꾸준히 자존감을 품고 해야 하는, 헤라클레스에게나 어울릴 법한 풀 뽑기라는 고행이 대체 무슨 의미가 있는지 나는 알지 못했다. 그럼에도 필요한 것보다 훨씬 많은 콩을 심었고, 점차 콩밭과 콩을 사랑하게 되었다. 콩 덕분에 나는 흙을 사랑하게 되었고, 안타이오스[159]만큼이나 장사가 되었다. 그런데 왜 내가 콩을 재배해야만 할까? 그건 하늘만이 알고 있으리라.

전에는 양지꽃, 검은딸기, 물레나물 같은 달콤한 야생 열매나 아리

따운 꽃만 재배하던 땅에서 대신 콩을 생산하기 위해, 나는 여름내 정성들여 노동을 했다. 그러면서 생각해 보았다. 나는 콩에 대해서, 그리고 콩은 나에 대해서 무엇을 배워야 할까? 나는 콩을 소중히 돌보고, 잡초를 뽑고, 아침저녁으로 콩밭을 살핀다. 이것이 내 하루 일과다. 여리고 넓적한 콩잎은 보기도 좋다. 나를 돕는 일꾼은 마른 땅을 촉촉이 적시는 이슬과 빗방울이고, 이 메마르고 척박한 땅에 적으나마 남아 있는 비옥함이다. 한편 내 적은 해충과 서늘한 날씨, 그리고 무엇보다도 우드척이었다. 녀석들은 300평이나 되는 땅에 심어 놓은 콩을 깨끗이 먹어 치웠다. 그렇다면 나는 무슨 권리로 물레나물 같은 여타의 식물을 몰아내고 그들의 오래된 약초밭을 뒤엎었나? 하지만 머지않아, 살아남은 콩들은 우드척도 이겨 낼 만큼 튼튼히 자랄 테고, 그렇게 되면 곧 새로운 적을 만나게 될 터다.[160]

지금도 생생히 기억하는데, 나는 네 살 되던 해에 보스턴에서 이 고향 마을로 돌아왔다. 그때 바로 이 숲과 밭 근처를 지나 호수까지 갔었다. 내 기억에서 가장 오래된 장면들 중의 하나다. 바로 오늘 저녁, 그 호수 위에서 내가 연주하는 플루트 소리가 고요함을 흩뜨리며 메아리친다. 호숫가의 소나무는 내가 태어나기도 전부터 이곳에 서 있었다. 행여 나무 몇 그루가 쓰러지기라도 하면, 나는 그것을 모아 밥 짓는 땔감으로 사용했다. 나무가 쓰러진 자리에는 새순이 자라나서

새로 태어나는 아이들의 눈에 담길 새로운 풍경을 준비해 간다. 물레나물이 다년생인 까닭에 이 목초지에는 매년 똑같은 뿌리에서 똑같은 물레나물의 싹이 튼다. 어릴 때 꿈꾸던 저 동화 같은 풍경에 새 옷을 입히는 걸 심지어 나도 도왔다. 내 존재가 이곳에 미친 영향 중 하나는 콩잎이나 옥수수 잎, 감자 줄기의 형태로 나타나고 있다.

나는 고지대의 밭 3천여 평에 콩을 심었다. 개간한 지 15년밖에 안 된 땅이었고 내가 직접 곳곳의 나무 그루터기를 파냈던 터라, 처녀지나 다름없어 거름은 전혀 하지 않았다. 그런데 여름에 괭이질을 하다가 땅 속에서 화살촉을 발견했다. 백인들이 들어와 땅을 개간하기 전부터 이곳에 살았으나 지금은 멸종한 어느 부족이 이 땅에 옥수수나 콩을 키웠다는 의미였다. 이곳에 콩이 자랄 만한 지력이 이미 어느 정도 사용됐다는 의미이기도 했다.

우드척이나 다람쥐가 길을 건너오기 전에, 또는 태양이 아직 떡갈나무 위로 떠오르기 전에, 아직 이슬이 마르지 않고 맺혀 있는 동안, 나는 콩밭에 무성히 자란 오만하기 그지없는 잡초의 전열을 무너뜨리고 그 위에 흙을 덮기 시작했다. 비록 농부들은 이슬이 맺혀 있는 동안에는 일하지 말라고 경고했지만, 나는 가능한 한 새벽에 할 일을 다 해치워 버리라고 권하고 싶다. 그리하여 나는 이른 아침 맨발로 나서 마치 조형 예술가라도 된 듯이 이슬에 젖어 쉽게 부서지는 흙더미를

밟고 돌아다녔다. 그러나 해가 지기 시작할 때쯤이면, 뜨거운 태양열 때문에 발에 물집이 잡히곤 했다.

이렇게 햇빛이 잡초 숨어 낼 곳을 밝게 비춰 주는 동안, 나는 노란 자갈이 깔린 고지대에서 거의 80미터나 뻗어 있는 기나긴 초록의 이랑 사이를 앞뒤로 오가며 잡초를 뽑았다. 이랑 한쪽 끝에는 떡갈나무 관목 숲이 있어서 틈틈이 그늘에서 쉴 수 있었다. 반대편 끝은 검은딸기 밭이었는데, 내가 한 바퀴씩 돌고 올 때마다 녹색의 열매가 점점 무르익어 가는 듯했다. 나의 일과는 잡초를 뽑고 콩대 주위에 새 흙을 덮어 주고, 내가 씨 뿌린 식물의 기운을 북돋우고, 황토가 그 여름날의 추억을 쑥이나 후추, 나도겨풀이 아니라 콩잎과 꽃으로 표현하도록 이끌어, 결국에는 대지가 풀 대신 콩을 말하도록 하는 것이었다.

나는 말이나 소는 물론이고 어른이든 아이든 일꾼의 도움 없이, 개량된 농기구도 이용하지 않고 일했기에 일의 속도가 무척 더뎠는데, 덕분에 내 콩들과 훨씬 친밀해질 수 있었다. 손으로 하는 노동은 힘들고 단조롭기는 해도, 결코 최악의 태만함이라 말할 수는 없을 터다. 육체노동에는 늘 불멸의 교훈이 깃들어 있어서 학자에게는 그 어떤 노동보다 훌륭한 결과를 안겨 주기 때문이다.

어디로 향하는지는 모르겠지만, 링컨과 웨일런드를 지나 서쪽으로 향하는 여행자의 눈에 나는 전형적인 '아그리콜라 라보리오수스

[agricola laboriosus]'[161]일 것이다. 그들은 이륜마차에 편안히 걸터앉아 팔꿈치를 무릎에 괴고 고삐를 꽃줄처럼 느슨히 늘어뜨린 채 가고 있었는데, 나는 고향에 머물며 힘들게 땅이나 일구는 사람이었다. 그러나 곧 나의 농지는 그들의 시야와 생각에서 멀어져 갔다. 사실 인근에서 길 양쪽으로 멀리까지 탁 트여 있는 경작지라고는 내 농토뿐이어서, 오가는 여행객의 호기심을 자극할 수밖에 없다. 밭에서 일하다 보면 그들이 나누는 대화 소리가 의도치 않게 내 귀에 종종 들린다. "콩을 이리 늦게 심으면 어째! 강낭콩 심기에도 늦었지!" 다들 김매기를 시작할 때까지도 내가 여전히 씨를 뿌리고 있었던 탓인데, 농사라면 전문가를 자처하던 한 목사가 보기에는 한심하기 이를 데 없었으리라. "이보게, 옥수수가 제일이야. 가축의 사료로 쓸 수 있잖아. 가축의 사료."

"저 사람, 정말 저기 살까요?" 검은 보닛을 쓴 여인이 잿빛 외투를 입은 남자에게 묻기도 한다. 그러면 험상궂은 인상의 농부가 고삐를 당겨 온순한 말을 멈춰 세우고, 이랑 사이에 거름이 전혀 보이지 않는데 무슨 콩 농사를 그렇게 짓느냐고 묻는다. 그리고는 톱밥이나 음식 찌꺼기, 또는 잿물이나 벽토 같은 걸 좀 놓아두라고 권한다. 하지만 내게는 밭이랑이 3천 평에 수레를 대신하는 괭이 하나와 그것을 끌어당길 두 손밖에 없었다. 다른 수레나 말은 사용하고 싶지 않았고, 톱밥은 구하려면 멀리까지 나가야 했다. 마차에 타고 있는 다른 여행객들은

앞서 지나쳐 온 다른 농부의 밭과 내 밭을 비교하며 왁자지껄 떠들었다. 덕분에 나는 농업의 세계에서 내 입지가 어느 정도인지 알 수 있었다. 내 농지는 콜먼 씨의 보고서[162]에는 실려 있지 않는 종류였다.

그런데 그나저나, 여지껏 인간의 손길이 닿지 않은 거친 들판에서 자연이 생산하는 작물의 가치를 대체 누가 감히 평가할 수 있는가? 영국산 건초는 신중하게 계량하고 습도도 계산하며 규산염과 산화칼륨의 양까지 측정한다. 그러나 숲속 골짜기나 작은 호수, 목초지와 습지에서도 다양한 곡물이 풍요롭게 자란다. 단지 인간의 손에 수확되지 않을 뿐이다. 다시 말해, 내 밭은 미개척지와 경작지를 잇는 연결고리였다. 어떤 국가는 문명국이고, 어떤 국가는 반쯤만 문명국이며, 또 어느 곳은 미개하거나 야만적이라고 이야기하듯이, 내 밭은 반(半)경작지였다. (결코 나쁜 의미에서 하는 말이 아니다.) 내가 재배하는 콩은 기꺼이 야생의 상태이자 원시의 상태로 돌아가려 했고, 내 괭이는 그 콩을 위해 '랑즈 데 바슈'[163]를 연주했다.

가까이 있는 자작나무의 우듬지에서 갈색 지빠귀(붉은 개똥지빠귀라 부르기 좋아하는 사람들도 있다.)가 마치 나와 함께할 수 있어 기쁘다는 듯 아침 내내 즐겁게 노래한다. 콩밭이 여기에 없었다면 아마 저 새는 다른 농부의 밭에서 노래 부르고 있었으리라. 내가 씨를 뿌리고 있자면 녀석이 소리 지른다. "뿌려라, 뿌려라. 덮어라, 덮어라. 뽑아라, 뽑아

라, 뽑아라." 다행히 내가 뿌린 씨앗은 옥수수가 아니라서 녀석들로부터는 안전하다. 현이 하나짜리든 스무 개짜리든 별 볼 일 없는 악기를 들고 장황하게 불러 대는 그 새의 아마추어 같은 파가니니풍 공연이 대체 씨 뿌리기와 무슨 관련이 있느냐고 할지 모르겠지만, 나는 걸러 낸 잿물이나 벽토보다 녀석의 노래가 훨씬 좋다. 그것은 내가 전적으로 신뢰하는 싸고 질 좋은 거름이었다.

괭이로 흙을 긁어 이랑 쪽으로 끌어가다가, 나는 원시 시대부터 이 하늘 아래 살았던, 연대기에도 나오지 않는 어느 민족의 유골을 발굴하거나, 그들이 전쟁이나 수렵에 사용했던 작은 도구를 찾아내 현대라는 이 세상으로 끌어내기도 했다. 그것은 자연석과 뒤섞여 있었다. 인디언의 모닥불이나 햇볕에 그을린 흔적을 고스란히 간직한 것도 있었다. 최근 이 땅을 경작했던 사람들이 남긴 도기나 유리 조각도 있었다. 괭이가 쟁그랑 돌에 부딪히는 소리는 음악이 되어 온 숲과 하늘에 메아리쳤고, 내 노동의 동반자가 되어 이내 무한한 수확을 거둬들이게 했다. 그 순간부터 내가 괭이질하는 곳은 콩밭이 아니고, 콩밭을 호미질하는 사람도 내가 아니었다. 그런 때면 나는 많은 생각을 하지는 않았지만, 간혹 오라토리오[164]를 들으러 도시로 나갔던 지인들을 떠올렸는데, 그들이 자랑스럽기도 했고 가엾기도 했다.

때로 종일 밭일을 할 때면, 햇살이 따사로운 오후에 쪽독새가 눈의

티처럼, 아니 하늘의 눈에 들어간 티처럼 높은 곳을 선회했다. 그러다가 이따금씩 하늘을 갈가리 찢어 놓을 듯 무시무시한 소리를 토하며 급강하했지만, 하늘에는 기운 흔적 하나 남지 않았다. 쏙독새는 작은 도깨비처럼 하늘을 가득 메우고 지상의 모래밭이나 언덕 꼭대기에 자리한 바위 위에 버젓이 드러나게 알을 낳지만, 사람들 눈에는 거의 띈 적이 없다. 그 새의 우아하고 늘씬한 모습은 호수에서 건져 올린 잔물결이나, 바람에 실려 하늘을 떠다니는 나뭇잎과도 같다. 이처럼 자연 속에는 여러 닮은꼴이 있다. 쏙독새는 그가 하늘을 날며 내려다보는 물결의 형제다. 바람에 부푼 그의 완벽한 두 날개는 깃털도 없이 소박한 바다의 날개에 상응한다.

또 가끔은 솔개 한 쌍이 하늘을 날면서 높이 치솟았다가 하강하고, 서로 가까이 조우했다 멀어지는 모습을 보기도 하는데, 마치 내 사상을 그대로 구현하는 듯한 느낌을 받았다. 산비둘기가 떨리는 듯 작은 날갯짓으로 전령과도 같이 바쁘게 이 숲 저 숲 날아다니는 모습도 참으로 아름답다. 또는 썩은 나무 그루터기 밑을 괭이로 파헤치다가 불길해 보이는 이국적 느낌의 점박이 도롱뇽이 기어 나오는 모습을 목격한 일도 있다. 왠지 나일 강의 이집트 문명이 떠올랐지만, 녀석도 틀림없는 우리 시대의 생물이다. 내가 괭이에 몸을 기대고 잠시 쉬고 있노라면, 바로 이런 소리가 들려오고 저런 모습이 눈에 띄었다. 이것이

야말로 전원에서 맛볼 수 있는 결코 마르지 않는 샘과 같은 즐거움이 아니겠는가.

경축일이면 마을에서는 축포를 쏘아 올렸는데, 숲에서는 그 소리가 장난감 총소리처럼 들린다. 가끔은 군악대 연주 소리도 그렇게 먼 숲까지 들려올 때가 있다. 그러나 마을 끄트머리 콩밭에 나가 있을 때면, 대포 소리도 말불버섯 터지는 소리[165]로밖에는 들리지 않았다. 그래서 어딘가에서 내가 모르는 군사 훈련이 행해지면, 저 멀리 지평선에서 근질근질한 기운을 느꼈다. 마을에 곧 폭발이라도 일어날 듯한, 혹은 성홍열이나 인후염이라도 생긴 듯한 막연한 느낌이었다. 그러다가 들판을 넘어 웨일랜드로 바삐 불어 가던 순풍에 '민병대의 훈련'임을 알곤 했다.

멀리서 들리는 그 웅웅거림은, 마치 누군가 양봉하는 벌이 벌집 밖에 몰려 웅웅거리면 마을 사람들이 베르길리우스의 충고에 따라 집 안에서 가장 소리가 잘 울리는 가재도구를 들고 나와 쨍그랑거리면서 벌이 다시 벌집으로 들어가게 하려고 애쓰는 듯했다. 마침내 쨍그랑 소리가 조용해지고 웅웅거림도 잦아들어 미풍도 아무런 소리를 전해 주지 않으면, 사람들이 마지막 수벌 한 마리까지 무사하게 미들섹스의 벌집으로 몰아넣었고 이제는 벌집에 모인 꿀에만 온 마음을 기울인다는 뜻이었다.

나는 매사추세츠와 조국의 자유가 이리도 안전하게 수호되고 있음을 알게 되어 매우 뿌듯했다. 그리하여 다시 괭이질을 시작할 때는 말로는 표현할 수 없는 확신에 차서 미래를 조용히 낙관하며 유쾌하게 작업에 임했다.

여러 악단이 동시에 연주를 하면, 마을 전체가 하나의 거대한 풀무가 된 듯한 소리가 들려왔다. 집들이 번갈아 가며 커다란 소리를 내며 부풀었다 쪼그라드는 듯했다. 가끔은 정말로 고상하고 영감을 불러일으키는 선율이 이 숲까지 울려 퍼지거나, 명예로운 트럼펫 소리도 들려왔다. 그러면 나는 멕시코 사람을 꼬챙이에 꽂아 맛있는 양념을 바를 수도 있을 듯한 기분이 들었고(늘 하찮은 것에만 목숨 걸고 싸울 필요는 없지 않은가.)[166] 그런 내 마음을 시범 보일 만한 우드척이나 스컹크가 없는지 주위를 둘러보았다. 이 군악대의 선율은 멀리 팔레스타인 쪽에서 들려오는 것 같아서 지평선을 따라 행진하는 십자군이 떠올랐고, 그 소리에 마을 위로 높이 솟은 느릅나무 꼭대기가 심하게 전율했다. 참 '대단한' 날이었다. 하지만 내 개간지에서 올려다보는 하늘은 평소와 조금도 다르지 않은 위대한 표정을 짓고 있었다. 나는 아무런 차이도 보지 못했다.

내가 밭을 경작하며 오랫동안 콩과 맺은 교제는 매우 독특한 경험이었다. 나는 씨를 뿌리고, 김을 매고, 추수하고, 도리깨질하고, 선별

하고, 마지막에는 내다 팔기까지 했다.(마지막 일이 실은 가장 어려웠다.). 맛보기도 했으니 먹는 일도 포함시켜야겠다. 이렇듯 나는 콩에 대해 속속들이 알려고 마음먹었다. 콩이 자라는 동안에는 새벽 5시부터 정오까지 김을 매고, 오후 시간에야 다른 일을 했다. 내가 온갖 잡초와 맺었을 그 기이하면서도 친밀한 관계를 생각해 보라.(앞으로도 이런 내용을 반복해서 이야기할 텐데, 실은 밭일 자체가 어느 정도는 반복적이기에 어쩔 수 없는 노릇이다.)

나는 잡초의 섬세한 조직을 무참히 베고 괭이를 들고 부당한 차별을 가하며, 어떤 식물종은 줄줄이 있는 대로 다 캐내 버리고 어떤 종은 매우 세심히 보살폈다. 저건 유럽산 쑥, 저건 돼지풀, 저건 괭이밥, 저건 후추풀이다! 달려들어 잘라 버려라. 뿌리째 뽑아 햇볕에 말려 버려라. 뿌리털 하나라도 그늘에 남기지 마라. 안 그랬다가는 이틀도 채 되기 전에 다시 일어나 부추처럼 파래질 터다. 이것은 두루미와의 싸움이 아니라, 잡초와의 긴 전쟁이었다. 잡초는 태양과 비와 이슬을 제 편으로 둔 트로이군이다. 콩은 매일 괭이로 무장하고 달려 나가는 내 모습을 보았을 것이다. 나는 그들을 구하려고 적의 대열을 무너뜨리고, 참호 가득 잡초의 시체를 쌓아 올린다. 주위에 운집한 전우들보다 한 자는 족히 큰, 투구의 깃털을 흔들어 대던 건장한 헥토르[167]가 내 무기 앞에 쓰러져 먼지 속에 나뒹굴었다.

그 여름 한 철, 내 동시대인들은 보스턴과 로마에서 미술품에 열중하거나 인도에서 명상에 잠기거나 런던과 뉴욕에서 사업에 전념했지만, 나는 뉴잉글랜드의 농민들과 밤낮으로 농사에만 힘을 쏟았다. 특별히 콩이 먹고 싶어 그랬던 것은 아니다. 나는 선천적인 피타고라스학파다. 무슨 말인고 하니, 피타고라스가 신봉자들에게 콩을 삼가라 명했던 것처럼 나도 콩을 싫어했기에 죽을 쑤든 투표수를 세든 콩과 관련된 것은 다 마음에 들지 않았다. 그래서 늘 쌀과 교환해 먹었다. 하지만 훗날 우화 작가에게 도움을 줄 비유나 문학적 표현을 얻기 위해서라도 누군가는 콩밭에서 일해야 했다. 어찌 됐든 이 노동은 내게 드물게 귀한 즐거움을 주었다. 그러나 너무 오래 지속한다면 즐거움도 소진되었을 가능성도 컸다.

나는 밭에 거름을 전혀 하지 않았고, 밭 전체를 한 번에 다 김을 맨 적도 없다. 그러나 나름대로 정성을 다해 풀을 뽑아 결국에는 그 보상을 받을 수 있었다. 이블린[168]은 "사실 쟁기로 흙을 뒤집고 또 뒤집는 것에 비할 만한 퇴비나 거름은 세상에 없다."라고 했다. 또한 이렇게 덧붙였다. "땅, 특히 농사지은 지 얼마 되지 않는 신선한 땅에는 어떤 자력(磁力)이 있다. 따라서 대지에 생명을 부여하는 염분, 힘, 또는 덕목(뭐라 불러도 상관없다.)을 끌어당긴다. 인간이 늘 힘들게 고생하며 흙을 뒤집는 이유다. 그 힘이 우리를 지탱해 준다. 인분이나 다른 지저

분한 퇴비를 쓰는 것은 토질 개선의 대체 수단에 지나지 않는다.” 게다가 내 밭은 ‘메마르고 지칠 대로 지쳐 안식일을 즐기고 있는 밭’이었기에 케넬름 딕비 경[169]이 비슷하게 생각하던 ‘생명의 영기’를 대기 중에서 끌어들이고 있었을지도 모른다. 나는 12부셸의 콩을 거둬들였다.

그러나 콜먼 씨의 보고가 주로 부농의 돈이 드는 실험만 취급한다는 불만이 있으므로, 여기에서 내 성과를 좀 더 자세히 언급하기로 하자. 지출은 다음과 같았다.

| | |
|---|---|
| **쟁기** | 54센트 |
| **경작, 써레질, 고랑 파기** | 7달러 50센트 (돈을 너무 들임) |
| **강낭콩 씨앗** | 3달러 12.5센트 |
| **씨감자** | 1달러 33센트 |
| **완두콩 씨앗** | 40센트 |
| **순무 씨앗** | 6센트 |
| **까마귀 쫓는 울타리용 흰 끈** | 2센트 |
| **말몰이꾼과 소년 품삯(3시간)** | 1달러 |
| **곡물운반용 말과 수레** | 75센트 |
| **합계** | 14달러 72.5센트 |

내 수입은 다음과 같다.(한 집안의 가장은 파는 버릇을 들여야지, 사는 버릇을 들여서는 안 된다.)[170]

| | |
|---|---|
| **강낭콩 9부셸 12쿼트** | 16달러 94센트 |
| **큰 감자 5부셸** | 2달러 50센트 |
| **작은 감자 9부셸** | 2달러 25센트 |
| **풀** | 1달러 |
| **줄기** | 75센트 |
| | |
| **합계** | 23달러 44센트 |

그리하여 순이익은 앞서 언급한 대로 8달러 71.5센트가 된다.


나는 콩을 재배하는 경험을 통해 다음의 결론을 얻었다. 대략 6월 초순경, 흔히 볼 수 있는 작고 하얀 강낭콩 중에서 색깔이 알록달록하지 않은 신선하고 둥근 것을 주의 깊게 골라 약 50센티미터 간격으로 일렬로 뿌린다. 이랑 사이는 1미터 간격을 둔다. 처음에는 벌레가 먹지 않도록 주의하고, 싹이 트지 않는 곳이 있으면 새로운 씨를 심는다. 사방이 노출된 밭이라면 우드척을 조심해야 한다. 녀석들은 지나

가다가도 갓 나온 여린 새순을 모조리 먹어 치우고, 덩굴이 조금씩 자라기 시작하면 재빨리 알아차리고는 다람쥐처럼 똑바로 일어서서 새순뿐 아니라 꼬투리까지 싹 뜯어먹어 버린다. 그러나 무엇보다도 중요한 사항은, 서리도 피하고 내다 팔 만큼 굵직한 콩을 얻으려면 가능한 한 일찍 거둬들여야 한다는 것이다. 그래야 손실을 많이 줄일 수 있다.

내가 얻은 교훈은 더 있다. 예컨대, 나는 내년 여름에는 그처럼 고생하며 콩이나 옥수수를 심을 것이 아니라 성실, 진리, 단순함, 믿음, 순수 같은 씨앗이 내 안에 그대로 남아 있다면 그것을 뿌리자고 마음먹었다. 그리하여 덜 고생하고 덜 경작하더라도 그것이 이 토양에서 성장해 나를 지탱할 수 있을지 살펴보는 것이다. 확신컨대, 이곳의 토양이 그런 씨앗을 키워 내지 못할 만큼 소진되지는 않았을 테니 말이다. 이! 스스로 그렇게 다짐했음에도, 다음 해 여름, 또 그다음 해, 또 그다음 해 여름도 나는 그냥 지나가 버렸다. 그래서 독자에게 이 말만은 꼭 해야겠다. 나는 씨앗을 뿌렸고 그것은 분명 앞서 말한 미덕의 씨앗이었으나, 모두 벌레가 파먹거나 생명력을 잃어 결국에는 싹을 틔울 수 없었다고.

일반적으로 사람은 선조들만큼만 용감하거나 비겁하다. 지금 세대는 매년 옥수수나 콩을 뿌리는데, 사실 그것은 몇 세기 전에 인디언이

최초의 정착민에게 가르쳐 준 것을 마치 운명이라도 되는 듯 따라하는 것이다. 얼마 전에도 어느 노인이 구덩이를 파려고 적어도 일흔 번쯤 곡괭이질을 하는 것을 보고 깜짝 놀랐다. 자신이 죽어 드러누울 구멍도 아니면서 말이다! 그런데 대체 왜 뉴잉글랜드 사람들은 곡물이나 감자, 목초, 과수원 등에만 열중하고 다른 작물을 심는 새로운 모험에는 전혀 나서지 않을까? 또 어째서 종자로 쓸 콩만 걱정하고 새로운 인간 세대에는 전혀 관심을 기울이지 않을까? 우리가 누군가를 만났을 때, 내가 앞서 예로 든, 우리 모두가 다른 어떤 작물보다도 소중히 여긴다고 생각은 하지만 대부분 그저 공중에 흩뿌려져 떠다니기만 하는 여러 미덕 중 일부가 그의 내면에 확실히 뿌리내려 자라고 있다는 확신이 든다면, 우리는 참으로 만족스럽고 즐거운 기분을 느끼게 될 터다.

말로 표현하기 힘든 미묘한 자질, 예컨대 진리나 정의 같은 자질이 극소량 또는 새로운 변종으로 이 세상에 등장했다고 해 보자. 그러면 각국은 대사들에게 즉시 그 씨앗을 조국에 보내라고 지시해야 하고, 의회는 그것이 나라 전역에 배포되도록 애써야 한다. 성실하게 처리한답시고 격식만 따져서는 안 된다. 가치와 우정의 핵이 그 씨앗 속에 있다면, 야비하게 서로 속이고 모욕하고 배척하는 행위는 하지 말아야 한다. 따라서 사람을 서둘러 만나는 일은 피해야 한다. 근래 나는

사람을 거의 만나지 않는다. 모두가 콩을 돌보느라 바빠서 시간이 없기 때문이다. 나는 그토록 일만 하는 사람과는 벗하고 싶지 않다. 그들은 일하는 틈틈이 괭이나 삽을 지팡이 삼아 기대서 있지만, 바닥에 뿌리내린 버섯이 아니라 땅에 내려앉아서도 이리저리 헤매 다니는 제비처럼, 똑바로 서 있다기보다는 지면에서 약간 발을 떼고 안절부절못하는 듯하다.

"그리고 그가 말을 할 때면, 때때로 양 날개가 펼쳐지곤 했는데
　마치 날아오를 듯 보이다가, 다시 날개를 접곤 했다."[171]

그들과 이야기를 나누면, 내가 혹시 천사와 대화하는가 싶다. 빵이 늘 우리에게 좋은 영양만 주는 건 아니다. 그러나 인간이나 자연 속에 존재하는 모든 관대함을 인식하면서 순수하고 영웅적인 즐거움을 나누는 일은 언제나 우리에게 이롭다. 특히 이유 없이 마음이 괴로울 때, 뻣뻣한 관절을 풀어 주듯 마음을 다독여 활기차고 유연하게 만들어 준다.

고대의 시와 신화를 보면, 적어도 한때 농업은 성스러운 기술이었다. 그런데 요즘은 대규모 농장에서 대량 작물을 수확하는 것만이 농업의 목적이다. 때문에 우리는 불경스러울 만치 서두르며 무분별하게

농사를 짓는다. 오늘날은 축제도 행렬도 의식도 없다. 그저 가축 품평회나 소위 말하는 추수감사제만 있을 뿐이다. 농부가 자신의 소명이 얼마나 신성한 것인지 표현할 기회나 농업의 신성한 기원을 떠올려 볼 기회가 없다. 농민을 유혹하는 것이라고는 상품이나 먹고 마시는 잔치뿐이다. 그러니 농부는 케레스(풍작의 여신)와 주피터(지상을 다스리는 신)에게가 아니라, 플루토(지옥의 신)에게 제물을 바치는 셈이다.

인간은 땅을 재산, 혹은 재산 획득 수단으로만 간주하는 비천한 습관에서 아무도 자유로울 수 없는 까닭에, 그리고 우리의 탐욕과 이기심 때문에, 풍경은 훼손되고 농업은 타락하고 농민은 이루 말할 수 없이 비천한 삶을 보낸다. 오늘날 농부는 자연을 도둑의 눈으로만 바라본다. 카토는 농업으로 얻은 이익은 그 무엇보다도 경건하면서 정당하다 하였고,[172] 바로는 고대 로마인들은 "같은 대지를 어머니라 부르기도 하고 케레스라 부르기도 했으며, 땅을 경작하는 사람은 경건하고 유익한 삶을 살아갔을 뿐 아니라, 그들만이 농업의 신 사투르누스 왕의 후예로 남았다."[173]라고 생각했다.

우리는 태양이 농토, 평원, 숲, 어디고 할 것 없이 고루 내리쬔다는 사실을 자칫 잊기 쉽다. 세상은 그 빛을 반사하기도 하고 흡수하기도 하는데, 태양이 그 매일의 여정을 따라가며 바라보는 장려한 풍경 속에서 농토는 아주 작은 일부다. 태양이 바라보는 지구는 하나의 텃밭,

전체가 똑같은 농토일 뿐이다. 따라서 우리는 태양이 빛과 열기로 베푸는 은혜를 그에 합당한 믿음과 아량으로 받아들여야 한다. 내가 콩을 소중히 여겨 가을에 수확한다 한들, 그게 뭐 그리 대수겠는가? 내가 그토록 오래 지켜봤던 이 넓은 밭은 나를 으뜸 경작자라 생각지 않는다. 오히려 내게서 더 멀어져 더 친근한 것, 즉 비를 내려 농토를 적시고 녹음이 우거지게 하는 자연에 더 의지한다. 그리고 그 땅에서 자란 콩 중에는 내가 추수할 수 없는 결실도 있었다. 콩의 일부는 처음부터 우드척의 몫이 아니었을까?

밀의 이삭[174]이 농부의 유일한 희망이어서는 안 된다. 곡식의 낟알[175]이 밀에서 생산되는 모든 것이 아니다. 이런 식으로 생각하면, 어찌 우리의 농사에 실패가 있을 수 있겠는가? 잡초의 씨는 작은 새의 곡식이 될 테니, 잡초가 무성해지는 것 역시 기뻐해야 하지 않겠는가? 들판의 곡식이 농부의 곳간을 채울지 어떨지는 그다지 중요치 않다. 다람쥐가 올해는 숲속에 밤송이가 얼마나 맺힐지 염려하지 않듯이, 진정한 농부도 걱정 같은 것은 접어 두어야 한다. 그리고 밭에서 생산하는 모든 작물에 대한 권리도 포기하고, 최초의 열매뿐 아니라, 최후의 열매까지도 신께 제물로 바치겠다는 마음으로 하루하루 성실히 일해야 할 것이다.

1. 소로의 고향으로, 보스턴 북서쪽 시골 마을이다. 그는 하버드 대학교 재학 4년과 뉴욕 7개월 체류 기간을 빼면, 45년의 생애 대부분을 콩코드 근방에서 머물렀다.

2. 삶은 '정착'보다는 '체류'라는 생각에서 쓴 표현이다. 소로는 월든 호숫가에서 나온 후에 친구와 부모님 댁 등에서 거주했는데, 대부분 콩코드 근교였다.

3. 제임스 쿡 선장이 1779년 하와이 섬에 처음 도착했을 때, 후원자인 '샌드위치 백작'의 이름을 붙였다고 한다.

4. 미국 북동부 대서양 연안 지역을 묶어서 부르는 명칭으로, 6개 주(메인, 뉴햄프셔, 버몬트, 매사추세츠, 코네티컷, 로드아일랜드)에 걸친 지역이 해당된다.

5. 인도 카스트 제도의 최상위층, 즉 승려 계급을 말한다.

6. 오체투지 같은 고행법을 말한다.

7. 제우스가 알크메네에게서 아들 헤라클레스를 얻자, 아내 헤라는 화가 나서 그에게 '광기'라는 저주를 내린다. 그래서 헤라클레스는 살인을 저지르게 되고, 죄갚음을 위해 12가지 과업을 수행해 간다.

8. 헤라클레스의 2번째 과업은 '히드라(머리가 9개 달린 물뱀) 죽이기'였다. 헤라클레스는 히드라의 머리가 하나를 잘라도 두 개씩 생겨나서 고전했는데, 친구 이올라오스의 도움으로 성공했다.

9. 로마 건국자인 '로물루스와 레무스' 형제의 이야기다.

10. 헤라클레스의 5번째 과업은 '아우게이아스 왕의 외양간을 하루 만에 청소하기'였다. 그곳은 3천 마리의 소가 살지만 30년 동안 한 번도 청소를 한 적이 없었다. 헤라클레스는 강줄기를 돌려서 임무를 완수했다.

11. 성경을 말한다.

12. 그리스 신화에 따르면, 제우스가 인간들에게 노해서 대홍수를 일으켜 멸종시켰다. 이때 데우칼리온(프로메테우스의 아들)과 아내 피라가 살아남았고, 이들이 테미스(율법의 여신)의 신탁대로 등 뒤로 돌을 던져서 지금의 인류를 새로 만들어 냈다.

13. 고대 로마의 시인 오비드(Ovid)가 쓴 《변신 이야기(Metamorphoses)》 중에서.

14. 윌리엄 윌버포스(William Wilberforce, 1759~1833)는 영국령의 서인도 제도에서 노예 해방을 위해 싸웠던 영국의 노예해방 운동가다.

15. 소로는 19세기 중반의 미국 사회를 이렇게 진단했다. 오늘날의 연구에 따르면 당시 미국 노동자의 거의 절반이 번아웃(극심한 무력감)으로 고통받고, 무려 71퍼센트의 노동자가 하루가 끝나는 시점이면 '완전히 녹초가 된' 느낌을 받았다고 한다.

16. 이들은 덫에 걸리면 다리를 잘라 내고라도 도망친다고 한다.

17. 물을 끓여 증기를 이용해 운행했던 증기기관차를 의미한다.

18. 존 이블린(John Evelyn)의 《식물지 혹은 삼림수와 목재의 증식에 관한 논문(Sylva; or, A Discourse of Forest Trees)》 중에서.

19. 윌슨(H. Wilson)이 번역한 힌두교 경전 《비슈누 푸라나(The Vishnu Purana)》 중에서. 소로는 동양철학과 종교문학에 관한 글을 방대하게 읽었는데, 이것이 그의 '초월주의적' 성향에 상당한 영향을 끼쳤다.

20. 스페인어로 '불의 섬'이라는 뜻. 남아메리카 대륙 최남단에 있다. 마젤란의 세계일주로 유럽에 알려졌고, 다윈이 비글호 항해 도중인 1831년 12월에 방문했다.

21. 당시는 서부에서 금광이 발견되어 다들 부자가 되기를 꿈꾸는 '황금광 시대'였다. 소로는 이러한 맹목적 물질만능주의에 반발하여 이 글을 쓰고 있다.

22. 'notch it on my stick.' 로빈슨 크루소가 날짜를 잊지 않으려고 해가 질 때마다 막대에 금을 그어 표시했던 상황을 차용하는 표현이다.

23. 세 동물이 무언가의 상징처럼 보이기는 하나, 명확히 알려진 바는 없다.

24. 이스라엘 민족이 모세를 따라 이집트를 탈출해서 사막을 건널 때 신이 내려준 음식인데, 강한 햇볕에 녹아 버렸다고 한다.

25. 일반 농민들을 말한다. '아무개' 정도의 의미로 썼다.

26. 소로에게 형 존은 가장 절친한 친구였다. 그런 형이 죽자 소로는 형과의 추억을 글로 남기고 싶었다. 이것이 《콩코드 강과 메리맥 강에서의 일주일》이다.

27. the Celestial Empire.

28. La Perouse. 프랑스의 해양탐험가. 조난 사고 후 실종되었다.

29. Hanno. 카르타고의 탐험가. 기원전 480년에 서아프리카까지 항해했다. 〈하노의 주항로(The Periplus of Hanno)〉는 탐험가의 실제 증언 보고서 중 가장 오래된 것으로 여겨진다.

30. tare and tret. 소매로 판매할 상품의 순수 중량을 계산할 때 적용하는 두 가지 공제다. 'tare'는 컨테이너(포장 용기) 무게를, 'tret'은 운송 중 줄어드는 무게를 고려한 초과 적재량을 의미한다.

31. 1703년에 네바 강 하구를 매립해서 세워진 도시다. 늘 강이 범람해서 도시가 침수되는 일이 잦았다.

32. 이다 파이퍼(Ida Pfeiffer). 오스트리아 출신으로 19세기 초반 세계를 여행한 최초의 여성 여행가 중 한 명이다. 《어느 숙녀의 세계 일주(A Lady's Voyage Round the World)》를 썼다.

33. '자기 시종에게도 영웅인 사람은 없다.(코르뉘엘 부인)'라는 말이 있다. 시종은 곁에서 약점까지도 속속들이 알게 되기 마련이니까, 아무리 영웅이라도 보통 사람으로 여겨진다는 뜻이다.

34. 그리스의 7현인 중 한 명인 비아스의 이야기다. 고향인 프리에네가 적에게 약탈당할 때, 주민들은 재물을 챙겨 달아나느라 정신이 없는데 비아스만 홀로 태연했다. 누군가가 이유를 묻자 이렇게 대답했다. "나는 내 몸에 지닌 것이 전 재산이오."

35. 그리스 신화에서 인간의 삶을 관장하는 여신들이다. 물레로 생명의 실을 잣는 클로토, 실의 길이를 재는 라케시스, 실을 자르는 아트로포스를 말한다.

36. Samuel Laing. 스코틀랜드 여행가. 《노르웨이 체류 일지(Journal of a Residence in Norway)》에서 인용했다.

37. 대니얼 구킨(Daniel Gookin)의 《뉴잉글랜드 원주민의 역사적 유물(Historical Collections of Indians in New England)》중에서.

38. 18세기 과학자 벤저민 톰슨(럼퍼드 백작)이 발명했다. 복사열 이용을 최대한 높이고 연기가 방 안으로 역류하는 현상을 개선한 벽난로로 오늘날까지도 이용된다.

39. 조지 채프먼(George Chapman)의 《시저와 폼페이의 비극(The Tragedy of Caesar and Pompey)》중에서.

40. 모무스(Momus)는 비난의 신이고, 미네르바(Minerva)는 지혜의 여신이다.

41. 월터 하딩(Walter Harding)은 18세기 콩코드 지방에서 구빈원에 들어가지 않으려고 자신의 재산을 공개하지 않던 사람들을 위해 설립했던 기금 모금 재단을 언급하며, '침묵하는 빈자'라는 말을 정의했다.

42. Aurora. 여명의 여신.

43. Memnon. 새벽 여명이 비추면 음악을 연주한다고 전해지는 에티오피아의 석상.

44. Sardanapalus. 아시리아의 마지막 왕. 부패와 나약함으로 몰락했다.

45. 뒤에서 인간을 경작(human-culture)한다는 풍자적 표현을 쓰려고 강조한 수사다.

46. Edward Johnson. 《뉴잉글랜드의 역사(A History of New England)》의 〈기적을 행하는 신의 섭리(Wonder-Working providence of Sions Saviour)〉에서.

47. E. B. O'Callaghan. 《뉴욕 주 실록(The Documentary History of the State of New York)》에서.

48. 인용부호로 표시하지 않은 인용글은 소로의 자작시다.

49. '재단사 아홉이 있어야 남자 하나가 된다'는 17세기 영국 속담이다. 재단사는 소심하다는 선입견에서 생겨난 말이다.

50. 중세에는 깃발의 색으로 특정한 미덕을 나타냈다. 금색은 관대함, 백색은 성실함, 파

란색은 평화 등이었다.

51. 건물에 회반죽이 잘 발리도록 엮어 넣는 가느다란 나무 막대.

52. 석회가 잘 발리도록 함께 개어 넣는 재료. 주로 말총을 이용했다

53. 1636년 설립되었고, 2년 후 최초 기부자의 이름을 따서 하버드 대학이 되었다.

54. 몇몇 대학에서 실제로 소로의 방식을 제한적으로 탐구했다. 버몬트의 그린 마운틴 대학, 오하이오의 안티오키 대학, 애리조나의 프리스콧 대학 등 '에코-리그'를 표명한 대학들은, 학생들에게 자신이 먹을 음식을 직접 경작시켰다.

55. 애덤 스미스(Adam Smith, 1723~1790), 스코틀랜드 경제학자. 《국부론》을 썼다.
데이비드 리카도(David Ricardo, 1772~1823), 잉글랜드 경제학자.
장 바티스트 세(Jean-Baptiste Say, 1767~1832), 프랑스 경제학자.

56. 빅토리아 애들레이드 메리 루이스(1840~1901). 빅토리아 여왕의 장녀이자, 프로이센 왕 프리드리히 3세의 왕비다.

57. 세례 요한이 사막에서 먹었다는 음식이다.

58. Flying Childers. 18세기에 잉글랜드에서 뛰어난 기량으로 유명했던 경주마다.

59. 1부셸은 약 27.2kg. 따라서 12부셸은 326kg 정도다.

60. Arthur Young(1741~1820). 농업 관련 글을 쓴 영국 작가다.

61. 인도 힌두교 경전의 하나로, '거룩한 신의 노래'라는 뜻이다.

62. 그리스 펠로폰네소스 반도 중앙의 고원 이름이다. 주민들이 양을 키우며 평화롭게 살았다고 전해진다.

63. 고대 이집트 제국의 수도. 카르나크, 룩소 등 주요 신전들이 즐비했다.

64. Vitruvius. 기원전 1세기 로마의 건축가. 《건축론》을 썼다.

**65.** 나폴레옹이 이집트 피라미드 앞에 서서 병사들에게 "40세기의 세월이 우리를 내려다보고 있다"고 말한 사실을 암시한다.

**66.** 콩코드의 이스터브룩 숲속에 '중국으로 통하는 구멍(hole to China)'으로 불리는 구덩이가 있다.

**67.** '식용 채소의'라는 뜻이다.

**68.** 미국 남부에서는 옥수수빵을 'hoe(괭이)'에 올려서 불에 굽는 방식으로 만들었기에 'hoecake'이라고 불렀다. 소로도 이런 방식으로 만들었다.

**69.** 마르쿠스 포르키우스 카토(Marcus Porcius Cato. 기원전 234년~149년). 흔히 대(大)카토라고 부르는 인물로, 집정관까지 역임한 로마의 군인이자 문인이다. 그의 저서 《농업론(De Agri Cultura)》에서 인용했다.

**70.** 존 워너 바버의 《역사 모음집》에서.

**71.** 아담과 하와가 에덴동산에서 쫓겨나 땅을 경작하며 살게 된 삶을 말한다.

**72.** "네 침대를 들쳐 매고 걸어라(Take up thy bed and walk)." (요한복음 5장 8절)

**73.** 달빛이 우유를 상하게 한다는 미신이 있었다.

**74.** 당시의 주부들은 태양 빛에 카펫이 바랠까 봐 가끔씩 베란다 블라인드를 쳤다.

**75.** 셰익스피어의 《줄리어스 시저(Julius Caesar)》 3막 2장. 안토니우스의 말이다.

**76.** kick the dust. '죽다'라는 뜻의 숙어다.

**77.** 윌리엄 바트램(William Bartram). 미국의 식물학자. 《노스캐롤라이나, 사우스캐롤라이나, 조지아, 동서 플로리다 여행(Travels through North and South Carolina, Georgia, East and West Florida)》을 썼다.

**78.** 윌리엄 H. 프레스콧(William H. Prescott)의 《멕시코 정복사(History of the Conquest of Mexico)》에 소개되어 있다.

**79.** 소로는 하버드 대학교 졸업 후 초등학교 교사로 취직했다가, 학교측의 체벌 방침에 반발해서 사직하고 형과 함께 사립학교를 세웠다. 2년 반 동안 운영했는데, 이때 학생 중에는 훗날 《작은 아씨들》을 쓰는 루이자 메이 올콧도 있었다.

**80.** 첫 책 《콩코드 강과 메리맥 강에서의 일주일》을 야심차게 출간했다가 300권도 채 팔지 못했던 일을 말한다. 이 책의 실패로 《월든》의 출간이 6년이나 미뤄졌다.

**81.** 아드메토스는 고대 그리스 테살리아 지방에 있는 페라이의 왕이었다. 어느 날 아폴론 신이 키클롭스를 살해한 죄로 올림포스 신전에서 추방되어 인간 세상으로 내려왔고, 아드메토스 왕의 궁전에 머물게 된다. 이때 아드메토스가 극진히 대접하니, 아폴론 신이 감동해서 그의 모든 암소들이 쌍둥이를 낳게 해 주었다.

**82.** Robin Goodfellow. 영국 민담에 등장하는 요정이다. 일을 잘하고 쾌활한데, 먹을 것을 안 주면 짓궂은 장난으로 사람들을 괴롭히기도 한다.

**83.** 태양이 달빛 정도로만 빛을 낸다는 의미다.

**84.** John Howard. 18세기 잉글랜드의 독지가이자 교도소 개혁가.

**85.** William Penn(1644~1718). 퀘이커교도 혁명가이자 펜실베이니아 설립자다.
Elizabeth Fry(1780~1845). 퀘이커교도이며 교도소 개혁가로 활동했다.

**86.** azad. '자유롭다'는 뜻이다.

**87.** Thomas Carew. 가면극 《코일룸 브리타니쿰(Coelum Britannicum)》에 나오는 시.

**88.** 영국 시인 윌리엄 쿠퍼(William Cowper)의 시 〈알렉산더 셀커크의 작품으로 추정되는 시(Verses supposed to be written by Alexander Selkirk)〉에서.

**89.** 그리스 신들이 사는 곳이다.

**90.** 인도 고대 서사시 《마하바라타》의 부록편이다. 랑글루아(M. A. Langlois)가 《하리반사, 또는 하리의 가족사(Harivansa, ou Histoire de la Famille de Hari)》라는 책으로 번역했다.

**91.** 1775년 4월 19일, 미국 독립전쟁의 신호탄이 된 전투가 이곳에서 벌어졌다.

**92.** 콩코드는 소로가 살던 시절보다 지금이 훨씬 야생화되었다. 전체 인구는 증가했지만 농업 인구가 거의 사라져서, 숲이 다시 울창해지며 곰, 코요테, 비버, 사슴, 칠면조 등이 돌아왔고, 심지어는 이따금씩 무스도 볼 수 있다. 소로의 시절에는 아주 드물게 보이던 동물들이다. 반면에 오하이오, 인디애나 등 농업이 옮겨 간 지역은 소로의 시절보다 훨씬 덜 야생화되었고, 갈수록 그 정도가 더해 가고 있다.

**93.** 힌두교의 신 크리슈나를 말한다.

**94.** 《대학(大學)》의 〈철학자 창의 해설(Commentary of the Philosopher Tsang)〉에서.

**95.** 고대 인도 종교인 브라만교의 경전.

**96.** 《일리아스》에서 트로이인들은 소인족(피그미)과 싸우는 학에 비유되었다.

**97.** 천체관측의 도움 없이 배나 항공기의 위치를 결정하는 방법이다. 노선, 속도에서 추정 가능한 거리, 출발점 등의 기록을 활용한다.

**98.** 1815년에 35개 군주국과 4측 자유도시를 통합하여 조직되었다. 1866년 비스마르크가 해체할 때까지 존재했다.

**99.** 얼굴, 손, 발 등이 제멋대로 움직여서 마치 춤을 추는 듯한 모습이 되는 신경병.

**100.** 1830년대에 페르난도 7세 왕과 동생 돈 카를로스가 권력 투쟁을 벌였고, 소로가 이 책을 쓰기 얼마 전인 1843년에 인판타 공주가 열세 살로 이자벨라 2세에 즉위했다.

**101.** 세비야의 알카사르 성채와 돈 페드로 궁전, 그라나다의 알함브라 궁전을 말하는 것일 수도 있고, 과거 세비야의 통치자 돈 페드로가 그라나다를 정복한 사건을 말하는 것일 수도 있다.

**102.** 청교도혁명을 말한다. 찰스 1세 국왕이 처형되고 공화정이 수립된 사건으로, 당시 유럽 사회에 큰 충격을 주었다.

**103.** 《논어(論語)》, 제14편 중에서.

**104.** 헨리 토마스 콜브룩(Henry Thomas Colebrook)과 H. V. 윌슨(H. V. Wilson)이 번역한 《상키아 철학(The Sanchya Karika)》에서.

**105.** 인도 브라만교의 창조신이자, 영적으로 가장 고결한 존재이다.

**106.** Milldam. 물방아용 둑이나 연못이라는 뜻인데, 연못을 중심으로 마을이 형성되니까 '마을의 중심지'라는 뜻도 있다. 여기서는 후자의 의미로 쓰였다.

**107.** 나일로미터(nilometer)는 나일 강의 범람을 막으려고 이집트 왕들이 수도 멤피스에 설치한 수심 측정기다. 그런데 여기서 'nil'이 '제로, 무가치'의 의미가 있기에, 소로는 'real(진실)'을 붙인 '진실 측정기'라는 말을 지어냈다.

**108.** 양끝이 갈라진 수맥 탐지용 금속 막대.

**109.** 18세기 인도의 힌두교 시인이다. 인용글은 M. 가르뎅 드 타시(M. Garcin de Tassy)의 《힌두 문학사(Histoire de la Littérature Hindoui)》에서 가져왔다.

**110.** Aeschylus. 고대 그리스의 비극 시인.

**111.** 델포이(Delphi)는 아폴로 신전이, 도도나(Dodona)는 제우스 신전이 있던 고대 그리스 도시다. 이곳으로 신탁을 들으려는 방문객들이 몰려들었다.

**112.** 아마 번역으로는 본래의 의미가 정확히 전달되지 않다는 의미인 듯하다.

**113.** Zendavestas. 조로아스터교의 경전이다.

**114.** '소소한 이야기' 정도의 뜻으로, 잡문집인 듯하다.

**115.** 당시 유행하던 연애 소설의 주인공들 이름이라고 한다.

**116.** 새의 소화기관인 모래주머니에 비유한 표현으로, 모래주머니 안쪽의 주름이 씨앗 등을 모래나 돌과 함께 부순다.

**117.** tit-men. 논종다리(titlark)나 박샛과 새(titmouse)처럼 작다는 의미로 썼다. 지적으로 성장하지 못한 상태임을 나타내려는 표현이다.

**118.** Zoroaster(기원전 628~551). 고대 페르시아의 종교개혁가로, 조로아스터교의 창시자다. '차라투스트라'라고 불리기도 한다.

**119.** Pierre Abelard(1079~1142). 프랑스의 신학자이자 철학자. 소르본 대학의 실질적인 창시자이고, 제자인 엘로이즈와 주고받은 연애편지로 유명하다.

**120.** 당시 정치적 중립을 표방한 일간 신문이다.

**121.** 보스턴에서 발간되던 주간잡지. 토머스 노리스(Thomas F. Norris) 목사가 편집장을 맡았다.

**122.** 화요일은 전쟁 신(Tyr)의 날, 수요일은 게르만 최고신(Wodan)의 날, 목요일은 천둥 신(Thor)의 날, 일요일은 태양신(Sol)의 날 등에서 기원했다.

**123.** 이다 파이퍼의 《어느 숙녀의 세계 일주(A Lady's Voyage Round the World)》에서 인용했다. 푸리족 인디언은 브라질 동부에 살았다.

**124.** 윌리엄 엘러리 채닝(William Ellery Channing)의 시집 《산지기와 그 밖의 다른 시 (The Woodman and Other Poems)》에 실린 〈월든의 봄(Walden Spring)〉에서.

**125.** 과거 전투에서 성벽을 두들겨 부수는 데 사용했던, 나무 기둥 모양의 큰 목재.

**126.** Dismal Swamp. 버지니아와 노스캐롤라이나에 걸쳐 있는 대규모 습지.

**127.** '미디어(매체)가 메시지다.'라고 주장했던 마셜 매클루언(Marshall McLuhan)의 초창기 통찰력의 한 버전이다.

**128.** 그리스 신화에서 모이라이(운명의 세 여신) 가운데 막내.

**129.** 멕시코 전쟁(1846~1848) 때의 격전지다.

**130.** 쟁기의 볏 보습 위에 비스듬히 댄 넓적한 쇠, 혹은 불도저의 흙 미는 판.

**131.** 가난한 독일 이민자들이 몰려 살던 곳. 소로의 시대에는 급속히 성장하고는 있기는 했지만 유행에는 뒤떨어진 지역이었다.

132. Spanish Main. 카리브 해와 멕시코만을 둘러싼 남미 북동부 해안 지역. 영국이 이 일대의 스페인 식민지를 통칭해서 부르던 명칭이다.

133. 존 밀턴(John Milton)의 《실락원(Paradise Lost)》에서.

134. Ben Jonson. 르네상스 시기 영국의 극작가.

135. 오늘날 콩코드에는 소로의 시절보다 더 많은 동물이 살지만, 그 소리를 들을 기회 는 오히려 줄었다. 자연의 소리를 녹음하는 일을 업으로 삼고 사는 사람들에 따르 면, 자동차 소리를 듣지 않고 15분 이상을 지낼 수 있는 곳은 알래스카를 제외하고 는 사실상 한 군데도 없다고 한다.

136. "그리고 어둠과 내게 세상을 남겨 둔다." 토머스 그레이(Thomas Gray)의 《시골 묘 지에서 쓴 비가(Elegy Written in a Country Churchyard)》 속 구절이다. 하지만 오 늘날 우리는 진정한 고요를 얻지 못하듯, 진정한 어둠도 얻기 힘들다. 깊은 산중에 서도 하늘은 도시에서 사용하는 전력량 때문에 밝게 빛난다.

137. 패트릭 맥그리거(Patrick MacGregor)가 번역한 오시안(Ossian)의 시집 《오시안의 유고(The Genuine Remains of Ossian)》의 〈크로마(Crorma)〉에서 인용했다.

138. 매사추세츠 주 의사당이 있던 보스턴의 번화가.

139. 당시 범죄가 들끓었던 뉴욕 맨해튼 남단 지역.

140. 브라이턴(Brighton)은 보스턴의 도살장 지역이었다.

141. 《중용》, 16편 1~3절.

142. 《논어》, 4편 25절.

143. 인도의 신화에 등장하는 베다의 주신. 공기의 신 같은 중간계 신을 관장한다.

144. 콩코드 중심부를 관통해 흐르던 개울.

145. Goffe와 Whalley. 장인과 사위 사이로, 청교도 혁명 당시 찰스 1세의 처형에 가담했

다가, 왕정복고 이후 미국으로 도피해서 숨어 살았다.

**146.** 대지의 여신을 인간에 빗대어 표현했다.

**147.** 토머스 파(Thomas Parr), 잉글랜드의 샐럽 지방에서 1635년 152세의 나이로 숨을 거뒀다고 알려진 인물이다.

**148.** hasty-pudding. 우유를 저으며 곡물을 조금씩 넣어서 만드는 푸딩.

**149.** 그리스 신화에서 저승의 출입구를 지키는 문지기 개로, 머리가 셋 달렸다.

**150.** 에드먼드 스펜서(Edmund Spenser)의 시 《요정 여왕(The Faerie Queen)》에서.

**151.** Edward Winslow. 메이플라워 호를 타고 아메리카 대륙으로 건너간 '필그림 파더스'의 일원. 《영국인의 뉴잉글랜드 플리머스 정착의 시작과 진행 과정에 관한 관련성 또는 일지(A Relation or Journal of the Beginning and Proceedings of the English Plantation at Plimouth in New England)》를 썼다.

**152.** 식민지 개척자들에게 우호적이었던 파노아그 아메리카 원주민 부족의 추장.

**153.** 흑해 연안의 고대 소아시아 지역에서 가장 역사가 깊었던 민족.

**154.** 《일리아드(Iliad)》, 16편 도입부 중에서.

**155.** 이솝(Aesop)의 《수탉과 여우(The Cock and the Fox)》.

**156.** "사냥개가 내 뒤를 쫓으며 으르렁대고 있는데도/ 오, 기독교인이여, 나를 돌려보내시렵니까?" 일라이저 라이트(Elizur Wright)가 쓴 〈도망 노예에서 기독교인으로(The Fugitive Slave to the Christian)〉에서 인용했다.

**157.** 《마더 구스의 노래》 속 〈이 집은 잭이 지은 집〉을 패러디한 것이다.

**158.** 사모세트 인디언이 플리머스에 도착한 잉글랜드 청교도인들을 맞이하며 건넸던 인사말이라고 한다.

159. 가이아(땅의 여신)와 포세이돈(바다의 신) 사이에서 태어난 거인이다. 땅으로부터 힘을 얻기 때문에 두 발을 땅에 딛고 겨루는 씨름에서 지는 법이 없었는데, 헤라클레스가 공중으로 번쩍 들어올려 힘을 빼서 죽였다.

160. 야생 대 경작지라는 이 흥미로운 문제는 여전히 많은 환경철학자의 관심사다. 이에 대해 가장 깊이 있는 견해를 접해 보고 싶다면, 켄터키 주의 농부이자 수필가인 웬들 베리(Wendell Berry)의 작품 중 어느 것을 읽어 보아도 좋을 터다.

161. 열심히 일하는 농부.

162. 당대의 농업연구가 헨리 콜먼(Henry Coleman)이 쓴 매사추세츠 주의 농업조사보고서를 말한다

163. 소로가 프리디리히 폰 실러(Friedrich von Schiller)의 〈빌헬름 텔(Wilhelm Tell)〉 오프닝 곡인 〈목동의 노래(Ranz des Vaches)〉를 생각하고 있었던 듯하다. 스위스에서 소 떼를 집으로 불러들일 때 부르던 목가다.

164. oratorio. 성서에 나오는 이야기 등을 극화하여 연주하는 대규모 악곡. 오페라보다 합창의 비율이 크다.

165. 포자를 지니고 있어서 잘 익었을 때 어딘가에 부딪히면 펑 소리를 내며 터진다.

166. 멕시코 전쟁(1846~1848)을 비난하고 비꼬는 뉘앙스다.

167. 트로이 왕 프리아모스의 아들로, 트로이 최고의 전사였다.

168. 존 이블린(John Evelyn)이 쓴 《토지: 흙에 대한 철학적 담론(Terra: A Philosophical Discourse of Earth)》에서. 초보 정원사들은 소로가 농사를 지은 기간이 단 2년임을 주목해야 한다. 실제로는 퇴비나 거름을 주는 것이 좋은 방법이라는 뜻이다.

169. Sir Knelm Digby. 영국의 철학자이자 자연주의자. 《식물의 생장에 대하여》라는 책에서 '생명의 영기'에 관해 이야기했다.

170. 카토의 《농업론》에서.

171. 프랜시스 퀄스(Francis Quarles)의 전원시 〈목동의 신탁(The Shepherd's Oracles)〉에서.

172. maximegue pius guaestus(그 무엇보다 존중해야 하는 것). 《농업론》 서문에서.

173. "그들이 같은 대지를 '어머니'라고도 하고 '케레스'라고도 부른 데는 그럴 만한 이유가 있었다." 마르쿠스 티렌티우스 바로(Marcus Terentius Varro)의 《농사론》에서 인용했다. 사투르누스는 로마 신화 속 농업의 신으로, 주피터에 의해 왕좌에서 추방당했을 때 이탈리아로 도망가서 그 지역 사람들에게 농업을 가르쳤다.

174. 라틴어로 'spe(희망)'가 'speca'를 거쳐 'spica(이삭)'로 파생했다.

175. 라틴어로 'gerendo(열매를 맺다)'가 'granum(곡식)'으로 파생했다.

World Classic Writing Book **18**

# 필사의 힘

**헨리 데이비드 소로처럼 【월든 1】 따라 쓰기**

1판1쇄 2021년 8월 30일

원    작    헨리 데이비드 소로
펴 낸 이    장영재
펴 낸 곳    (주)미르북컴퍼니
전    화    02)3141-4421
팩    스    0505-333-4428
등    록    2012년 3월 16일(제313-2012-81호)
주    소    서울시 마포구 성미산로32길 12, 2층 (우 03983)
이 메 일    sanhonjinju@naver.com
카    페    cafe.naver.com/mirbookcompany

• (주)미르북컴퍼니는 독자 여러분의 의견에 항상 귀 기울이고 있습니다.

• 파본은 책을 구입하신 서점에서 교환해 드립니다.
• 책값은 뒤표지에 있습니다.